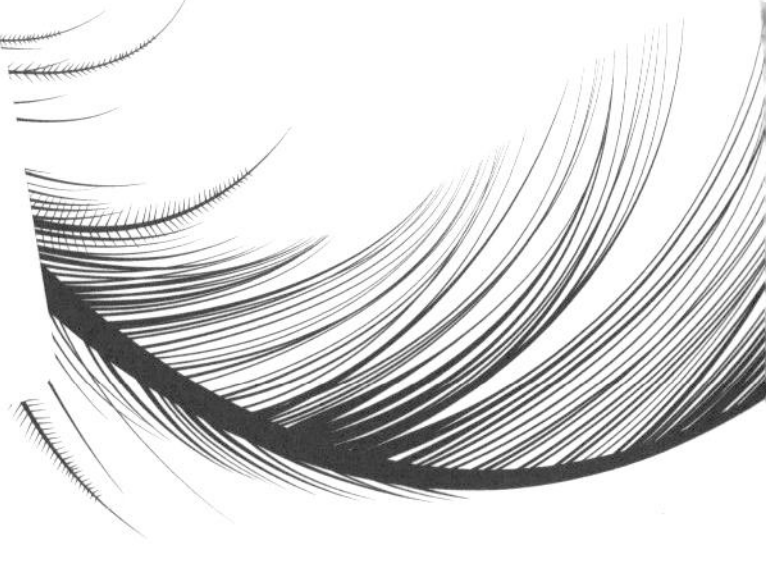

# 王空騎士団と救国の少女

## 世界最速の飛翔能力者アイリス

著――守雨
イラスト――ox

okukishidan to kyukoku no shojo
sekaisaisoku no hishonoryokusha iris

I

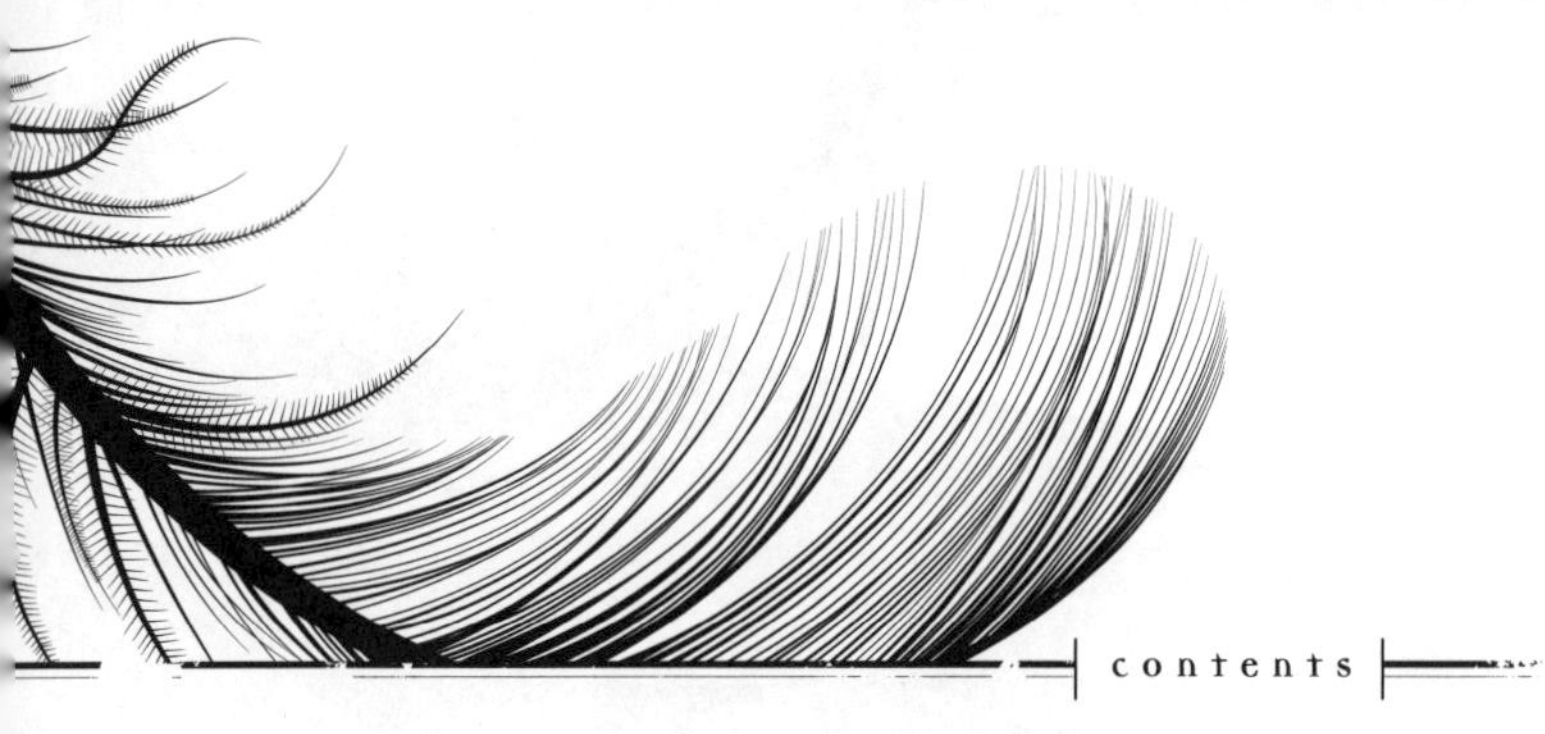

contents

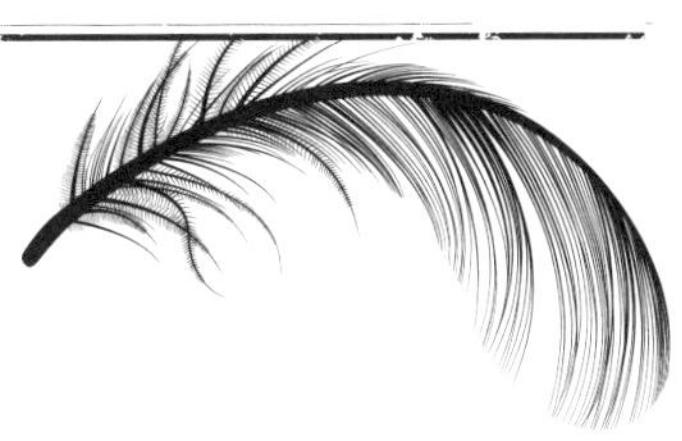

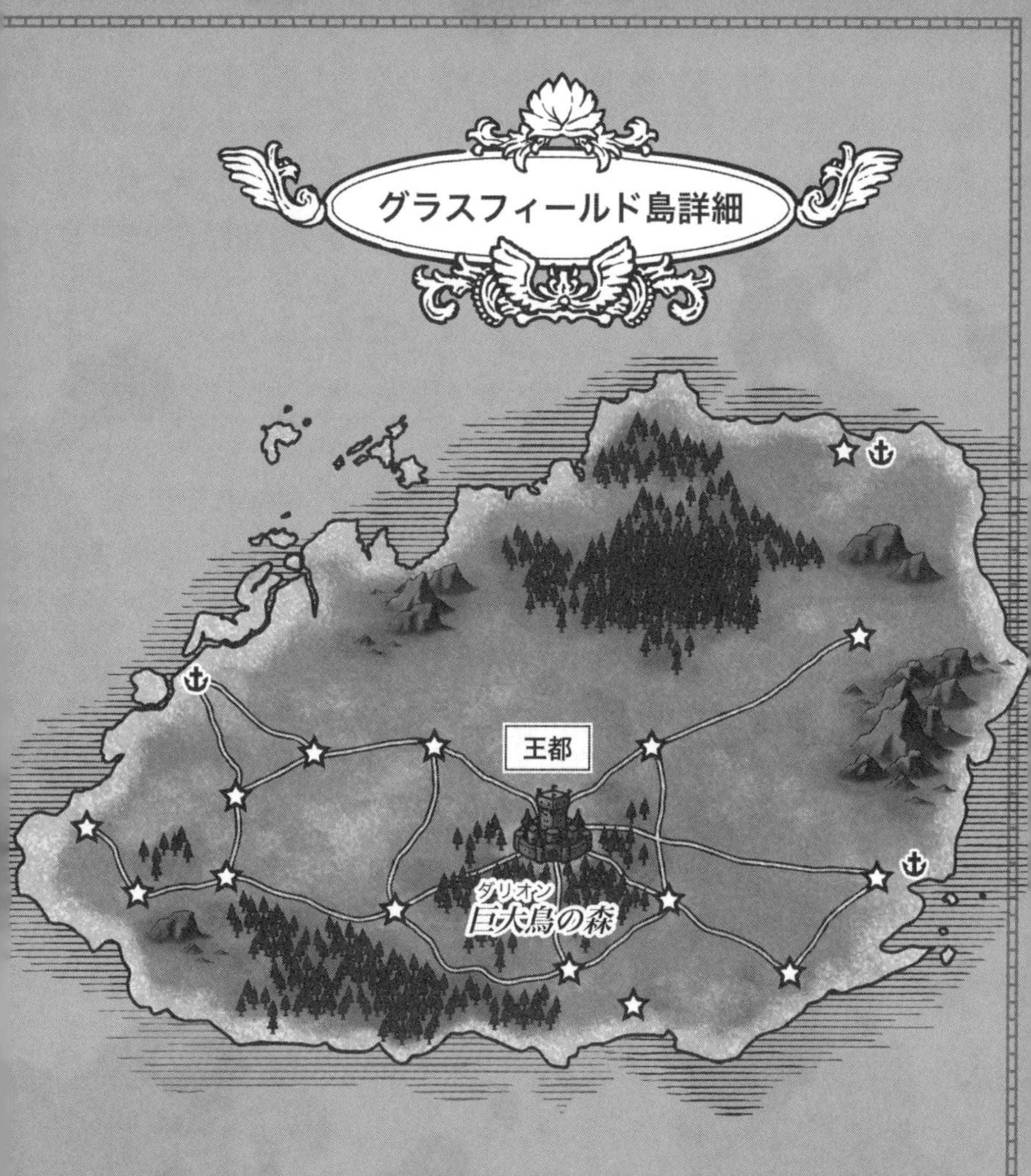
グラスフィールド島詳細
王都
ダリオン
巨大鳥の森

☆は主要都市

エンドランド
終末島
マウロワ王国
グラスフィールド王国
ダリオン
巨大鳥島

# プロローグ
## 王空騎士団のアイリス

その日の朝、王都の全ての鐘が一斉に打ち鳴らされた。巨大鳥（ダリオン）の渡りが始まったのだ。

全ての家は一か所だけを残してドアも窓も分厚い板で塞がれ、人々は皆、息を潜めて家の中にいる。

十歳の少女キャロルは、可愛がっている子猫のメイベルがいないことに気がついた。まさかと思いながら家の中を捜し回ったが、ベッドの下にも食器棚の上にも子猫はいない。

「メイベル、どこ？　まさか外に出てないわよね？」

嫌な予感に、小さな胸がだんだん痛くなる。外に出られるはずはないと、もう一度家中を捜すが、やはり子猫はどこにもいない。

（覗き窓から外を見てみよう。あの子を早く見つけないと、もうすぐ巨大鳥（ダリオン）がやってくる）

踏み台を運び、裏口のドアの前に置いて上に乗った。横長の細い覗き窓の蓋を持ち上げ、外を見る。

「うそ！　いた！　どうして！」

ふわふわの毛玉みたいな白い子猫は裏庭にいた。風に飛ばされて転がる落ち葉を追いかけている。

「メイベル！　いったいどこから出たの！」

今ならまだ間に合う。父と母は例年より少し早く始まった渡りのために、地下室に食べ物や水を運ぶのに忙しい。キャロルは閂（かんぬき）に手をかけ、角材を持ち上げる。

「うんっ！」

ずっしりと重い角材を床に置き、キャロルは幅の狭いドアを開けて家を抜け出した。外に出てきたキャロルを見て、子猫ははしゃいで逃げる。

「メイベル！　メイベル！　いい子だから戻っておいで！」

キャロルは必死だ。泣いてどうにかなるなら泣きたい気分だ。子猫を怯えさせないよう、優しい声で名前を呼びながら手を伸ばす。もう少し、あと少しで大切な子猫に手が届く。だが、子猫は何度もキャロルの手をすり抜けて逃げて行く。

「待って！」

追いかけるキャロルに大きな影がかかった。

キャロルはギョッとして上を見た。すぐそこ、自分の真上に巨大鳥（ダリオン）が翼を広げ、太い両足を突き出して、いままさに自分を捕えようとしている。

「ヒッ！」

目を丸くして驚きながらも、キャロルは横っ飛びに倒れ込んで巨大鳥（ダリオン）の爪から逃れる。ゴロゴロと転がってから素早く近くの薪（たきぎ）小屋に走った。子猫のメイベルも小屋に駆け込んできた。

薪小屋に壁はないが、割られる前の太い薪が、屋根までぎっしりと積み上げられている。キャロルは何列にも積み上げられた薪の列の間に入り込んだ。

「キャロルッ！」

家の方から父の声が聞こえた。家を見ると、ごく細く開けたドアの隙間から、恐怖で顔を引きつらせた両親が見えた。父と母の視線は、小屋の上と小屋の中のキャロルを忙しく往復している。

「そこから動くなっ！　引っ込んでろ！」

キャロルは言われた通りに薪の列の間に入り込み、子猫を抱いて体を丸める。

巨大鳥（ダリオン）が薪小屋の前に着地した。

巨大な鳥はキャロルを捕まえようとするが、ぎっしり積み上げられている太く重い薪は、巨大鳥（ダリオン）といえども嘴（くちばし）では簡単には動かせないらしい。かといってその大きな身体が邪魔をして、薪を積み上げた列の中にも入り込めない。

キャロルは子猫を抱きしめたまま、音を立てないようにしながら巨大鳥（ダリオン）の様子をうかがった。

薪の向こうにいる巨大鳥（ダリオン）は、形こそワシに似ているが、桁違いに大きかった。

屋根の高さは二メートル以上あるのに、頭は小屋の屋根よりずっと高い位置にある。

巨大鳥（ダリオン）はときどき頭を下げて小屋の中を覗いてくる。感情が読めない黒く丸い瞳がこちらを見ている。

「どうしよう。私を狙ってる。神様、助けてください！」

キャロルは口の中だけで神に助けを求めた。こんなに必死に願い事をしたのは初めてだ。

巨大鳥（ダリオン）は、薪小屋の薪の間からキャロルを捕まえるのは無理だと判断したらしい。ヒョイと屋根の上に飛び乗った。木の板で葺（ふ）かれた屋根がミシリと音を立てた。

「怖い、怖い、助けて、お母さん、お父さん」

キャロルは小声でつぶやきながら、屋根を見上げている。ガタガタと体が勝手に震える。

すぐにガリガリという音が聞こえてきた。屋根板を剝がそうとしているらしい。あんなに大きくて鋭い爪と嘴（くちばし）を持っているのに、その上頭までいいのだと気づいて、キャロルはゾッとした。腕の中の子猫のメイベルが、シャー！　と上を向いて警戒音を発している。

見ているうちに、屋根板が一枚、嘴で剝がされかけた。

「いやあっ！」

思わず叫ぶと、巨大鳥（ダリオン）はキャロルの叫び声に反応するかのように、小屋の上の動きを一層激しくした。

メキメキ、バキバキという音がして、屋根板が一枚引き剝がされた。四角く開いた穴に顔を横にしてくっつけ、巨大鳥（ダリオン）が片目で中を覗き込む。黒く丸い目が獲物を探して忙しく動いていたが、キャロルを見つけると、動きを止め、ジッと見つめて視線を外さない。

引きつった顔のキャロルと黒い眼玉の視線がぶつかった。キャロルは恐怖のあまり呼吸をするのを忘れた。巨大鳥（ダリオン）は穴から顔を外し、屋根の上で獲物を見つけたことを喜ぶような「キィィィィ」という叫びを響かせた。キャロルは我に返り、慌てて大きく息を吸い込んだ。

顔が穴から離れてホッとした直後、今度は太い足の指が屋根の穴から差し込まれた。刃物のように鋭い爪が、キャロルをつかみたそうに握ったり開いたりしている。キャロルに届かないと判断したのか、足を引き抜き、また顔をくっつけて中を見てくる。

（神様助けて！）

キャロルは震えながら再び神に祈る。

そのとき、空から声が降ってきた。

「中にいる人は動かないで！　そこにいてください！」

若い女性の声だ。

直後に嫌な臭いのする黒い煙が漂ってきて、巨大鳥（ダリオン）の顔が四角い穴から消えた。

キャロルが屋根に空いた穴から空を見上げる。

鮮やかな青色のフェザーに乗った若い女性が、巨大鳥（ダリオン）の前をフラフラと不安定に飛んで巨大鳥（ダリオン）の興味を我が身に引きつけた。

巨大鳥（ダリオン）が自分に興味をもったのを確認すると、その場で「こっちを見なさい」と言いながらくるくると回転した。

女性は長い金色の髪を三つ編みにしていて、王空騎士団の青い上着と白いズボン、膝下までの黒いブーツを履いていた。キリリと引き締まった表情と、野の鳥のような軽やかな動き。こんな状況なのに、キャロルは（女神様ってこんな人なのかしら）と思った。

ところが一度屋根から顔を上げた巨大鳥（ダリオン）がキャロルのほうへとまた視線を戻した。

すると女性はすかさず鋭い嘴のすぐ前に飛んで近づき、ジグザグに細かく切り返しをしながら巨大鳥（ダリオン）の顔の前を横切る。

黒い煙を出す棒を持って飛んでいる男の人が、さっきよりも巨大鳥（ダリオン）に近づいて、女性と交差するように飛びながら何度も顔の前に煙を撒（ま）き、剣でごくわずかに羽の先を切った。

巨大鳥は屋根を蹴り、バッサバッサと羽音をさせて小屋の上から飛び立ち、女性を追いかけて行く。

さっきまでふらふら飛んだりジグザグに飛んだりしていた女性は、巨大鳥が自分を追いかけ始めたのを確認すると猛烈な速さで遠ざかっていく。腰を落とし背後の巨大鳥を振り返って確認しながら飛ぶ姿には余裕が感じられる。巨大鳥はその女性を追いかける。

キャロルは子猫を抱いたまま薪小屋の中を移動して、巨大鳥と女性が去って行く姿を目で追い続ける。やがて、四角い穴からは女性も巨大鳥も見えなくなった。

(家に戻ったほうがいいの？　それともまだここにいたほうが安全？)

判断がつかないまま迷って動けない。すると小屋の外でまた声がした。

「よかった、無事ね。こっちにいらっしゃい」

巨大鳥を誘導して去ったはずの女性が、笑顔で小屋の前にいた。

「さあ、早く。私の前に乗って」

子猫を抱いたままキャロルが走り、青いフェザーに乗った。女性がキャロルを左腕で抱えた。

「じっとしていてね」

女性がそう言うのと同時にフェザーがふわりと浮かび上がり、柔らかく発進した。フェザーは地面の少し上を滑るように動き、家に向かって移動する。

キャロルはそれまで恐怖の残る表情だったが、女性のフェザーが飛び始めると一気に明るい笑顔に変わった。一生乗ることはないと思っていたフェザーに、自分が乗って動いていることに感動している。

「キャロル！　キャロル！」

父が裏返った声で叫んでいる。青いフェザーは裏口の前に静かに着地し、少女を抱きしめていた腕が緩んだ。

「巨大鳥（ダリオン）がいるときに外に出てはだめよ」

そう言うと、女性はキャロルの背中に手を置いて、降りるように促した。

キャロルが家の中に駆け込むと、父が大急ぎでドアに閂をかける。母が震えながら抱きしめてくれた。

キャロルが急いで椅子に乗り、ドアの覗き窓から外を見ると、女性は一瞬で空高く飛び上がり、猛烈な勢いで王城前広場の方へと飛び去った。

「お母さん、あの人は？　巨大鳥（ダリオン）に食べられないの？」

「大丈夫、あのお方は王空騎士団のアイリス様だわ。聖アンジェリーナの再来のようだと言われる、すごい能力者なの」

「アイリス様……」

「あのお方が、七百年ぶりに現れた女性の飛翔能力者よ。まるで戦う女神様みたいだったわね」

「キャロル、渡りが終わるまでは、もう二度と昼間に外に出ないでくれ」

「お父さん、お母さんごめんなさい。メイベルを助けたかったの」

「キャロルもメイベルも無事でよかった。父さんは寿命が縮んだぞ」

両親にかわるがわる抱きしめられ、キスをされながら、少女の心には「王空騎士団、アイリス様」という言葉が深く刻まれた。キャロルはその後、何度もこの日のことを思い出した。飛んでいるときのアイリスの華麗さ、強さに憧れた。

これは、男子の一万人に一人現れるはずの能力を開花させた少女アイリスの、戦いと恋の物語である。

# 第一章 アイリスと巨大鳥(ダリオン)

「アイリス！　見てごらん！　王空騎士団が飛んで行くわよ！　そろそろ渡りが始まるから見回りに行くのかしら」

五歳のアイリスは、姉のルビーが指差す空を見上げた。

春の淡い水色の空を飛んで行く集団が、黒く小さく渡り鳥の群れのように見える。

「わあ、すごく高い。あの人たち、怖くないのかなあ」

「あの人たちは生まれた時から特別だからね。どんなに高い場所も、怖くなんかないのよ」

「へえ。いいなあ。私もあんな風にお空を飛んでみたい」

「無理よ。女の子は飛べないもの」

「そうなの？　ルビーお姉ちゃん、なんで？」

「なんでなのかはわからない。でも女の子で飛べる人はいないし、王空騎士団は全員男の人よ」

「ふううん。つまんないの」

「アイリスったら。空を飛べたら、巨大鳥（ダリオン）と戦わなきゃならないのよ？」

「戦わないで飛ぶだけ！」

「そうはいかないわよ」

姉のルビーと妹のアイリスは、王空騎士団の集団が見えなくなるまで見送った。

王空騎士団の男たちは、『フェザー』と呼ばれる薄い板に乗っている。彼らは一定の間隔で並び、同じ速さで整然と飛んでいた。

「美しかったねえ、お姉ちゃん」

「アイリス、私はファイターと結婚するわ。ファイターはかっこいいだけじゃないのよ、国からすごくたくさんのお金を貰っているの。かっこいい上にお金持ちなのよ」

「でも、どうやって結婚するの？」

「うちのリトラー商会をもっともっと繁盛させたら、ファイターと結婚できるかもしれない」

「ふうん。私はやっぱりあんな風に飛びたい。自分が飛びたいの」

「自分が飛びたいの？　父さんと王空騎士団の訓練を見に行ってから、ずっと言ってるわよね。アイリスは変わってるわ」

「そうかな。よくわからない。でも飛びたいの」

しばらく前に、父のハリーがアイリスとルビーを連れて王空騎士団の訓練を見学に行った。王都の住民にとって、王空騎士団の訓練を見学するのは大きな楽しみだ。

生活に追われているリトラー家にとって、仕事を休んで騎士団の訓練を見学したのは数少ない楽しいお出かけの思い出になっている。当日家を出発するまで、アイリスは楽しみすぎてずっと無言になるくらい興奮していた。

到着した王空騎士団の訓練場には、他にも見学している家族連れや若いカップルがいた。誰も口を利かず、緊張して見守っている中で、訓練が始まった。

「わぁぁ……」

ずっと無言だったアイリスが感動の声を漏らした。

ファイターたちは急激な上昇、下降、大きく旋回したり。ファイターたちは野の鳥のように自由自在に飛び回っていた。

ルビーは「すごい！　素敵！」とはしゃいでいたが、アイリスは終始無言で訓練を見上げていた。そして帰宅してから母のグレースに「私も飛びたい」と繰り返してグレースを困惑させたものだ。

アイリスは美しく飛ぶファイターたちに魅了されたというより、空を飛ぶこと自体に憧れを持った。

（なぜ私は飛べないのだろう。私もあんなふうに自由に空を飛びたい）

答えのない疑問は、次第に口から出ることはなくなっていったが、小さく固く収束して心の中に留まり続けた。

仲の良い姉妹。姉のルビーは七歳、アイリスは五歳。

姉妹はリトラー商会という小さな商会の娘で、二人揃って母の金色の髪と父の青の瞳を受け継いでいる。

姉のルビーはしっかり者、妹のアイリスは活発な性格だ。アイリスは下の子ということもあって大らかに育てられ、両親にも姉にも可愛がられている。

「ルビー、アイリス、お勉強の時間よ」

呼んでいるのは、普段は優しいけれど勉強には厳しい母グレース。姉妹は仲良く手をつなぎ、家へと駆け足で戻った。

ファイターたちの活躍もあり、その年のグラスフィールド王国には巨大鳥（ダリオン）による人的被害は出なかった。

それから五年後。

十歳のアイリスは父のハリー・リトラーと一緒に『判定試験』を受けに来ている。

グラスフィールド王国のほとんどの子どもにとって、十歳の年に受ける『判定試験』は、ただの儀式だ。

なぜなら、飛翔能力者は試験を受ける十歳男児の一万人に一人ほどしかいないからだ。

その上飛翔能力者は、たいていもっと早い段階で把握されている。この試験は万が一見逃されている子供がいないかを確かめるために行われているのだ。

「お父さん、試験の後でお菓子屋さんに寄ってもいい？」

「ルビーがこの前話していたお菓子屋さんかい？」

「うん。私、ずっと行ってみたかったの」

「いいよ。一生に一度の判定試験だ。アイリスの行きたい場所に行こうじゃないか。好きなお菓子を買うといい」

「嬉しい。ありがとう、お父さん大好き！」

アイリスは愛くるしい顔を輝かせて喜んだ。

どうせ試験の結果はわかっている。国民の義務を怠れば罰せられるから行くだけだ。(もしかしたら今日は突然飛べるかも)というほんのわずかな希望が心の底にあるけれど、口には出さない。飛べなかったときによけい悲しくなるのはわかっているからだ。部屋にある子供用のフェザーで数えきれないほど試して、飛べないことはとっくに確認済みだ。

アイリスは金色の長い髪を後ろに流し、青の瞳と同じ色のワンピースドレスを着ている。街のお菓子屋さんは、滅多に行けない憧れの場所だ。

姉のルビーは十二歳の今年から学院に通っていて、学院の行き帰りに前を通るお菓子屋さんの話を何度もしていた。

まだ十歳のアイリスは、よほどのことがない限り一人で街に行くことは許されない。人さらいの危険があるからだ。それに、お菓子屋さんで自由にお菓子を選んでお金を使うなんて贅沢は、生活が苦しいリトラー家ではありえなかった。

判定会場は最寄りの役所。

受け付けを済ませ、中庭に並べられた椅子に座る。担当官から丁寧にフェザーを飛ばす方法を説明された。そして名前を呼ばれるのを待つ。保護者は受験者の隣の席だ。

「二十三番、アイリス・リトラー、前へ」

「はい」

アイリスは前に出て、細長い楕円形の白い板の上に乗った。それは本物のフェザーを子供用に小さくしたもので、板の長さはちょうどアイリスの身長くらい。幅は身体の幅くらいだ。

担当官は四十歳ほどの男性で、ペンを手にして淡々とアイリスに質問する。

「飛べますか？」

「いいえ」

「フェザーに乗って」

「はい」

「ジャンプして」

アイリスは事前に説明された通りに膝を深く曲げ、ジャンプする。もちろんフェザーは飛ばない。

「はい、結構。席に戻りなさい」

担当官は無表情に書類の「能力無し」にチェックを入れた。


この日、会場には十歳の子供たちが数十人集まっている。どの子も小型のフェザーに乗り、ジャンプしてすぐ下りる。

だが最後の男の子がフェザーに乗り、担当官の質問に「飛べます」と答えると、その場に居合わせた全員が息をのみ、少年を見つめた。

「では浮かせてごらん。高さはほんの少しでいい。落ちて怪我をしないようにね」

「はい」

こげ茶色の髪の少年はフェザーの上に乗ると、膝を曲げた。しっかり沈み込んでから飛び上がる。

ふわり。

少年の身体がフェザーごと二メートルほども浮き上がった。会場にいた人々から「おお」というどよめきが生まれる。アイリスは自分の心臓がギュッと誰かに握られたように感じた。

少年はフェザーに乗ったまま、中庭をゆっくり一周した。動きは安定していて危なっかしいところが全くない。彼が普段から飛び慣れていることは、アイリスにもわかった。ドキドキしながら少年を目で追いかけた。

会場の全員が、驚きと興奮の表情でフェザーを操る少年を目で追いかける。父のハリーがアイリスにそっと話しかけてきた。

「アイリス、私たちは幸運だ。未来の王空騎士団員誕生に立ち会うことができたんだよ」

「お父さん、なんてきれいな動きかしら。私、ずっとドキドキしているの」

「ああ。あの子は確かに上手いな。あの子はもしかすると将来はトップファイターになるかもしれないよ」

「わぁ、そんなに上手なの？　すごい」

フェザーが中庭を一周したところで担当官が最初の場所を指差し「ここへ」と声をかけた。少年は一切音を立てず、スッとフェザーを着地させた。担当官はとても満足そうにうなずき、少年も晴れがましい表情で微笑んでいる。

「はい、他の皆さんはこれで帰ってくださって結構です。君は残るように」

アイリスは父と一緒に会場を出たが、先ほどの興奮がまだ冷めやらない。

フェザーで飛ぶ人をあんなに近くで見たのは初めてだった。彼は全く重さがないかのように、まさに羽のように軽やかに飛んでいた。滑らかに飛ぶ姿には、神々しささえ感じられた。

「お父さん、あの子、とってもすばらしかった！」

「判定会場で能力者を見られたのは本当に幸運だったな」

アイリスと父は菓子店で買い物をした。その間もアイリスはまだ興奮している。あの少年が自分たちとは違う人間のようだと思った。整った顔の少年は当然のことのようにフェザーを飛ばしていて、フェザーは少年の身体の一部のように自在に動いていた。

「お父さん、あの子は平民の服装をしてたね」

「そうだな」

「私と同じ十歳なのに、もう自由に飛んでいたわ」

「ああ。あそこまで高い能力があれば、噂ぐらいは聞いているはずなんだが。王都育ちではないのかもしれないな」

アイリスは華麗に飛んでいた少年のことで興奮しているのだが、父のハリーは別のことを考えている。

飛翔能力のある子は、生まれが平民でも貴族の養子になることが多い。その上で貴族の令嬢と婚姻を結ぶ者がほとんどだ。貴族は子孫にファイターが生まれることを期待する。飛翔能力者の誕生は、貴族にとって、この上ない名誉だからだ。

(平民の男の子か)

ハリー・リトラーは小ぶりな籠いっぱいに詰められたお菓子の代金を支払い、興奮冷めやらぬアイリスを連れて菓子店を出た。

「あっ！　お父さん、さっきの男の子！」

アイリスの視線を追うと、会場で飛んでいた少年が通りを歩いている。隣には中年の女性。アイリスは父が止める間もなく駆け寄った。少年は、駆け寄ってきたアイリスを見て、何事かと驚いた顔だ。

「さっきはすごかったわ。とっても美しかった！　私、能力者をあんな近くで見たのは初めてなの！」

「あ、ああ。そうなの？」

「私はアイリス。アイリス・リトラーよ」

「僕は」

少年が自己紹介をしようとしたところで通りの向こうから大きな声がかけられた。

「ハンナ！　判定試験は終わったのかい？」

「ええ、終わりましたよ。今行きます。お嬢さん、失礼しますね。坊ちゃん、行きますよ」

「ねえ、これあげる！　私の分だけど、よかったら食べて。私からのお祝いよ！」

アイリスは今日までずっと楽しみにしていた焼き菓子をひとつ紙袋から急いで取り出し、少年に差し出した。

「はい、どうぞ」

「ありがとう。いいの？」

「ええ。いつかあなたが王空騎士団に入ったら、必ず見学に行くわ！」

「うん。わかった。待ってるよ」

そこまで二人がしゃべったところでハンナと呼ばれた女性が「お嬢さん、お話し中失礼しますよ」と言って少年の手を引いて急いで行ってしまった。少年はなにか言いたそうな表情でアイリスを振り返ったが、そのまま高齢の男性が待つ馬車へと乗り込んだ。

「残念。名前を聞きたかったのに」

「アイリス、お父さんから急に離れてはいけないと言ってあるだろう」

「ごめんなさい、お父さん。あの子とお話ししてみたかったの。でも、自己紹介はできたわ！」

「そうか。名前を憶えていてくれるといいな」

「うん！」

一方、急かされて馬車に乗った少年は、渡された焼き菓子を眺める。アイリス・リトラーという名前を何度も口の中で繰り返して、忘れないようにしようと思った。

「坊ちゃん、そのお菓子、預かりましょうか？」

使用人の女性に言われて、少年は首を横に振った。

「いいえ。お屋敷に着いてから食べます」

「さっきのお嬢さんはお知り合いですか？」

「初めて会った子です。お祝いだって、これを」

（アイリスか。金色の髪に深い青色の瞳の、可愛い子だったな）

手の中のむき出しの焼き菓子を眺めながら、少年はほんの少し微笑んだ。


アイリスは姉と二人でお菓子を食べながら、今日見てきたことを話した。

「ルビーお姉ちゃん、今日ね、判定会場に能力者がいたの。もう、ほんとに素晴らしかったわ！」

「へえ。フェザーを浮かせることができたの？」

「浮かせるどころか！　大人の頭の上の高さを飛んでいたの。優雅に飛んで、音もたてずに着地したの！」

「能力者が会場にいたなんて、ついていたわね。私のときは、能力者はいなかったわ。どんな男の子？」

「こげ茶色の髪の、きれいな顔の男の子」

「能力者な上に顔もきれいなの？　そりゃあお嫁さん候補が群がるわね」

「ルビーお姉ちゃんたら。またそんなことを言って。それにしても、なんで女の子も試験を受けるんだろうね。どうせ男の子しか飛べないのに」

そう言いながらアイリスはルビーの部屋に飾られている真っ赤なフェザーを見た。

ルビーの部屋にもアイリスの部屋にも、子供用のフェザーが壁に飾られている。この国の伝統に従い、二人が生まれた時に祖父母から贈られた高級なものだ。今は困窮しているが、当時のリトラー商会は裕福だったと父が言っていた。

ルビーのフェザーは深い赤一色。アイリスのフェザーは青で、黄色のラインが一本入っている。

「ああ、それはね、何百年も昔に飛べる女性がいたからよ。その女性は誰よりも高く、誰よりも速く空を飛べたらしいの。だから万が一にもそういう女の子を見落とさないようにしているんだって。歴史の授業で習ったわ」

「ふうん」

「いいなぁ。私も自分のフェザーで飛びたかったなぁ」

甘い焼き菓子を頬張りながら、アイリスは小さくため息をつく。その夜のリトラー家の夕食の席は、飛翔能力者の少年の話題に終始した。

アイリスは幼いころから空を飛びたいと願う一風変わった女の子だった。鳥を見るのが好きで、自分もあんなふうに空を飛びたいと真似をすることもあった。

王空騎士団の練習を見学してからは、飛びたいと思う気持ちはますます強くなった。何度も壁に飾られているフェザーを床に下ろし、飛ぶ真似をした。飛べることはなかったが、十歳の今、口に出すことはなくなったものの、空を飛ぶことへの憧れは強い。

三月下旬になった。

巨大鳥（ダリオン）の『渡り』の季節の始まりだ。

春、巨大鳥（ダリオン）たちはいくつかの群れを作る。群れは数日ずつ日をずらして渡りを始める。本来の生息地である巨大鳥島（ダリオン）から、繁殖地である終末島（エンドランド）に行く途中でグラスフィールド島に寄るのだ。

そして秋、終末島（エンドランド）から元の巨大鳥島（ダリオン）へ帰る途中にも休憩していく。

広大な島国であるグラスフィールド王国は、巨大鳥（ダリオン）たちが行き帰りするルートの中継地点になっている。巨大鳥（ダリオン）たちは太古の昔から毎年渡りを繰り返していて、それは人間にはどうすることもできない自然界の決まりごとだ。


「ルビー、アイリス。これから巨大鳥（ダリオン）たちがいなくなるまでは、決して外に出てはいけないよ」

「特に昼間は絶対に家から出ないでね。長くても三週間の辛抱なんだから」

夕食の席で、父と母が真剣な顔でそう注意する。

幼い頃は渡りの季節になると「お外に出たい」と泣いて両親を困らせたルビーとアイリスだったが、今は黙ってうなずく。

巨大鳥(ダリオン)は他の鳥と同じように、日の出から日没までの間に活動する。大人たちはどうしても用事があるときは、真っ暗になるのを待ってから外に出るのがこの時期の生活だ。

アイリスは、白くて柔らかいチーズに蜂蜜をかけたものをスプーンで口に運び、それを飲み込んでから父に尋ねる。

「お父さんは今年も豚とヤギを捧げるの？」

「もちろんだ。豚とヤギを捧げておけば、人間は食われずに済む」

父の言葉を聞いて、ルビーが大人びた口調でそれに文句をつけた。

「もったいないよね。何頭も豚とヤギを捧げたら、うちは大損でしょう？　巨大鳥(ダリオン)が来る春と秋には荷物を積んだ船も来なくなっちゃうから商売も止まるし」

「馬鹿なことを言わないでちょうだい。リトラー商会は人々の命を守るために家畜を差し出しているの。それを惜しんで人間が食べられたらどうするの」

「そうだけど。なにもうちみたいな小さな商会が毎年負担しなくてもいいんじゃないの？」

「ルビー、『稼いだら捧げよ』という この国の諺(ことわざ)を忘れたのか？」

「忘れてはいないけど」

もちろん、家畜を捧げるのはリトラー商会だけではない。

王家や貴族をはじめ、全ての商会が家畜を提供している。

アイリスは黙って蜂蜜がけのチーズを食べていたが、ふと思いついた疑問を口にした。

「お父さん、私は一度ファイターたちの様子を見てみたい」

「アイリス、そうやって昼間にファイター見物に出て命を落とした者が、過去にどれだけいることか。巨大鳥に襲われて食べられても、誰も同情してはくれないぞ。『愚か者が食われたな』と笑われて終わりだ。それ以前に、父さんが見物を許さん」

「はぁい。わかりました。外には出ません」

　そう返事をしたアイリスに、夜になってからルビーがとんでもない話を持ちかけた。

「ねえアイリス、私、ファイターが巨大鳥の前で飛ぶ姿を見てみたいの」

「私も見たいけど、お父さんが許してくれないでしょう?」

「だから内緒で見るのよ。アイリスも一緒に見ない?」

「内緒で見るって、どうやって?　玄関も一階の窓も、全部塞がれちゃうのに。裏口だって閂がかけられるんだよ?」

「ダストシュートを使うのよ」

「ええ?　汚いよ」

「汚くない。確かめたわ」

　アイリスはルビーが両親に叱られているのを見て育ったので、叱られるようなことはしない要領の良さがある。その一方で、姉のこういう無鉄砲な部分に憧れる気持ちもあった。

　ルビーの言うダストシュートは、リトラー家ではゴミ捨て用には使っていない。主に洗濯物や重い敷物、カーテンなどを一階の洗濯場に運ぶのに使われている。

「縄梯子を使って、ダストシュートの中を一階まで下りればいいのよ。それはもうお店から持ち出して用意してあるわ」

　ルビーは自分の計画に自信満々の様子だ。

「でも……」

「捧げ物をする広場には行かないから安心して。うちの庭の木の陰から遠眼鏡（とおめがね）で見るだけよ。どう？　それならアイリスも安心して見られるでしょ？」

「うん、見たい！」

「でしょう？　じゃあ、私の部屋で大人しくしているふりをして、飛来の鐘が鳴ったらダストシュートで外に出ようよ。あんまり早く家を出ると、巨大鳥（ダリオン）とファイターが来る前に見つかって連れ戻されちゃうから」

「わかった！」

　ルビーは（ファイターの素敵な姿をこの目で見てみたい）と思い、アイリスは（ファイターがどう飛んで、どう巨大鳥（ダリオン）と戦うのかを見てみたい）と願った。

　アイリスたちの家は、他の家同様に厳重な巨大鳥（ダリオン）対策が施されている。

　窓という窓は外から分厚い板が打ち付けられ、玄関も内側から閂（かんぬき）をかけ、外からも板が打ち付けられている。出入りできるのはドアの幅が狭い裏口だけ。

　馬小屋は平素からレンガの壁と石を載せた分厚い板の屋根で守られ、出入口も頑丈な鉄の柵が二重に設けられているのでまず心配ない。

リトラー家には使用人がいないので、両親は大量の食糧、薪、炭、ランプ用の油、水がめの用意に走り回っていた。

父と母はときどきルビーの部屋を覗きに来ては「あの子たちも大人になったものだ。すっかりわがままを言わなくなった」と姉妹の聞き分けの良さを喜んだ。


巨大鳥（ダリオン）の飛来を知らせる鐘が鳴り始めた。

王都中の教会や役所の鐘がせわしなく打ち鳴らされている。たくさんの鐘の音が重なり合い、うねりを生み、不穏な響きになっていく。

鐘が鳴り始めた直後から、王都の街中（まちなか）から一斉に人影が消えた。

王都のほとんどの建物は堅牢な石造りの上に、巨大鳥（ダリオン）に破られそうな窓もドアも補強済みだ。

さらにこの国では、巨大鳥（ダリオン）が室内に入る足がかりになるようなバルコニーやベランダは一切設置が許されていない。

全ての窓が塞がれているので、家の中は昼でも暗い。室内や廊下のあちこちにはランプが掛けられている。


「ルビー、アイリス、お茶にするから居間にいらっしゃい」

「お母さん、夜に起きているんでしょう？　私たちはその時まで昼寝しています」

「私もお姉ちゃんと一緒に寝ています」

「わかったわ。じゃあ、おやすみ。夜にまた見に来るわ」

母がドアを閉めて立ち去るのを確認して、姉妹はルビーのベッドに丸めた毛布を二枚仕込む。子供が二人寝ているように細工をしてから、二人で静かに部屋を出た。

ルビーが縄梯子のフックをダストシュートの枠に引っ掛け、先に下りる。続いてアイリスもグラグラする縄梯子で一階まで降りた。

「さあ、行くわよ」

「うん！」

二人は家の外に通じているダストシュートの小さな扉を開け、明るい外に出た。腰を曲げ、背中を丸めて壁沿いに進み、アイリスの身長ほどの高さの石塀を乗り越える。

家から少し離れたところに生えているケヤキの大木までたどり着いた。そこでやっと背中を伸ばし顔を上げて、広場の方向を見た。

「うわぁ」

「すごいね、お姉ちゃん」

遠眼鏡を使うまでもなかった。

家からほど近い広場の上空で、巨大鳥（ダリオン）が乱舞している。巨大鳥（ダリオン）たちは上空で悠然と飛びながら獲物に狙いを定めると、一直線に広場へ降下していく。

周囲の建物に遮られて、獲物を捕らえる瞬間は見えない。だが彼らが地面に下りることなく豚やヤギを捕えていることはわかる。

一直線に地面に向かった巨大鳥は、次の瞬間にはもう、両足でがっちりと獲物をつかんで空に舞い戻っている。

そして悠々と羽ばたきながら王都の隣にある森へと去って行く。

百人近い飛翔能力者たちの姿も小さく見える。

フェザーに乗った彼らは巨大鳥（ダリオン）の描く円のさらに外側で、巨大鳥たちを監視している。

ある騎士団員は人家に興味を示している巨大鳥の前方でクルクルと時計の針のように回転し、黒い煙を撒いて煙幕を張っている。

またある騎士団員は巨大鳥の前を何度も遮るように飛び、巨大鳥に追いかけられると猛烈な勢いで飛んで逃げる。

騎士団員たちは、広場以外で獲物を探そうとしている巨大鳥が広場に戻るよう、繰り返し誘導していた。

どうしても誘導に従わない個体には、ファイターが素早く近寄り、ごくわずかに羽の端に剣を振り下ろしている。実際羽を切るわけではなさそうだが、巨大鳥は嫌がって逃げる。だが、ぐっと距離を詰めることになるから、下手をするとファイターが襲われそうだ。

「お姉ちゃん、ファイターって、戦うんじゃなくて導くんだね」

「そういえば、巨大鳥の死体って、見たことも聞いたこともなかったわね」

「あの人たち、なんて美しく飛ぶのかしら。まるで羽があるみたい」

感心して見ていた二人は、五、六人の騎士団員がフェザーにうつ伏せて、猛烈な速さでこちらに向かってくるのに気づいた。

「お姉ちゃん、あの人たち、なんでこっちに来るの？　私たち、見つかったの？」

「まさか」

バキバキ、バサバサという音がして、ケヤキの小枝や葉っぱが二人に降ってきた。

何事かとアイリスとルビーが同時に頭上に視線を向ける。二人のすぐ上にケヤキの枝をすり抜けようとしている巨大鳥（ダリオン）がいた。

「キャアアアアッ！」

ルビーは悲鳴を上げたがアイリスは声を出せず、動くこともできない。

こんな大きな生き物が、いつの間にここまで近づいていたのか。アイリスは恐怖で思考が停止した。

巨大鳥（ダリオン）は地面に下りずに二人を襲おうとしているらしい。そのせいで、張り出しているケヤキの枝に大きな体と羽が邪魔され、地面にいるアイリスたちにたどり着けないでいる。

枝に邪魔されながら近づこうとしている巨大鳥（ダリオン）の視線とアイリスの視線がぶつかった。

巨大鳥（ダリオン）の丸く黒い瞳孔。鋭い鉤（かぎ）のような嘴（くちばし）の側面についている傷まではっきり見える。

アイリスが思っていたよりもはるかに大きい巨大鳥（ダリオン）が二人を狙っていた。

（食べられる）

アイリスの頭皮を含めた全身の皮膚が、恐怖でチリチリする。

アイリスと視線が合うなり、巨大鳥（ダリオン）は鋭い嘴をカッと開いた。

真っ赤な口の中で丸く厚みのある舌が見える。

自分の髪が逆立っているのにも気づかず、アイリスは巨大鳥(ダリオン)と目を合わせたまま固まった。

巨大鳥(ダリオン)はケヤキの枝の中でもがいていたが、別の方向から二人を捕まえることにしたらしい。一度枝から抜け出して上空に舞い上がり、ヒラリとターンした。アイリスたちに向かって、今度は地面の上を滑るように、低い位置をゆっくり羽ばたきながら近づいてくる。

ルビーは腰を抜かしたらしく、地面にへたり込んだまま無表情に巨大鳥(ダリオン)の接近を見つめている。

(このままじゃ食べられちゃうよ!)

先に冷静になったアイリスがルビーの腕をつかんだ。

「お姉ちゃん! 逃げよう! 立って!」

相変わらず固まっているルビーの腕を引っ張り、引きずるようにして家に向かおうとした。

「動くな! そこにいろ!」

上から男性の声が降って来た。

ビクッとなったアイリスとルビーが声のする方を見上げると、一人の騎士団員がケヤキのすぐ近くまで来ていた。

「こっちに戻れ!」

二人は慌ててケヤキの木まで戻る。

既に数人の騎士団員がフェザーの上に立って、ケヤキの上を旋回しながら黒い煙を撒いている。

下まで漂ってきた煙は、吐き気を催(もよお)すような、なんとも嫌な臭いだ。

アイリスたちを狙っていた巨大鳥（ダリオン）は煙から逃げて上空に向かったものの、姉妹をまだ諦めきれない様子だ。大きく円を描きながら留まっていて、飛び去らない。

姉妹はどうすることもできない。そこにさっき声をかけてきた男性が滑り込むように着地した。

「今のうちに逃げるぞ。抱えるから大人しくしていろよ！」

そう言うと腕を伸ばして自分の前にアイリスとルビーを立たせて、自分は立ち位置を少し後ろにずらしてからフェザーを離陸させる。「家は？」と聞かれたアイリスが黙って目の前の家を指差した。それを確認して、騎士団員は、まっすぐ家に向かってフェザーを動かす。スーッと低い位置のまま進み、家の裏側へと回り込む。

フェザーのスピードが速く、風が顔にぶつかってくる。

家の角を曲がるとき、フェザーは急減速した。姉妹は前に倒れそうになったが、男性の太い腕が二人をがっしりと支えていて、落ちる心配はない。

男性は裏口の鉄格子の前にフェザーを着地させ、鉄格子をガンガン叩きながら声を張り上げた。

「子供を連れてきた！　開けてくれ！」

ルビーとアイリスをフェザーの上に立たせたまま、大声で救出を知らせる騎士団員。刈り上げた短い金髪、緑色の瞳。逞しい身体。こんな事態だったが、アイリスはその能力者を憧れの眼差しで見つめてしまう。

鉄格子の奥、裏口のドアが細く開いて誰かがこちらを覗き、すぐにドアが開いた。父のハリーが飛び出してくる。ハリーは鉄格子の閂（かんぬき）を大急ぎで外して扉を開けると、ガッと両腕で姉妹を抱きしめた。

「子供を外に出さないでくれ」

男性はフェザーから下りることなくそう言うと、再び巨大鳥(ダリオン)のいる空へと飛び去った。

軽く膝を曲げた姿勢で立ち乗りしている姿がどんどん小さくなる。

アイリスとルビーはハリーに引きずられるようにして家の中へと運び込まれ、裏口のドアは素早く閉められた。

父のハリーは何も言わない。

(きっととんでもなく怒っているわよね)と思ったアイリスは「ごめんなさい」と小さい声で謝った。

ルビーも下を向いたまま「お父さん、ごめんなさい」と謝る。ルビーの声は震えていた。アイリスが恐る恐る顔を見上げると、ハリーは唇を嚙んでアイリスたちを見下ろしている。

「よかった。お前たちが無事で本当によかった」

そう言ってハリーは通路にガクッと膝をつき、両腕でアイリスとルビーの身体を抱きしめた。

アイリスは父親のこんな姿を初めて見る。叱られるよりもずっと心に堪える。

自分たちがどれだけ愚かなことをしでかしたのか、父の様子で思い知らされた。

「ごめんなさい、お父さん、ごめんなさい、ごめんなさい!」

「私もごめんなさい」

日頃はどんなに叱られても泣かないルビーが先に泣き出した。それを見たアイリスも緊張の糸が切れて泣き出した。

「ルビー！　アイリス！　ああ、神様！」

母のグレースが娘たちを抱きしめる。

目から大粒の涙をこぼしている母は、普段の冷静沈着を絵に描いたような姿からは想像もつかない。

「こっちにいらっしゃい。明るいところで怪我がないか確かめるわ」

鼻の頭を赤くしたグレースが二人を促して居間に連れて行く。その間もルビーはずっと泣いていた。アイリスはそんな姉を見るのも初めてで、自分たちがしたことを猛烈に後悔した。

グレースは問答無用で二人の衣服を剝ぎ取り、ランプを近づけて娘たちの身体に怪我がないか全身を確かめた。

「よかった。どこにも怪我はなさそうね」

「お母さん、ごめんなさい。アイリスは悪くないの。私が誘ったの」

「私もごめんなさい」

「やってしまったことは仕方ないわ。落ち着いたらファイターの方々にお礼に行きましょう」

グレースが娘二人の無傷を確認して夫に報告すると、ハリーは安堵した。そして「どうも興奮しすぎたようだ。めまいがする」と言って自室に引きあげてしまった。

グレースは（この手を離したら娘たちがどこかに行ってしまう）というように、ルビーとアイリスを左右に座らせて抱え、ソファーに座っている。そのままずっと無言だ。

しばらくして、穏やかな優しい声で話かけてくれた。

「ルビー、アイリス、どうして渡りの期間は外に出てはいけないのか、これでわかったでしょう？巨大鳥（ダリオン）はとても目がいいのよ。遥か上空からでも地上の獲物を見つけるの。それこそネズミのように小さな動物でも見えるらしいわ。見つけたら、翼を畳んで落ちるように獲物を目指すの。羽ばたかないから音もしない。獲物が気づいたときには、もう巨大鳥（ダリオン）の太い爪でガッチリつかまれているのよ」

アイリスはケヤキの枝をかき分けるようにして自分たちに迫って来た巨大な鳥を思い出した。確かに、あんな近くに来るまで、アイリスは全く気がつかなかった。

視線が交わったときの丸く黒い目が脳裏に浮かぶ。

ルビーも同じだったらしく、母の方に顔をくっつけたままふるりと身体を震わせた。

「お母さんはね、子供のときに身近な子が巨大鳥（ダリオン）にさらわれたの。実家の使用人の子供よ。あなたたちと同じように巨大鳥（ダリオン）とファイターの様子を見ようとしたの。いつもより早く渡りが始まった年のことだったわ。その子は、板を打ち付けるのが間に合わなかった窓の鎧戸（よろいど）を開けて、窓ガラス越しに見ていたらしいの」

それがどういう結果を招くか、今のアイリスなら想像がつく。

「巨大鳥（ダリオン）はガラスを突き破って頭を突っ込んで、その子の腕を嘴（くちばし）で咥（くわ）えて庭に引きずり出した。それから胴体をつかんで飛び立ったそうよ。あまりにあっという間のことで、ファイターは間に合わなかったの」

　グレースの話が続く。

「その子は悲鳴もあげられないまま連れ去られたそうよ。窓の割れる音で駆け付けた両親の目の前でね。その子は私の遊び相手だった。私はそれ以来、巨大鳥(ダリオン)が本当に恐ろしい。ルビー、アイリス。もう二度とあんな危険なことはしないと誓ってちょうだい」

「誓います。もうあんなことはしません。お母さん、ごめんなさいっ」

「私もしません。ごめんなさい」

　ハラハラと涙を流す母に申し訳なくて、今度こそアイリスは声をあげて泣き出した。

　その日以降、ルビーは人が変わったように親の言いつけを守るようになった。

　アイリスは自分を助けてくれたあの金髪のファイターや、空中を自由自在に飛び回って巨大鳥(ダリオン)の攻撃から自分を守ってくれた人たちのことを、感謝しながら繰り返し思い出した。


　姉妹が巨大鳥(ダリオン)に襲われてから三週間が過ぎた。

　巨大鳥(ダリオン)たちは捧げものの家畜を食べ、グラスフィールド王国から去って行った。

　王都には、再び平和な暮らしが戻っている。

　渡りの時期、アイリスはいつも不思議に思う。

　巨大鳥島(ダリオン)、グラスフィールド島、終末島(エンドランド)の三つの島の西には巨大な大陸がある。

　三つの島は大陸に寄り添うように並んでいて、大陸との間の距離は、どの島もおよそ千五百キロメートル。三つの島同士の距離も、それぞれ千五百キロメートルほどだ。だから巨大鳥（ダリオン）たちは、大陸へ飛んで行こうと思えば行けるはず。

「お母さん、なんで巨大鳥（ダリオン）は大陸に行かないのかしら。大陸に行った方がよっぽど広々していて餌だって豊富でしょうに」

「それは大昔からの謎なのよ。私も子供の頃、それが不思議だったわ」

「大陸の人は巨大鳥（ダリオン）がいなくていいわよね」

「そうね」

「巨大鳥（ダリオン）なんて、滅びればいいのに」

「みんなそう思っているわ」

「なんで巨大鳥（ダリオン）を殺さないの？」

「この国には『巨大鳥（ダリオン）を殺してはならない』という昔からの言い伝えと、聖アンジェリーナの同じ遺言があるからね」

「聖アンジェリーナって、女の人なのに空を飛べたんでしょう？」

「そうよ、何百年も昔の人。よく知っているわね」

「お姉ちゃんに教わったの。歴史の授業で習ったんだって」

今、アイリスと母のグレースは二人で刺繍をしている。

グレースは貴族の出身だ。実家は伯爵家で、グレースは三女。グレースの実家である伯爵家は経済的に苦しい。

グレースは当時豊かだったリトラー商会に嫁いだが、アイリスが生まれてすぐにリトラー商会は破産した。祖父の所有していた船団が、商品である石炭を積んだまま、八隻も行方を絶ったからだ。祖父も船と一緒に行方知れず。

ハリーは「遭難したのだろう。それ以外考えられない」と言う。

グレースの実家の伯爵家はリトラー家からの資金援助を期待していたので、『破産した夫とは離婚し、子供を置いて戻ってくるように』と言ってきた。だが、ハリーと二人の娘を愛しているグレースは、親を説得して今に至る。

二人の結婚がそのまま許されたのは、グレースの姉がとりわけ裕福な貴族と結婚して実家を支えたのもある。

グレースはいかにも貴族らしい金色の髪に緑の瞳。

優雅で上品で、姉妹の自慢の母親だ。その母が布の上で丁寧に針を運びながらアイリスに話しかける。

「ルビーはよく勉強しているものね。世間には、『女の子に学問など不要』という意見もあるけれど、私はそうは思わないわ。知識は人生の羅針盤(らしんばん)よ。自分がどこを目指して進めばいいか、蓄えた知識が必ずあなたを導いてくれる。人生はね、生まれ持っての才能だけで泳ぎ切れるほど甘くはないの」

「ふうん。お母さんも羅針盤を持ってるの？」

「ええ、ここにね」

グレースは細く白い人差し指をこめかみに当てた。

「お母さんの頭の中の羅針盤が、お父さんの方を指したの？」

「そうよ。お母さんが十五のときには八人の貴族の求婚者がいたわ。でもね、その中に、あなたのお父さんほど頼りになりそうな人はいなかった。他の求婚者の身分が霞んで見えるほど、お父さんは有能だったの」

「ふうん。でもうちは貧しいじゃない？」

「それはおじい様が乗った船が行方不明になって一度は破産してしまったからよ。あなたのお父さんは、それをここまで建て直したすごい人なの」

リトラー家は四人全員が働き者で仲が良い。

父は働き者だし家族を大切にしてくれる。貴族出身の母は貧しさに文句も言わず、家の内回りをよくこなし、娘たちの教育に力を注いでいる。

ルビーは母の指導のおかげでフォード学院に合格し、成績優秀かつ商会の収入が少ないことから、奨学生に選ばれていた。ルビーもアイリスも、子供なりに自分たちができる手伝いに率先して取り組んでいる。

「うちの娘たちは働き者ね」

帳簿を見ている夫にグレースがそう言うとハリーはうなずいて目を細める。

「あんまりいい子だから逆に心配になるくらいだ。特にアイリスはよくやってくれる。ルビーが学院に行ってからは二人分働いている」

ハリーがそう褒めるが、アイリスは家族が大好きで家の手伝いを苦にしたことはない。

夫を大好きなグレースが、いかにアイリスの父が才能にあふれていたかを語ろうとしたところで、来客があった。アイリスの従弟（いとこ）のオリバーだ。窓から彼の姿を確認したアイリスは手早く刺繍の道具を箱にしまうと、椅子から立ち上がった。

「じゃあ、オリバーと遊んできます」

「頼むわね。優しくしてあげてね」

「はい」

アイリスは自分の部屋のクローゼットの棚から麦わら帽子を手に取ると、玄関に向かった。オリバーは外でアイリスとおしゃべりするのが好きなのだ。

「お待たせ、オリバー」

「うん」

「今日はなんの話をしてくれるの？」

「僕、空気について考えたんだ。そしてわかったことがあるんだよ」

「待って。どこに行く？　馬小屋？　お庭？」

「裏庭のベンチがいい」

「わかった。じゃ、行きましょう」

「うん」

オリバー・スレーターは今年九歳。アイリスのひとつ年下だ。

アイリスの母グレースの姉の子で、伯爵家の次男。幼児期からずっと、口数がとても少ない。家族ともあまり会話をしない彼だが、不思議とアイリスに懐(なつ)いている。オリバーがアイリスにだけはよく話をするのを見て、オリバーの両親はアイリスにオリバーの相手をしてくれるよう頼んでいる。

裏庭のベンチに腰を下ろし、アイリスはオリバーの方を向いた。

「それで、空気についてわかったことって、なあに？」

「僕たちはここに何もないと思っているだろ？」

「うん。なにも見えないし」

「でも、ここには空気がある。空気は目には見えないけど、土や水と同じ『物』だと思うんだ」

「空気は物、ね。覚えておく。それで？」

「人間や魚が水の中で泳ぐように、鳥は空気を使って空を飛ぶんだと思う」

「人間が泳ぐときは水の中で手足をばたつかせるし、魚は水の中で体をくねらせている。そして鳥は空で羽ばたいている。でも、ファイターたちは？　あの人たちは羽ばたかないで空を飛ぶわよね？」

「そうなんだよ。ファイターがなぜ空を飛べるかは、どんな偉い学者でもわからない謎だ。それでね、僕はこれからは鳥と魚の研究をしようと思う」

「ねえオリバー、いつか飛翔能力者じゃなくても空を飛べる方法がわかったら、一番初めに私に教えてくれる？」

オリバーは目を丸くしてアイリスを見た。

「アイリスは空を飛びたいの？」

「もちろんよ。フェザーを使って、どこまでも高く飛びたい。空の高いところから、この国の景色を見てみたいわ。あっ、もちろん渡りの季節以外でね」

「怖くないの？　落ちたら死ぬんだよ？」

「フェザーがあれば大丈夫でしょう？」

「馬鹿だな。ファイターだって訓練中や出動中にフェザーが外れて死ぬことがあるじゃないか」

「ほんとに？　知らなかった」

「僕も不思議に思って調べたことがある。フェザーを使って飛ぶことができるなら、自分の靴や服を使って飛べるんじゃないかと思ったんだ」

「へえ！　それで？」

「お父様に頼んでお城の書庫に連れて行ってもらったんだよ。そこで調べたら同じことを考えた人は過去にもいた。フェザーの大きさをどこまで小さくできるか、どこまで大きくできるか、実験したらしい」

「それでそれで？」

オリバーは嬉しくなる。アイリスはいつだって自分の話を夢中になって聞いてくれるからだ。

「わかったのは、フェザーは飛翔能力者の身長と同じ長さが一番効率よく飛べるらしい。幅はだいたいだけど、その人の指先から肘までくらい。それ以上でもそれ以下でも能力者は疲れるらしいよ」

「へぇ！　へぇ！　形は？　ファイターが乗っているフェザーは細長い楕円形よね？」

「あれは見た目重視で、本当は長方形でもいいらしい」

「なるほどねえ。オリバーも空を飛びたいの？」

「僕は嫌だね。興味はあるけど。だから判定の日に飛べてしまったらどうしようと思うよ」

アイリスは思わずクスッと笑ってしまった。

飛翔能力を持って生まれた子は、三歳四歳の頃にはたいてい飛べるのだそうだ。どんなに遅くとも全員が六歳までには能力が開花するらしい。

だから国は大きく余裕を見て十歳で判定試験を受けさせる。九歳のオリバーに能力が現れていないのなら、そんな心配は不要だ。

「笑わなくてもいいのに。僕、もう帰る」

「えっ。オリバー、怒ったの？　ごめんね？」

オリバーは顔を赤くしたまま返事もせず、振り返ることもなく馬車に乗って帰ってしまった。

アイリスは馬鹿にして笑ったのではなく、（こんなに頭がいい子でも子供らしい心配をするのが可愛い）と思って笑ったのだが。

そのオリバー・スレーターは馬車置き場に向かいながら早くも後悔している。

アイリスはオリバーの話を感心して聞いてくれるただ一人の子で、他の貴族の子供たちのように変人を見るような嫌な目つきをしない。いつだって真剣に話を聞いてくれるし、的を射た質問を返してくれる貴重な存在だ。

オリバーは大変に知識欲がある子で、ハイハイをするようになるころから絵本に興味を持った。それだけならままある話だが、オリバーが常人と違っていたのは、乳母が読んでくれる絵本を見ているうちに絵本の文字と言葉を結び付けて覚えてしまい、誰に教わるともなく読み書きができるようになったことだ。

教わらずに覚えたので文字を書く順番はめちゃくちゃだったが、ある日、オムツも取れない幼児が文字を書いているのを見た父親は仰天した。父親は（この子は天才なんじゃなかろうか）と思い、三歳になる前のオリバーに家庭教師をつけた。

「旦那様、オリバー様は文字を完全にご理解なさっています」

家庭教師も驚き、「これは我が家に天才が生まれた」と一家は大喜びしたものだ。

しかし神様はそう甘くはなく、五歳になる頃にはオリバーが対人関係を上手く築けないことが判明する。兄と遊べないだけでなく、どんな子供と引き合わせても、オリバーは相手と協調して遊ぶことができない。

「オリバー、今日も途中で部屋に戻ってしまったそうだね」

「だって、つまらないんだもん。石を投げたり、簡単なボードゲームをしたり、退屈なんだ。それに、僕が全部勝つと泣き出すし。あんな子たちと遊ぶくらいなら、一人で本を読むほうがいい」

「オリバー、そんなことを言うものじゃない。貴族は付き合いが大切なんだぞ」

父親が困り顔で意見をするが、オリバーは父親の言うことを聞く気がない。幸い、頭脳明晰で領地管理に不自由はしなさそうだと判断し、オリバーの両親は長い目で我が子の成長を見守ることにしている。オリバーが次男であることも幸いしていた。

しかし両親の願いは叶わず、やがてオリバーは同年代の子供の誰とも会おうとしなくなった。

だが例外が一人。従姉（いとこ）のアイリス・リトラーだ。

オリバーの母は可愛い息子がひとりぼっちの時間をすごしているのを心配していたから、アイリスの母であり自分の妹であるグレースに頼み込んだ。

「オリバーをあなたの屋敷に行かせるから、アイリスに相手をしてもらってもいいかしら」

「もちろん。アイリスはオリバーを気に入っているもの。我が家はいつでもオリバーを歓迎するわ」

「助かるわ。最近のあの子はおかしなことに夢中なの。鳥と魚に夢中でね。ひたすら鳥と魚の体の構造を調べているのよ。あの子、大丈夫なのかしら」

「将来は学者になるんじゃない？」

仲の良い姉妹はこうして互いの子供を頻繁に会わせることにした。

このときの判断が、のちのちアイリスに大きな影響をあたえることになるのを、二人の母親はまだ知らない。

# 第二章　飛翔能力の開花

アイリスは幼いころから家の仕事を手伝っている。

近所への配達はアイリスの仕事だ。商会の手伝いだけではない。使用人がいない家なので、家のことも母や姉と分担して手伝った。

祖父の代で破産しているので、リトラー家は貧しい。それでもアイリスとルビーは家での暮らしに不満を持ったことはない。いつでも優しい父と、厳しく愛情深い母に育てられ、毎日を楽しく暮らしていた。

そのアイリスがフォード学院の入学試験を受けないと言い出したことがあった。

「ルビーお姉ちゃんが学院に通っているし、私まで学院に行っちゃったら、お母さんが大変でしょう？」

そう心配するアイリスに、母のグレースは首を振った。

「あなたが学院に行っている間ぐらい、私一人でなんとでもなります。目先のことに囚われずに、しっかり学びなさい。あなたの人生を明るく照らしてくれる知識を吸収してきなさい」

グレースは受験を迷うアイリスにそう言って、試験に挑ませた。

母に受験を勧められ、姉のルビーから「成績優秀なら、我が家は貧しいから授業料が免除になる。だから試験を受けるなら全力で勉強するべき」とアドバイスされて以降、アイリスは猛烈に勉強した。

「ろうそくやランプの油がもったいない」と遠慮して、日の出の時刻に起きて勉強した。

ルビーに勉強のコツを教わり、過去の試験問題を説明してもらい、結果、アイリスはフォード学院に首席で合格した。

入学してしばらくして、あのときの能力者の少年もフォード学院に入学していることに気づいたが、彼はいつも友人に囲まれていた。アイリスはA組で、少年は違うクラス。

少年の名前がサイモン・ジュールということも知った。ジュール侯爵家の養子だと、同じクラスの子が噂をしていた。

「平民から侯爵家の養子になったのね。もう私とは身分が違う。五年の間に、全然違う世界の人になっちゃったんだわ」

サイモンの身分を知った日は、仕方がないとわかっていても落ち込んだ。


能力判定の日から五年が過ぎ、アイリスは今十五歳。学院の四年生だ。

フォード学院は国立で、徹底した実力主義。学院は五年間。新学期は渡りの季節が終わる五月から始まる。各学年は三クラス。身分に関係なく、成績順にABCと分けられている。アイリスは一年のときからずっとA組だ。

クラス替えは毎年行われる。

フォード学院に入学して無事に卒業したという経歴は、卒業生の人生を明るく照らしてくれる。生徒はほとんどが貴族で、ごく少数が平民。優秀かつ経済的に余裕のない平民の子女には王家から返還義務のない奨学金が支給される。その代わり、卒業後は国の仕事に就くことが条件だ。

『優秀な人材を見逃さないのも王家と国の役目』ということである。ルビーも奨学生だったしアイリスも奨学生だ。

学院は徹底した実力主義ではあるが、生徒の中の身分への意識が消えるわけではない。平民のアイリスは肩身の狭い思いをすることが少なからずあった。休み時間に集まっておしゃべりするときは男女ともにきっちり貴族か平民かで別れていたし、アイリスの家は平民の中でも貧しいほうだったから、気を遣うことも多かった。

「貧しいなら学院に通っていないで働いたほうが、家の役に立つのではなくて？」

貴族のご令嬢に、そうはっきり言われたこともある。

「ご心配いただいて、ありがとうございます。いずれ国の組織で働いて恩返しいたしますので」

アイリスは笑顔で応え、意地でも傷ついていないふりをする気の強さを見せた。

（いつも学年で一番なのが平民の私というのも気に入らないのかもしれない）

身分差はどうしようもないと、その手の嫌味はすぐに忘れることにしている。

そんな経験をしてもなお、この学院に入ってよかったとアイリスは思っている。

「アイリス、新学期ね。行ってらっしゃい」

「行ってきます、お姉ちゃん」

すでに学院を卒業し、王都の役所で働いているルビーが途中まで一緒に来てくれて、笑顔で別れた。アイリスもルビーに向かって片手を上げて学院へと向かう。

学院の教室は教壇を一番下にした階段状。そこに三人が着席できる長机と長椅子が並べられている。アイリスは中ほどの高さの列、窓際の席に座った。

続々と同じクラスの生徒が教室に入って来て、みんな適当に席に着く。知っている顔も知らない顔もいる。アイリスは学院が終わると家事や父の商会の手伝いがあるので、あまり同級生と過ごすことがなく、友人は少ない。そもそも学院内に平民は数えるほどしかいないし、Ａクラスはその中でも平民が特に少ない。

アイリスの周りは空席だったが、鐘の音が鳴り始めたのと同時に最後の生徒が入って来て、アイリスの斜め前に座った。

（あ。あの人だ）

その少年は判定の日にフェザーを飛ばしたあの男の子。飛翔能力者として学院でも話題の人、サイモン・ジュールだ。

アイリスが（サイモンに声をかけようか。でも相手は自分を覚えていないだろうし、いきなり声をかけて不審がられたら恥ずかしい）と迷っているうちに、始業の鐘が鳴り終わった。

鐘が鳴り終わるのと同時に、一人の女性が入って来た。

栗色の髪を顎のラインで切り揃えた髪型。白い肌に赤いフレームの眼鏡。女性は、すっきりとしたデザインの上下に分かれた灰色の服を着ている。

（髪型も服装も見慣れない形だけど、かっこいい。うちの商会でもあの服を取り扱ったら売れるんじゃないかしら）

アイリスがそんなことを考えていると、その女性がよく通る声で話を始めた。

「Aクラスの皆さん。進級おめでとう。私はこのクラスを一年間担当するルーラです。私の授業はこの国の歴史、特に『巨大鳥（ダリオン）とこの国の関わり方』が専門です。本日は私の授業からです」

一気にそこまで言ってルーラは生徒の名前を呼び始めた。

名前を読み上げ、一人一人の顔を確認し、教壇から指示棒を使って端から順番に生徒を座らせる。

今年も成績順に座らせるようだ。


「アイリス・リトラー」

「はいっ！」

「そこの席へ」

アイリスは学院でずっとトップの成績。最前列の窓際の席を指示された。

もはや指定席のようになっている最前列の角の席に移動し、（サイモンの席はどこだろう）と見ていると、彼はアイリスの後ろの席だ。それだけでもう、アイリスは緊張してしまう。

あの試験の日からずっと、アイリスの心には美しく飛んでいた彼の姿が住み着いている。

やがて全員が指示された席に座り、授業が始まった。

「この国の歴史を語る上で巨大鳥（ダリオン）のことを省くことはできません。もう習っていることでしょうが、基礎のおさらいをします。巨大鳥（ダリオン）のことで知っていることを答えなさい。ガスパー」

「はい。巨大鳥（ダリオン）は翼を広げると、端から端まで七メートルから八メートル。肉食です。嘴（くちばし）の先から尾羽の先までは三メートルほどあります」

ルーラは無表情にうなずいてガスパーを座らせる。

「渡りの期間はいつからいつまでですか？　オーロラ」

「巨大鳥（ダリオン）は七百羽から八百羽ほどがいくつかの群れを作ってやって来ます。春は三月下旬から四月中旬までのどこかで、秋はだいたい九月下旬から十月中旬くらいまでの間にやってきます」

「よろしい。巨大鳥（ダリオン）の繁殖地は？」

「終末島（エンドランド）です。人が住んでいません。巨大鳥（ダリオン）島も同じく無人です。ちなみに、巨大鳥（ダリオン）は渡りの季節以外は単独で行動します」

ルーラは名簿を見ながらアイリスを見た。

「アイリス、巨大鳥（ダリオン）はなぜ我が国にやってくるのですか」

「巨大鳥（ダリオン）は南の巨大鳥（ダリオン）島に棲んでいますが、繁殖期には北の終末島（エンドランド）に移動します。グラスフィールド島は、そのちょうど中間の位置にあり、休憩地点になっています」

「彼らの寿命は？」

「過去の観測によると、少なくとも三十年以上は生きると言われています」

質問の時間はここまでらしく、ルーラは名簿を教卓の上に置いて生徒を見回した。

「よろしい。我が国は千年ほど前まで、巨大鳥（ダリオン）を神聖視して人間の生贄を捧げていました。ですが、今はそんな野蛮なことはしていません。巨大鳥（ダリオン）用に育てた豚とヤギを差し出して人的被害を

防いでいます」

話しながら、ルーラは大昔に描かれた生贄の人間とそれを連れ去る巨大鳥(ダリオン)の絵を皆に見せた。

描かれている場面は鮮やかな色が使われ、様式美を感じさせる古風な絵だ。それでも女子生徒の中には絵から視線を背ける者も何名かいた。

最初に見せられた絵には、巨大鳥(ダリオン)につかまれて連れ去られる人や、地面に押さえつけられて肉を食われている人の姿が描かれている。

それが三枚、四枚と進むうちに、家畜を運んでいる様子やファイターが巨大鳥(ダリオン)の周りを飛んで誘導している絵に変わっていく。

最後のほうに提示された絵は、画家が描いたらしい。巨大鳥(ダリオン)が飛んでいる写実的な姿が紙一杯に描かれている。次の絵は両足を前に突き出し、翼を広げて獲物に飛び掛かる姿。アイリスはそれに見覚えがある。

自分たちに向かって、低く滑空しながら飛んでくる巨大鳥(ダリオン)は、翼を広げてスピードを落としながら、足を自分たちに向けて突き出していた。

(あのとき、王空騎士団がいなかったら、私とお姉ちゃんは巨大鳥(ダリオン)に運ばれ、食べられていたんだ)

そう思うとブルッと身体が震えた。

壇上ではルーラの講義が続いている。

「学習能力の高い巨大鳥（ダリオン）は差し出される家畜の味と提供される場所をちゃんと覚えています。毎年王都の近くの『巨大鳥（ダリオン）の森』で休憩し、餌のある広場を目指します」

　一人の少年が手を挙げた。

「先生、どうして巨大鳥（ダリオン）を王都に集めるのでしょうか。他の、あまり人がいない場所に集めればいいと思うんです」

「ええ、そうしていた時期もありました。ですが、現在、人口密集地である王都にわざわざ巨大鳥（ダリオン）を招く場所を設けているのには理由があります」

　ルーラは次に新しい絵を提示した。今度の絵は巨大鳥（ダリオン）の狩りの方法を図解していた。

「巨大鳥（ダリオン）は遥か上空で獲物を探します。彼らは視力がとてもよく、上空三百メートルのあたりから一キロ先の地面を歩くネズミのような小さな獲物も見逃しません。巨大鳥（ダリオン）が上空から見る範囲はとても広いので、昔のようにあちこちの森に散らばって休憩されてしまうとファイターたちだけでは彼らの行動を制御しきれません」

　そこで一度言葉を切って、今度は少し残念そうな表情で話し始める。

「王都に巨大鳥（ダリオン）を集めた理由はもう一つ。王都の建物は、国が計画的に運び込んだ石材で建てられていますが、地方のほとんどの家々は点在している上に家の造りが王都に比べると脆弱（ぜいじゃく）です。しかも家畜の数が多く、巨大鳥（ダリオン）は家畜小屋の屋根を破壊して中の家畜を襲うことを学習していました。それに……」

　ルーラは言葉を選ぶのに少しだけ時間をかけた。

「人間は家畜よりも逃げ足が遅いのですよ。昔の巨大鳥（ダリオン）は、家畜よりも動きの鈍い人間を襲う方が簡単なことを知っていました」

　教室の中にため息が漏れた。

「加えて、渡りの開始日は年によって微妙に違います。王空騎士団が渡りを確認して全ての地区にそれを知らせている間に、巨大鳥（ダリオン）たちはこの国に到達してしまいますし、風向きによっては飛来を知らせる鐘が聞こえないことも多いのです。昔は農作業中の農民が巨大鳥（ダリオン）に連れ去られる事件が頻発していました」

　生徒たちは再び掲げられた『巨大鳥（ダリオン）が人を連れ去る絵』を見て顔をゆがめる。

「集合場所を建て、そこだけを頑強な石造りにする案も出されました。しかし、家畜や作物の世話をしなければならない農民を、二週間から三週間も一ヶ所に集めることは現実的ではなく、却下されました。かと言って、地方の全ての家を石造りに建て替える予算など国にはありません」

　生徒たちが小さくうなずきながら聴いている。

「結果、国は王都に巨大鳥（ダリオン）を集めることにしたのです。一ヶ所に巨大鳥（ダリオン）を集めることで、数で圧倒的に差がある飛翔能力者たちでも、彼らの行動を監視できるようになりました」

　生徒たちはルーラの言葉を書き取る者、真剣に聞き入っている者と様々だ。全員がわかりやすいルーラの話に引き込まれている。

「巨大鳥（ダリオン）は一気に降下して獲物をつかむのですが、音を立てないために、獲物は自分が狙われていることに気づいたときには手遅れになっているのです」

　アイリスは再び自分が巨大鳥に襲われたときのことを思い出した。たしかに頭のすぐ上に巨大鳥が来るまで、全く気づかなかった。

「広場で家畜を差し出すようになる以前、軍隊と王空騎士団が巨大鳥を討伐しようとしたこともありましたが、悲惨な結果を招きました。『討伐隊壊滅事件』です」

　ルーラは過去に王国軍と巨大鳥がどう戦い、どんな悲惨な結果になったかを数字で示した。巨大鳥を殺すことはできず、軍人と能力者のほとんどが連れ去られたという数字だ。人間側は惨敗だった。失われた命の数の多さに、生徒たちがどよめく。

「次に考え出されたのは、毒を家畜の体表に塗ることでしたが、それは無駄でした。巨大鳥は毒を塗った家畜を食べず、腹を空かせて執拗に人間の家を襲うようになったのです。こうして長年の試行錯誤の末、国の方針は、巨大鳥に家畜を差し出すことに落ち着きました。さらに、家畜を差し出す場所を毎年少しずつ移動させ、何十年もかけて複数の巨大鳥の群れを王都の広場一ヶ所だけに誘導することに成功しました。彼らに『ここに来れば餌が簡単に手に入る』と覚えさせたのです。この仕組みができて以降、人間はほとんど襲われなくなっています」

　ルーラは少し迷った後で、最後の話を始めた。

「大陸の人々は、あんな恐ろしい鳥が来る国によく住んでいるものだ、と思う人が多いのです。でも私たちは大陸には渡らずこの国で暮らしていますね。なぜだかわかりますか？　サイモン、能力者であるあなたの考えを聞かせてくれる？」

「巨大鳥（ダリオン）が我が国で休憩するのは、二回分を合計しても最大で六週間。短ければ四週間です。それ以外の我が国は、資源と農産物、漁獲量の豊かな国です。僕はこの国を捨てて大陸に行こうとは思いません。なにより、マウロワ王国に移民として行けば、どれほど苦労するか……」

「そうね。巨大鳥（ダリオン）のためにこの国での職業も、家も、土地も、畑も、全て捨てて大陸に渡るのは、私たちには難しい選択です。私たちは太古の昔から、巨大鳥（ダリオン）と共に生きてきたのですから」

そう言うと、ルーラは巨大鳥（ダリオン）関係の資料を次々提示しながら続きを講義し、最後に教卓の上の書類や絵を重ねた。

「次回の私の授業は、ファイターとは、というテーマでお話をします。皆さんは予習してくるように」

ルーラはそう言うと、さっさと教室を出て行った。

アイリスはサイモンに話しかけようかどうしようかと迷いながら後ろを振り返った。そしてサイモンと目が合ってしまう。サイモンの瞳は赤みを帯びた茶色。切れ長の目の形、通った鼻のライン、薄くもなく厚すぎもしない唇。まるで彫刻のように美しい顔立ちだ。

「やあ。これからよろしくね。僕、初めてAクラスになれたんだ」

「私、アイリス・リトラーです。判定会場であなたと一緒だったの」

「お菓子をいっぱい抱えて話しかけてきたよね?」

「あっ、それです」

「覚えてるよ。君に貰った焼き菓子が美味しかったことも覚えてる。僕はサイモン・ジュール。

そこまでサイモンがしゃべったところで、大声に遮られた。

「サイモン、こっちに来いよ！」

「ああ、今行くよ。じゃあまたね、アイリス」

サイモンは穏やかな笑顔を残して声の方へと行ってしまった。

「サイモンと仲良くしたかったのでしょうけれど、残念ね？」

驚いて声の方を見ると、以前「貧しいなら学院になんて通わなければいいのに」と聞こえよがしに言った令嬢だった。

「そうですね。サイモンさんは人気者ですものね」

アイリスが明るくそう応じると、令嬢はツンとして行ってしまった。

持ち前の明るく強い気性で、（やれやれ）と令嬢の後ろ姿を見送りながら、アイリスは独り言をつぶやく。

「サイモンは私のことを覚えていてくれた。よかった」

「なにがよかったの？　アイリスさん、あなたリトラー商会の子でしょう？　私はサラ・ハットマン。平民同士、よろしくね」

「アイリス・リトラーです。よろしくね、サラ」

「さっきの男の子、能力者のサイモン・ジュールよね？　知り合い？　彼、すごく綺麗な顔よね」

「知り合いというか、判定会場で一緒だったの」

「そうだったの。うちは父が文官なの。この学院は平民が少ないから、仲良くしてね。ねえ、突然だけど、今日の帰り、うちに来ない？　文官用の集合住宅だから気楽に来てくれたら嬉しい。うちの母さんが、私にこのクラスの友達がいるのか、心配しているみたいなの。アイリスが来てくれたら、きっと安心すると思うし、私もアイリスとおしゃべりしたいわ」

「私、家の手伝いをしなきゃならないから、少しだけでいいなら」

「いいわよ。少しでも嬉しい」

サラは人見知りしない性格らしく、グイグイ距離を詰めてくる。アイリスはサラの家に行くことになった。

アイリスはサラの家で歓迎され、手作りのケーキが出された。

サラはケーキを食べながら「あのクラスのあの男の子の顔がいい」「あの女子生徒とあの男子生徒は婚約しているらしい」という女の子同士ならではの話をしている。

アイリスは黙って聞いているが、ケーキの味がどうにも美味しいと思えなかった。

不味いというより味がしない。そういえば昼食のお弁当もなんだか美味しくなかった。それにさっきから頭がぼーっとして、身体もふわふわしている。

「アイリス？　どうしたの？　元気がないわね」

「なんだかケーキの味がしないし、頭がぼーっとするし、身体がふわふわするの」

サラがアイリスの額にサッと手を当てた。

「熱があるわ。ごめんなさい。気がつかずに私ばかりおしゃべりをしてしまって。急いで帰ったほうがよさそうね」

「うん。そうする。ごめんね、サラ」

「気にしないで。私こそ気がつかずにごめんなさい」

アイリスは帰宅して熱があることを母に告げ、すぐにベッドに入った。その夜、かなり熱が上がったが、明け方には平熱になった。朝食のときには食欲もあり、味もちゃんとわかる。

「お父さん、学院に行きたい。　最初から授業で遅れを取りたくない。昨日も、とっても勉強になる授業ばかりだったの。いいでしょ？　お願い」

「そうだなあ。では事情を書いた手紙を書こう。先生に渡しなさい。具合が悪くなったら無理せず早めに帰って来ること。約束しておくれ」

「はい。約束します」

アイリスは笑顔で学院に向かった。

「今日はファイターについて歴史の面からお話しします」

今日もルーラは資料を使って講義している。アイリスはルーラの授業が面白くて仕方ない。ルーラの授業がある日には、早く目が覚めるほどだ。

「この資料を見てください。これはこの国の飛翔能力者の誕生数と割合をわかりやすく示したものです。ここ五十年の数字に注目して。ゆっくりとですが、能力者の誕生数が減っています」

そこで二枚目の資料を生徒たちに見せた。

生徒たちの間から「えっ」「ほんとに？」などと声が上がる。

「生まれる数の子供の数は少しずつ増えているのに、飛翔能力者の数は少しずつ減少しています。結果、五十年前は男児の七千人に一人だった能力者は、去年はおよそ一万人に一人になりました。さらにもう一枚、百年前のを見てください」

百年前の飛翔能力者はなんと五千人に一人の割合だった。

「この国では間違いなく飛翔能力者が生まれにくくなっているのです。現在、国は総力を挙げてこの原因を調べています。巨大鳥（ダリオン）の渡りはこの先も変わることはないでしょうから『能力者が減っている以上、巨大鳥（ダリオン）に対して新しい手段を講じるべき』と主張する人もいます」

「先生！」

「ロビン、どうぞ」

「巨大鳥（ダリオン）に対する新しい手段とはなんですか」

「巨大鳥（ダリオン）の数を減らす方向に切り替える、ということです」

「殺すということですか？」

「そうなるでしょう」

途端に教室内が騒がしくなった。生徒たちはそれぞれの意見を述べ、反対したり賛成したりする意見が出される。

「無理だよ、どうやって殺すのさ」

「軍の弓矢とか？」

「それは昔に試して諦めたって聞いたよ？」

ルーラが生徒たちに意見とその理由を述べさせるが、議論は白熱して終わりが見えない。

パン！　とルーラが手を叩き、教室は静かになった。生徒たちは意見を述べるが、サイモンは黙って聞いているだけで何も言わない。

アイリスは（サイモンの意見を聞いてみたいな）と思いながら意見を言わずに皆の意見に耳を傾けるにとどめている。

「これがどういうことを意味するのか、それぞれが考えること、自分の意見を持つことが大切です。本日の授業はここまで。次の文学の授業も貴重な学びの時間です。頑張ってください」

「はい！」


ルーラは教室を出て行った。アイリスはそれを見送りながら、目を閉じるとめまいがするのに気がついた。額に自分の手を当てるが、熱があるのかどうか、はっきりしない。

「どうした？　熱がありそうなのか？」

「あ、サイモン。なんだかクラクラするの。昨日は熱が出たけど、今朝は下がってたのに」

「風邪か？」

「そうかなあ。咳もくしゃみもないんだけど。目を閉じるとめまいがするし、なんだか歩くと雲の上を歩いているみたいにフワフワするの」

「医務室に行くか？」

「ううん、大丈夫。文学の授業、楽しみにしていたの」

「具合が悪くなったら早めに医務室に行けよ？」

「うん。ありがとう」

会話をしてみたかったサイモンと話せたのは嬉しいが、残念でもあった。

（空を飛んでいるときのことをいろいろ聞きたかったけど、めまいが酷くなってきた気がする）

目を閉じるとめまいが強くなる。（教室で倒れることだけは避けなくちゃ）と思いながら文学の授業に臨んだ。文学の教師は、この国の有名な小説について解説している。

（ああ、あの小説、大好きなのに。なんだか、まっすぐ座っているのもつらくなってきた）

アイリスは必至に背中を伸ばして座っていようと頑張った。

だが、後ろから見ているサイモンは、アイリスの上半身がグラグラ揺れているのにすぐ気づいた。

「先生！　アイリスさんの具合が悪そうなので医務室に連れて行ってもいいですか」

「おや、本当だね。ずいぶん顔色が悪い。サイモン、悪いが頼めるかい？」

「はい」

アイリスは（なにか言わなくちゃ）と思うのだが、今なにかしゃべったら吐きそうでなにも言えない。サイモンはアイリスに自分の腕を差し出し、ヨロヨロしているアイリスと一緒に教室を出た。

「もう人目がないから抱き上げるぞ」

「えっ、いいです。歩けます」

「アイリス、顔が真っ白だ。黙って大人しくしていて」

そう言うなり、サイモンはアイリスを抱き上げた。

「重いからいいって、歩けるから」

「いや、だめだ。途中で倒れられでもしたら困る。それに重くない」

サイモンはアイリスがなにを言っても取り合わず、大股で廊下を進んでいる。

医務室に着くと、校医の男性が急いで駆け寄って来た。

「どうしましたか？」

「ちょっとめまいがします。少しだけ休ませてもらえれば……」

「アイリスはグラグラして椅子に座っていられない状態でした。それと、昨日は熱が出たそうです」

「顔色が悪いな。そこのベッドに寝かせてくれるかい？」

サイモンは言われたベッドにアイリスを寝かせ、校医がサイモンの顔を見て名前を聞こうとした。

「ええと、君は……」

「四年Aクラスのサイモン・ジュールです」

「ああ、君が能力者のサイモン・ジュールだったか。これからこの女生徒の服を緩めたい。すまないが席を外してもらえるかい？」

「あっ、はい。僕は教室に帰ります」

「ありがとう。ご苦労様」

軽く会釈をしてドアを閉め、廊下に出たサイモンは独り言をつぶやいた。

「女の子って、あんなに軽いものなんだな」

結局アイリスは文学の授業が終わっても回復せず、学院が用意した馬車に乗って早退した。

家に帰るなり、母のグレースが飛び出して馬車に駆け寄ってきた。

「アイリス！　やっぱり無理だったのね」

「うん、だめだった。お母さん、気持ち悪い。目が回るの」

「すぐにお医者様を呼ぶから、寝ていなさい」

アイリスはベッドに入ったものの、医者を呼ぶのには反対した。

「いい。寝ていれば平気。お医者様は呼ばないで」

医者を呼べばお金がかかる。アイリスの家は貧しいのだ。医者に支払う分のお金を稼ぐのがどれだけ大変か、と思う。

グレースは心配そうな顔で付き添っていたが、アイリスが頭を動かしただけで吐き気がすると言うのを聞いて慌てていた。アイリスは赤ん坊のころから丈夫だっただけに、悪い病気ばかりを想像してしまう。

その夜もアイリスは発熱した。

夜中になると熱が上がり、朝になれば下がるのは前日と同じだ。朝、熱が下がるとめまいも消えるのも同じ。

「学院はだめよ、アイリス。また学院で具合が悪くなって倒れでもしたら困るわ。今夜なんでもなかったら明日行けばいいから。とにかく今日はお休みしなさい」

「……はい」

朝になって体調がよくなったアイリスは無念でならない。

昨日のファイターの歴史は面白かったし、文学の授業は聞き逃した。今日はどんな授業だったのだろうと悶々としながら過ごした。

しかし、やはり午後から熱が出た。

一日中ベッドで過ごしていたアイリスは、すっかり落ち込んでいる。

今夜も高熱が出たら、明日もまた学院を休まなくてはならない。授業についていけなくなるのではないかと心配だし、医者を呼んで自分のために大金が使われるのも両親に申し訳ない。父が毎日どれだけ忙しい思いをしてお金を稼いでいるか、ずっと見てきたのだ。

「悔しい。なんでこんなに熱とめまいが続くんだろう」

「こんなこともあるわよ、アイリス。十五歳はちょうど身体が大人に変わるころだもの。調子を崩すことだってあるわ」

母に慰められる。姉のルビーは小遣いで飴を買ってきてくれた。

「風邪には蜂蜜とショウガの飴がいいんだって」

「喉は痛くないの。咳も出ないし」

「きっと喉が痛くない風邪なのね。寝ていれば治るわよ」

父のハリーは何度も様子を見に来ては「病気知らずのお前が寝込むとは大変だ。でもまあ、もう少しすれば風邪も治るだろう。大人しくしていなさい」と言いながらアイリスの頭を撫でていく。

本人も家族も風邪だと思い込んでいた。


午後、アイリスの家に来客があった。

「アイリス、あなたにお客様なのだけれど、どうする？　男の子よ。サイモン・ジュールという子」

「会う！　会いたい！　話をしたい！　いいでしょう？　お母さん」

「あら。そんなに会いたい子なのね。では髪をとかしてからね」

「ええ？　いいわよ、すぐに会う」

「だめ。淑女はいつでも美しい姿でないといけないわ」

「淑女って……」

貴族出身の母は、ときどきこういうことを言う。平民として育ったアイリスとしては苦笑したくなるが、母を傷つけないように神妙な顔で口を閉じた。

大人しく髪をとかされ、寝ていてしわくちゃになっている寝間着から室内着に着替えさせられた。

「うん、これでいいわ。美人さんよ、アイリス。じゃ、お招きするわね」

苦笑しながらうなずくと、少ししてサイモンが部屋に入って来た。室内着のアイリスを見て、サイモンは気まずそうに視線を逸らす。そしてアイリスの方を見ずに、壁に飾られている青い子供用フェザーを見ながら話しかけてきた。

「今日も具合が悪いの？」

「今は平気。でも毎晩続けて夜中に熱が上がるの。めまいもする。それに、歩くと雲の上を歩いているみたいにふわふわするわ。熱がある間はなにを食べても味がしないし」

「まるで能力が開花するときみたいだな。早く良くなるといいけど。これ、授業のノート。アイリスは授業に出られないのをすごく残念がっていたから」

アイリスは差し出されたノートを開いて中を見る。細かく丁寧に授業の内容が書かれていた。それも全科目だ。

「嬉しい！　ありがとう。大変だったでしょうに。サイモンはとっても丁寧にノートを書くのね」

「違うよ。アイリスに渡す分だから丁寧に細かく書いたんだ。僕のノートはもっと汚い」

「そうなの？　とにかく嬉しい。ありがとう、サイモン」

「どういたしまして」

「それで、なんでずっと壁を見てるの？」

サイモンはアイリスがストンとした象牙色の室内着を着ているのに慌てていたし、髪型も学院に来ているときとは違って金色の髪を下ろしているのにもドキドキしている。だが、そんなことは恥ずかしくて言えない。だからサイモンはアイリスの質問には答えずに、話を逸らした。

「きれいなフェザーだね」

「ああ、あれ？　おじいちゃんとおばあちゃんが私の生まれたときに贈ってくれたの。私は飛べないけど、あのフェザーは気に入っているわ。アイリスの花をイメージした色なの」

「すごく上等なフェザーだ。ちょっとだけ僕が乗ってもいいかな」

「飛んで見せてくれるの？　嬉しい！」

サイモンはツカツカと壁に歩み寄り、アイリスのフェザーを壁のフックから取り外した。

「小さいな」

「十歳の身長はそのくらいだものね。たしか、そのフェザーの長さは百四十センチよ」

「僕が今使ってるのは百七十五センチだ」

「そのフェザーは飾るものだけど、大丈夫なの？」

「ちょっと浮かすだけ。大丈夫だよ」

そう言ってサイモンはアイリスのフェザーを床の上に置き、静かに乗った。あの判定の日に見たように膝を曲げて沈み込み、グンッ！　と上に伸び上がる。フェザーはサイモンの足に張り付いたかのように、彼を乗せてふわりと浮き上がった。

サイモンはそのままアイリスの部屋をゆっくりと一周する。

アイリスは目の前で自分のフェザーが飛んでいるのを見て胸がいっぱいになった。

「こんな感じだよ、って、なんで涙ぐんでいるの！」

「あ、違うの。えっとね、感動しているの。私、小さい頃からずっと飛翔能力者に憧れていて、空を飛びたかったの。でも女の子だし、能力がないから。このフェザーは可哀想だなって、いつも思っていたから」

「そうか」

「よかった。このフェザーもサイモンに飛ばせてもらって、きっとすごく喜んでいると思うわ」

アイリスはそう笑顔で言いながらも、涙を指で拭う。サイモンは慌てた様子でドアを振り返る。

「君のお母さんが見たら、僕が泣かしたと思われる……」

「大丈夫よ。うちのお母さんはそんな人じゃないわ」

「今、めまいとか吐き気とかは？」

「今は全然ないわ。熱もほんの少し。微熱よ」

「僕と一緒にこのフェザーに乗ってみる？」

「いいの？　本当に？」

「うん。僕が後ろから君を支えてもいいなら」

「いいに決まっているわよ。やった！　信じられない！」

「大げさだなぁ。飛んでから感動してくれよ」

苦笑するサイモンは、アイリスが立つ位置を教えてくれる。

「そう。前後に足を少し開いて。体の重心は真ん中を意識して。うん、そうだね。じゃあ、僕が後ろに乗っておなかを支えるよ？　いい？」

「うん！　いつでもいいわ！」

「じゃあ、三つ数えたら飛ばすね。三、二、一！」

ふわり。

青いフェザーが床から浮き上がり、前進する。アイリスはバランスを取るのに必死だが、後ろからサイモンがしっかり支えているので落ちることはない。

二人はフェザーに乗ってゆっくり室内を一周する。アイリスは大興奮だ。

「もう少し高く飛んでみる？　怖いかな」

「怖くない！　天井まで飛びたい！」

「わかった。じゃあ、行くよ」

床上二十センチほどだったフェザーがスウッと上昇した。

「大丈夫かな。怖かったら下りるけど」

「平気！　このまま！　ああ、なんて楽しいの！」

「楽しいならよかった。僕の母さんは絶対に乗らなかったよ」

「そうなの？　なんてもったいない！」

二人は青いフェザーで天井近くをゆっくりと飛んだ。

「もう下りるよ。あんまり興奮して熱が上がったら大変だ」

「そうよね。残念だけど、下りるわ」

サイモンは完璧なコントロールでフェザーを絨毯の上に着地させ、アイリスが椅子に座ったのを確認してから壁のフックにフェザーを戻した。

それと同時にアイリスの母グレースがお茶と焼き菓子を持って入って来た。サイモンは「危なかった」と口の中でつぶやく。

グレースが部屋を出て行き再び二人になったところで、アイリスはサイモンにずっと聞きたかったことを尋ねた。

「サイモンは学院に通っているけど、ファイターの訓練はどうしているの？」

「学院の授業が終わってから指導を受けてる。今日もそろそろ時間だから、僕は帰らなきゃ」

「そっか。あの、サイモン、厚かましいお願いなのはわかってるけど、またいつかこれに乗せてくれないかな。できれば外で。もっと高くまで！」

サイモンは目をパチパチして少し時間を置いてから口を開いた。

「僕はいいけどさ。アイリスは本当に怖くないの？　でも、そう言ってくれて嬉しいよ。普通は乗りたがる人がいないからね」

「そうなの？　私なら全然怖くないわ。じゃあ次は必ず許可を貰っておく！」

「うん、そうしてくれ。じゃ。お大事に」

「今日はノートをありがとう！　それと、乗せてくれて本当にありがとう！」

「おい！　声がでかいってば」

苦笑しながらサイモンは帰って行った。

興奮が冷めないアイリスは、壁に向かい、指先でそっと青いフェザーを撫でた。

「楽しかったね。また今度飛ばせてもらおうね」

楽しかった思いと自分は飛ばせてやれない悔しさ。また今度乗せてもらえるという期待。いろんな感情が渦を巻いていて、心がはち切れそうだ。

「一回だけ」

そう言ってフックからフェザーを外し、床の上に置く。軽くて強いヒイガの木でできたフェザーは楽に動かせる。

絹の室内履きを脱ぎ、裸足（はだし）になる。日焼けをしていない白い足で自分のフェザーに乗る。フェザーはヒンヤリしている。何度も重ねて塗装されている滑らかな表面が、足の裏に吸い付くようだ。

サイモンの真似をして、膝を曲げ、たっぷり沈み込んでから上に向かって勢いよく伸び上がった。

ふわり。

アイリスの青いフェザーが十センチほど浮かび上がった。

そんな事態を予想してなかったアイリスは、バランスを崩して床に転がり落ちた。

アイリスは今、床に座り、ベッドに寄りかかって呆然としている。

最初にフェザーから転がり落ちたときは（フェザーが浮くわけないじゃない。私、めまいがして倒れたのよね）と思った。

だからもう一度フェザーに乗り、サイモンの真似をする前に、ちゃんと確認した。

「めまいはしていない。うん、大丈夫」

もう一度フェザーに乗って伸び上がる。

またフェザーは浮き上がる。慌ててしまい、転がり落ちる。

また試す。また浮かぶ。繰り返しているうちに落ちなくなった。

「何十回やってもフェザーが浮くって、どういうこと？　私はどうなったの？」

青い子供用フェザーを見ながら自問自答を繰り返す。

幼い頃から憧れていたことなのに、最初に感じたのは喜びではなかった。大きな困惑と少しの恐怖。嬉しいと思う余裕が全くない。

（サイモンの力がこの板に残っているとか？　……そんなわけないか。そんなことができるなら、とっくにいろんな人が飛んでいるわよ。私、女の子なのに飛翔能力が開花したの？　まさか。飛翔能力者は、一歳とか三歳とかで能力が開花するんでしょ？　どんなに遅くても六歳までなんでしょ？）

「私、もう十五歳なのに？」

信じられずに繰り返しフェザーに乗って試す。毎回必ずフェザーは浮き上がる。

二十回目を超えたあたりから前進もできるようになった。

ほんの少し重心を前に動かすだけで、青いフェザーは聞き分けの良い馬のようにアイリスの意図した方へゆっくり滑り出すようになった。

「一回落ち着かなくては。うん。落ち着くのは大切」

フェザーを床に置いて、ボフッとベッドに仰向けになる。

それから気づいた。身体がヒンヤリしていて発熱の気配が全くない。目を閉じてもめまいがしない。ふわふわした感じも消えている。

アイリスはガバッと起き上がり、大急ぎで着替えた。外出用の靴に爪先を入れながら、（オリバー、頼むから家にいてよ！）と願う。

オリバーはフォード学院の生徒ではあるが、ほとんど学院には通わず、自宅で勉強をしている。アイリス同様首席で合格していたので「もったいない」とルビーは言うが、オリバーの家は裕福なのとオリバーの個性を尊重する方針らしく、自宅で研究観察に没頭している。

（なんとなくだけど、今この状態でお父さんとお母さんに知らせるのはやめておいたほうがいい

ような気がする。これが一時的なことだったら、家族を大騒ぎさせた挙句にがっかりさせて終わる）

「ん？　がっかり？　ホッとするじゃなくて？　どっちかしら。……もう、わからない」

だがこれから会うオリバーなら間違いなく喜んでくれるという確信があった。オリバーは自分が飛んで見せたら喜ぶだろうし、相談に乗ってくれることも間違いない。

アイリスは急いで母の部屋に行って声をかけた。

「熱は下がったし、めまいも消えたの。オリバーのところへ行ってもいいですか？　座っておしゃべりをするだけにします」

「おしゃべりならオリバーに来てもらえばいいでしょう？　なぜ病み上がりのあなたが出かけるの」

「だって、もう熱が出ないのがわかるんだもの。おでこを触ってみて」

母のグレースがアイリスの額に手を当てる。

「あら。本当ね。ヒンヤリしてるわ。めまいもないの？」

「全然ないの。ねえ、お母さん、いいでしょう？」

「顔色もすっかりいいわね。そんなに元気そうなら、いいでしょう。お父様に馬車で送ってもらいなさい」

「わかりました。では行って参ります！　お母さん」

父に頼んで荷運び用の馬車を出してもらった。父にも熱やめまいを確認されて、アイリスは前髪を上げて額を触らせ、「ほら！　もう全然ふらつかないの」と片足で立って見せる。

「行きは送ってやるから、帰りはオリバーの家で馬車を出してもらいなさい」

「はい。必ず馬車で送ってもらうね」

オリバーの家まで、馬車ならすぐだ。スレーター伯爵家までアイリスを送り届け、父は帰って行く。

門番に門を開けてもらうと、アイリスは先導してくれる門番を追い越したいのを我慢した。玄関で侍女が取り次いでくれて、オリバーは驚いたような顔で出てきた。

「珍しいね、アイリスが来るなんて」

「オリバー、大変なことが起きたの」

「なに？」

「ここじゃ言えない。オリバーの部屋に行ってから話すわ」

オリバーは無駄なことが嫌いだ。

だからアイリスの言葉を聞くと、何も言わずにくるりと背中を向けて自分の部屋へと歩き出した。

部屋に入り、オリバーがアイリスに向き直る。

「大変なことって、なに？」

「オリバー、本当に大変なことが起きたのよ。私がなにをできるようになったか、見たら驚くわよ」

「前置きはいいから。大変なことやらを早く見せてよ」

「いいわ。その前に」

アイリスは部屋のドアに鍵をかけた。そして自分の部屋と同じように壁に飾ってあるフェザーに近づき、フックから外す。オリバーのフェザーには、濃紺の地に金のラインでグリフォンが描かれている。スレーター家の家紋だ。

色が少ないからか、派手なデザインなのに品がいい。

オリバーは怪訝そうに眉根を寄せて黙って見ている。


「見ていて」

アイリスは絨毯の上にフェザーを置く。大きさと重さはアイリスの子供用フェザーとほぼ同じだ。家で試したときは裸足だった。だから靴を脱ぎ、靴下も脱ぐ。淑女の礼儀に大幅に反することだから、オリバーが「はあ？」と声を出したが無視だ。

（落ち着いて。ゆっくりよ）

フェザーに乗り、膝を曲げ、沈み込む。それからしっかりと伸び上がった。

紺色のフェザーはアイリスを乗せ、床から五十センチほど浮き上がり、空中に留まった。

「嘘だ！　なんで！　どうしてさ！」

「しっ！　静かに。人が見に来るから大声は出さないでよ」

浮かんでいるフェザーの上で、アイリスはバランスを崩さないようにしながらオリバーに注意する。

　若干及び腰ではあるが、ゆっくり前進もして見せた。壁の手前でユーターンしようとしてバランスを崩し、転げ落ちる前に自分から飛び下りた。濃紺のフェザーは、アイリスが飛び下りると同時にパタッと床に落ちた。

　オリバーは唇を噛み、怒っているような表情だ。

「アイリス。それ、いつから？」

「さっきから。ここんとこ夜に熱が出ていたの。めまいとか吐き気も。食べ物の味もわからなかった。それで学院を休んだら、飛翔能力者の同級生が授業のノートを届けに来てくれて、ついでに飛んで見せてくれたのよ」

「必要な部分だけ話して」

「それでね、その同級生が帰ってから動作を真似したの。そしたら飛べたのよ！　オリバー、これ、どういうことだと思う？」

「待って！」

　オリバーは書棚に駆け寄り、一冊の本を持って戻った。

「ええと、確かこの本に書いてあるんだ。あ、ここだ。読んでみてよ」

「どれどれ。飛翔能力者の能力開花時の症状は、発熱、食欲不振、めまい、浮遊感。これ、全部私の症状とぴったり同じだわ」

「だよね。アイリスは能力が開花する前の症状が出ていたんだよ」

「やっぱり私、飛翔能力者だったの？　女性で、しかも十五歳で開花したってことよね？」

オリバーは本を閉じて抱えたまま、部屋の中をせかせかと往復する。

「飛べるんだから、そうなんだろうな。へええ、こんなことがあるのか……。それでアイリスはどうするつもり？　もうハリー叔父さんとグレース叔母さんには知らせた？」

「いいえ、両親にはまだなにも言ってない。能力が今だけのことで、すぐに消えちゃうかもしれないもの」

「国には報告するの？」

「なんで国に？　能力は開花したけど、私は巨大鳥（ダリオン）と戦うなんて無理よ。剣なんて握ったことさえないわ」

「そうだね。アイリスが巨大鳥（ダリオン）の前に出て行ったら、最初に食われそうだ」

「うっ」

動揺しているアイリスを眺めながら、オリバーは猛烈な勢いで頭を働かせる。

天才少年は、『アイリスが手の届かない存在になってしまうのは嫌だ』という心の奥底の本音に自分で気づいていない。

自分の初恋を自覚しないまま、『どうやったらアイリスが手の届かないところに行くのを防げるか』を必死に考えている。

（女性の飛翔能力者なんて、とんでもなく貴重な存在だ。国に届け出たら、王空騎士団に入るのは無理でも、国の管理下に置かれるに違いない。僕は飛翔能力者に協力してもらって調べたり実

験したりしたいことが山ほどある。こんな絶好の機会はもう来ない）

「オリバー、どうしたの？」

「ちょっと黙って。考えているから」

「あ、はい」

オリバーは『アイリスの能力を大人たちから隠すべきだ』と判断した。

「アイリスはどうしたいの？　空を飛べるようになりたいって、小さい頃からずっと言っていたよね？」

「うん。私は空を飛べればそれでいい。巨大鳥（ダリオン）の前に出るのは無理よ。私とお姉ちゃんが襲われたことがあるのは、オリバーも知っているでしょ？　巨大鳥（ダリオン）みたいな大きな肉食の鳥と向かい合うなんて、絶対に無理」

「それなら誰にも言わない方がいいよ。僕、鳥と魚の研究をしているでしょ？　研究して考えたことをいろいろ実験したいんだよ。アイリスに能力が開花したのは助かる。実験と研究に協力してくれる？」

思っていたのとはかなり違う方向に話が進み、アイリスは困惑する。

アイリスはオリバーに「すごいな！　二人でこっそり空を飛んでみようよ」などと言われることを漠然と考えていた。

「実験ってなに？　私はただ、楽しく空を飛びたいだけなんだけど」

「一人で飛ぶつもり？　人に知られないよう飛ぶなら夜だよね？　夜に落ちて骨折したらどうするのさ。落ちた場所に尖った物があってザックリ切ったりグサッと刺さったりするかもしれない。そんなことになったとしても、一人じゃ助けも呼べないだろう？」

ワクワクする楽しい話になると思って訪問したのに、大怪我や死ぬ話になっている。

「脅かさないでよ。でも、一人で飛ぶのは確かに危ないわね」

「そうだよ。だから僕の実験に……」

「オリバー、悪いけど私帰る。帰ってどうしたらいいか、よく考えてみる」

「えっ、もう帰るの？　僕なにか気に障ること言った？」

アイリスはオリバーに引き留められる前に素早く部屋を出た。

「実験」という言葉に自分が動物実験の対象になったみたいで怖ろしい。たしかオリバーは魚や鳥の体の仕組みを調べるために解剖をしていなかったか。

（私でなにを実験するのよ。怖いって）

オリバーに引き留められないよう、廊下を走り、玄関に向かう。

玄関には庭の花を切って抱えている伯母が立っていた。

「あら、アイリス、来たばかりなのにもう帰るの？」

「伯母様、学院を休んでいたから勉強しなきゃいけないのを思い出しました。失礼いたします」

貴族風のお辞儀をして、スレーター家を出る。馬車に乗せてもらい、家に戻った。あまりに早く帰宅したアイリスを見て、母が驚いている。

「休んだ分の勉強をしなくちゃいけないのを忘れていたの」

「もう帰ってきたの？」


部屋に入り、一人になって、また悩む。

（飛べるようになったこと、誰に相談すればいい？　誰にも相談しないほうがいい？）

能力者のサイモンに全てを打ち明けたいが、彼は国の養成所の訓練生だ。サイモンに打ち明けて『秘密にしてくれ』と頼んだら、アイリスの秘密が知られたときに彼が罰を受けるかもしれない。

（それはだめ。サイモンに迷惑はかけられない）

自分の青いフェザーを眺めてため息をつく。ドアの鍵をかけ、何も考えずフェザーに乗り、床の上を滑るように動かした。

さっきまでの思い詰めた気持ちが、スッと消えていく。自分のフェザーにいっそう愛着を感じる。たった数時間でこのフェザーが相棒のように思えてきた。

二時間ほど室内で飛んだ。疲れを感じない。まだまだ飛べる。少しずつフェザーの扱いが上手くなっていくのも楽しい。前進、後退、回旋、上昇下降も拙いながらできるようになった。

「はぁぁぁ、なんて楽しいの！　決めたわ。とりあえずもっともっと上手に飛べるようになるまで、誰にも言わないことにする。私はフェザーで空を自由に飛びたいだけだもの」

そう決めたら気が楽になった。

その夜、アイリスは上機嫌で夕食の席に着いた。皆に回復を喜ばれながらモリモリと夕食を食べる。味がわかるし、とてもおなかが空いている。


翌日、学院に行くと真っ先にサラが駆け寄って来た。

「アイリス！　もう具合はいいの？　あなたの体調に気がつかなくてごめんなさいね」

「サラはなにも悪くないわ。あのときは自分でも具合が悪いことに気づかなかったんだから」

すぐに授業が始まり、アイリスは授業に集中した。とても体調が良く、頭もすっきりしている。

休み時間にサイモンが話しかけてきた。

「アイリス、具合は良さそうだね」

「ええ。快調よ。ノートをありがとう。とても助かりました」

「そう。ならよかった」

「サイモン、授業が終わったらすぐに養成所に行くのよね？　養成所の訓練のことで聞きたいことがあるの」

「昼休みじゃだめ？　養成所の訓練があるから、授業が終わったらすぐに帰らなきゃならないんだ。よかったらこの校舎の一番上の部屋でお昼を食べない？　狭くて何もない場所だけど誰も来なくて落ち着くんだ」

「どんな場所でも平気よ。じゃあ、またそのときにね」

サイモンは飛翔能力者であることが知られているから、男女を問わず注目の的だ。今もアイリスと少し会話したところで男子のグループに呼ばれて行ってしまった。

昼休みになった。

アイリスはサラや他の友人に誘われる前にと、お弁当を持って素早く教室を抜け出した。

あまり使う人がいない最上階へ続く階段を駆け上がり、階段が終わったところにある扉を開いた。どうやらその部屋は、屋根に出る人たちが集合する場所らしく、椅子もない。

「床に座って食べるってことかな。私は構わないけど」

アイリスが待っているとドアが開いて、サイモンが顔を覗かせた。

「遅くなった。敷物を別の部屋から借りてくるのに手間取っちゃって」

「私なら気にしないのに」

「そうはいかないよ。女の子を床に座らせて食事するなんて、元平民の僕だって気が引ける」

サイモンは抱えてきた厚みのある丸いラグを床に広げる。促されてアイリスが座ると、敷物の端ギリギリにサイモンが座った。（そんな端に座らなくてもいいのに）と思いながら、アイリスは母が刺繍してくれた手提げからお弁当を取り出した。

アイリスのお弁当は、慎ましい材料ながらも母が丁寧に心を込めて作ってくれている。ゆでて味付けをしたブロッコリーやニンジン。二つに切ってバターとジャムを塗ってある丸パンには飾りのピンが刺してある。

それに手を伸ばしながらサイモンのお弁当を見ると、こちらは肉中心のお弁当。丸パンは四個もある。

サイモンがパクパクと弁当を口に放り込みながら話しかけてきた。

「僕に聞きたいことって、なに？」

「ファイターの養成所って、どんな訓練から始めるの？」

「なんで？　知り合いに能力者がいるの？」

「いないけど。従弟がファイターのことに興味を持っているの。私も興味があるわ。身近にいる飛翔能力者はサイモンだけだから、ぜひ教えてほしいの」

「ああ、そういうことか。訓練ねえ。最初はなんだったかな。養成所に集まっている飛翔能力者の能力は人によってだいぶ違うんだ。能力の高さや能力開花がいつだったかでも、できることはかなり違うんだよ」

「うんうん」

サイモンは炙り焼きの肉をフォークに刺し、大きな口を開けて放り込む。

「僕は三歳で開花したんだけど、僕が生まれた家は貧しい平民だったから、子供用のフェザーなんてなかった。だから毎日板切れに乗って遊んでいたな。母親は仕事に出ていて暇だったから、それこそ疲れ果てて飛べなくなるまで板に乗って飛んでいたんだ。だから養成所の訓練に参加した時は、もう相当乗りこなせていた」

「じゃあ、子どもの頃はなにから始めたの？」

「どこまで高く上昇できるかとか、どのくらい遠くまで行けるか、ひたすら挑戦してた。今思うと、よく無事に済んだと思うよ」

「なんで？」

「すごく高い場所や深さのある水場の上で力尽きたら、落ちて死ぬでしょ？」

「あっ。そう言われたらそうよね」

（やっぱり力尽きたら落ちてしまうのね）


サイモンはアイリスの質問に丁寧に答えてくれる。

「でも、一人で毎日飛んで遊んでいたおかげで、『自分の飛翔能力の限界を知る』っていう養成所の最初の課題は、とっくに習得していたんだ。限界を知るのは最重要事項だよ。それをわからないまま巨大鳥（ダリオン）の前で飛べなくなったら、即、餌にされちゃうからね」

「そうよね、それだけは嫌よね。あの丸くて黒い目と真っ赤な口の中を思い出すだけで震えがくるわ」

「え？　実物を見たことあるの？　君が？　いつどこで？」

「あまり人には言えないことなんだけど」

アイリスはあの日ファイターを見物しようとして巨大鳥（ダリオン）に襲われた経験を話した。包み隠さず、細かいことまで全部。サイモンは無言で聞いている。

「ルビー姉さんはそれ以降、別人みたいにいい子になった。両親の言うことに逆らったりしなくなったわ」

「君はどうなったの？」

「私は……あの日助けてくれたファイターたちの姿が忘れられない。私を抱えて逃がしてくれた人も、空を飛び回って巨大鳥（ダリオン）を遠ざけてくれた人も。みんな神の使いみたいに素晴らしく美しかった」

「ふうん」

サイモンは最後に残っていた刻み野菜を食べ終えてから、アイリスに尋ねた。

「君とお姉さんを助けて運んでくれたファイターって、どんな人？　五年前なら、まだ現役かもしれない」

「短く刈り上げた金髪で、緑の瞳で、たくましい体つきの人だったわ」

「あー……金髪で緑の瞳って、あの人しかいないな。そうかぁ。ふうぅん」

「知っているのね？　なんていうお名前？　あのあと、一家四人でお礼に行ったんだけど、王空騎士団の詰所の入り口で、対応に出た人にお礼の品を渡して終わっちゃったの。その人の名前は教えてもらえなかった。仕事だから当たり前です、って言われて。お礼だって、父さんがかなり強引に渡した感じ」

サイモンは困ったような顔で笑うだけで、その人の名前は教えようとしない。アイリスも無理に聞き出すつもりはないので、深くは追及しなかった。それよりも、ファイターの初歩の練習方法を聞きたいのだ。

ところが巨大鳥（ダリオン）に襲われたときの話をしていたせいで、昼休みがそこで終わってしまった。

「残念。もっといろいろ聞きたかったのに」

「明日もここで食べようか？」

「いいの？」

「僕はいいよ」

「じゃあ、また明日ね！　ありがとう、サイモン。じゃ、私は先に行くね。敷物もありがとう」

そう言ってアイリスが階段を駆け下りる。それを見送ったサイモンがつぶやいた。

「五年前の団長かぁ。そりゃ恰好よかっただろうな。一番能力が高かったときじゃないか？　その頃の団長と比べられたら誰だって見劣りするなあ」

「ただいま、お母さん」

「お帰り。無事だったようね。すっかり元気そうだわ」

「うん、とても調子がいいの」

「アイリス、あなたの部屋でオリバーが待っているわよ。なんだか妙に神妙だったわ。喧嘩でもしたの？」

「喧嘩は……してない、けど」

昨日は飛べたことに興奮してオリバーの家に押しかけ、研究と聞いて怖くなって帰って来た。研究が大好きなオリバーが来た目的は、聞かなくてもわかる気がする。また実験と研究の対象になる話だろうと思いながら、アイリスは自分の部屋のドアを開けた。オリバーがアイリスの勉強机の椅子に座っている。

アイリスは部屋に入らず、ドアを半開きのまま声をかけた。

「いらっしゃい、オリバー。この前は慌てて帰ってごめんね」

「それはいいんだ。アイリス、自分の部屋なんだからさっさと入って来てよ」

「う、うん」

「どうせ僕がアイリスを実験動物みたいに扱うんじゃないかって、疑っているんだろう？」

「さすが天才」

「やめてよ。それ、貴族の令息たちが僕を馬鹿にするときに使う言葉だ」

「あら、そうなの？　本当に天才なんだから気にしなければいいのに。それで、実験じゃないならなに？」

「アイリスが飛ぶところを観察させて」

アイリスは天才の従弟をしみじみと眺めた。それから部屋に入ってドアを閉めた。

「いいけど。オリバー、ひとつ聞いていい？　この場合の実験と観察はどう違うの？」

「二つの言葉の定義を詳しく説明するの？　いいけど、長くなるよ？　まず実験とは、」

「ごめん。やっぱりいいわ。飛んで見せる」

アイリスはまずフェザーで飛んで見せようとしたが、オリバーは首を振った。

「それはこの前見せてもらったからいい。違うのに乗って飛んで見せてよ」

「違うのって、なに？」

「そうだな、じゃあ、この机で」

「……この上に、裸足で立てと？」

「うん」

「私、お母さんに叩かれたことないけど、そんな姿を見られたら生まれて初めて叩かれると思う」

「気にしなくていい」

「私は気にするわよ！　じゃあ、叩かれるときはオリバーが代わりに叩かれてよ」

「いいよ」

「もう！　息子でもないあなたをお母さんが叩くわけないじゃない」

（机で飛んでも美しくないし、そもそも机で飛ぶ意味ってなによ？）と思ったがこの天才少年を満足させるには、おとなしく言いなりになるのが一番手っ取り早い。学習済みだ。

「飛べないと思うわよ。これ、重いし」

「じゃあ、飛べないことを証明して見せて」

「……はいはい」

早く終わらせたくてアイリスは裸足になり、机の上の物を全部床に置いてからよじ登って立った。お行儀の悪さに緊張する。

「フェザーは軽いから何も考えなくても浮き上がることができたけど、これはちょっと意識して持ち上げてみるわ」

「いいね。飛翔力ってやつを意識して飛んでみて」

「簡単に言わないでよ」

アイリスは膝を深く曲げ、足の裏に意識を向けた。今まで飛ぶことだけを考えて浮上していたが、感覚を研ぎ澄ませ、足の裏に意識を集中した。すると、体内を流れる『力』を感じた。

(なにかが身体の中を流れてる！　これが飛翔力なのね。よし、この流れを足の裏に集中させて机に流し込む感じで飛び上がれば……)

膝を曲げてからグンッと伸び上がった。そして思わず間抜けな声が出てしまった。

「へっ？」

机はアイリスを乗せて浮かび上がった。なぜか机の重さを全く感じない。

「飛翔力を意識して流してみたの。そうしたら机の重さを全然感じないの。なんでかしら」

「なるほどね。そのまま前進してよ。回ったり、上がったり下りたりしてみて」

「わかった」

木製の机は、アイリスの言うことを聞いて軽々と動き回る。そのうち扱い方に慣れてきて、だんだん高い位置まで浮かび上がることができるようになった。

「やだ、面白いわね。こんなに重いものでも飛べるのね」

「アイリス、疲れてない？」

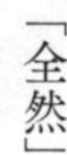

「全然」

「じゃあさ、うつ伏せでも飛ばせるか試してくれる？　ファイターたちは長距離を飛ぶときや高速で飛ぶときはうつ伏せらしいから。できるだろう？」

「足の裏をつけないで？　できるかな」

結果、うつ伏せでも問題なく机も飛ばせることがわかった。オリバーは大満足の様子。

「それにしても信じられないよ、アイリス」

「ほんとよね。机でも飛べるなんてね」

「違うって。能力開花からわずか一日のアイリスが、こんな重い物を飛ばせることさ。普通じゃあり得ないんだよ。本によると幼児期に開花した能力者は、最初はほんの一瞬フェザーを動かしただけで疲労困憊するらしい」

「ヨチヨチ歩きの幼な子が能力を使うからすぐ疲れるんでしょう？　私は十五歳だもの」

最初から重い物で飛べるのは当たり前だ、とアイリスは苦笑した。

「能力者の同級生が言っていたけど、養成所では自分の限界を知るところから訓練を始めるんだって」

「それだよ。アイリス、僕はこれから毎日通って、記録を取るよ。アイリスの限界を探っていこう」

「えっ」

（これはえらいことになったわ。でも、うんと言うまでオリバーは諦めないんだろうなぁ）

重い机でも楽に飛べるアイリスを見て、オリバーは次に机に本を積んでから飛ばせた。くるくる回らせてみたり、細かく上下に動くよう指示したり。

「もっと広い場所のほうがいいけど、大人に見つかるだろうからね。アイリス、ソファーでも飛べるか試してよ」

オリバーは二時間を過ぎても続けたがったが、アイリスは「私には学院の勉強もあるし、商会の仕事のお手伝いもあるの！」ときっぱり断った。アイリスは腰に手を当て困った顔で天才を見るが、オリバーは断られてもニコニコしている。

天才は有言実行で、その日から毎日二時間、実験をしに通って来る。アイリスはオリバーの指示に従って『限界』を探る練習を続けた。オリバーはずっと記録を取った。

『どこまで持ち上げられるか試そう』というテーマの日は、テーブルに重いものを次々載せて持ち上げた。ご丁寧なことに、オリバーは秤（はかり）を持参していた。

『どれだけ速く飛べるか』を調べる日は、部屋の端から端までを十分間で何回往復できるか、だった。

『どれだけ小さな物で飛べるか』の日は、最終的に片足が載るほどの板でもモップの柄でも飛べることを確認した。

オリバーが唯一計測できなかったのは、『最長何時間飛んでいられるか』だけだった。それは家の手伝いと学院の予習復習に追われているアイリスが、二時間で終わりにしていたからだ。

「アイリス、僕はどこまで高く上昇できるのかも調べたいよ」

「それは私も知りたいけれど外に出ないと無理よ」

「だよね。残念だよ。よし、じゃあ、次は……」

「そろそろ私は家の手伝いをしなきゃならないのよ、オリバー」

「そうか。じゃあ、また明日にするよ」

毎日能力の限界を探る練習。それは思いがけずアイリスを鍛えることになっていた。

ただ、アイリスは二時間で力尽きることが一度もなかった。

そんな日々がしばらく続いた。

# 第三章　ファイターとの再会

王空騎士団のトップファイターの一人、ヒロは、三日月の浮かぶ空を飛んでいた。

夕食を食べ終え、騎士団員たちがそれぞれに寛いでいる夜更け。六月の終わりになると、遅い時間に夜空を高く飛んでもさほど寒くはない。

巨大鳥の群れが若鳥を連れてこの国に立ち寄る九月の下旬まで、この王都は平和だ。

「来年からは、なにをして暮らそうか」

ヒロは三十七歳。特別な事情がない限り、あと一年でファイターは引退だ。

救助専門のマザーを操るマスターになる手もあるが、あまり気乗りがしない。このまま国に雇われて他の仕事に就く手もあるし、そうしている者も多い。だがヒロは、ファイターとして巨大鳥と向かい合う瞬間の、『下手をすれば即食われる』というヒリヒリした瞬間が好きなのだ。

そう考えているファイターは、案外多い。


意識を上に向け、フェザーと共にどんどん上昇した。

上空から街を見下ろす。

はるか下にある家々から漏れる窓の明かりが、星空のように見える。無数の小さな明かりが作り出す王都の夜景が美しい。

空中で大きく縦に一回転し、浮遊感を楽しむ。

（そろそろ戻るか。風呂の時間が終わっちまう）

ひと呼吸置いてからもう一度大きな円を空中で描いた。満足して王空騎士団の宿舎に戻ろうとしたときだ。

視界の端でなにか動く物があった。

瞬時に急上昇したのは、高い位置から対象を確認するため。身体に染み込んだファイターの習慣だ。

「は？」

ヒロの視力は非常に良い。

子どもの頃から遠くの対象を見定める訓練をし続けてきた結果、一般の人間の何倍も遠くの物を見分けることができる。三十七歳の今も、それは衰えていない。それに加えてヒロは夜目も利く。

その自慢の目があり得ない姿を捉えた。

「子供？」

王空騎士団員に比べたらかなり小柄な体格。百名弱の騎士団員なら全員知っているから、騎士団員でないのは間違いない。

「訓練生か？」

だが十歳以上の飛翔能力者は、養成所で厳しく行動を管理されている。若き能力者は国の宝なのだ。

こんな時間にふらふら空を飛んでいることなど、まずない。ならば今飛んでいるのは、十歳にならない子供ということになる。

「十歳以下には見えないな。それにしてもあんな高さまで一人で飛んで、力が尽きたら落ちて死ぬぞ」

ヒロは急降下してその能力者に近づこうとした。が、途中でフェザーを急停止させる。

短いフェザーに乗っているその子が腕を後頭部に回してなにかしていると思ったら、突然長い髪が現れた。

弱い月明りの中で、明るい色の長い髪が夜風に吹かれてキラキラと光っている。その能力者は寸足らずのフェザーの上にすっくと立ち、両腕を真横に伸ばした。髪をなびかせ、結構な速さで飛びながら楽しそうに笑い声をあげた。

「……嘘だろ」

その声は声変わり前の少年の声とは違う。間違いなく少女の声だ。長い髪の少女。そんな能力者の話は聞いていない。

そもそも女性は飛べないはずだ。

もう少し近づいて顔を見てやろうと思っていたら、その少女がヒロのように空中で大きく縦回転をした。

途中で上下逆さになる縦回転は、かなりのスピードと勇気を必要とする技だ。養成所の生徒が最初にぶつかる壁と言われる技。

少女はそれをやすやすとこなし、あろうことかそのまま休まずに続けて二回も回転した。初心者がやると上下の感覚を失い、混乱したまま落下することがあるのに。

「連続三回？」

養成所で挑戦させるときは、訓練生が落下してもいいように、受け止め役を配置してからじゃないと挑戦させない危険な技だ。信じられない思いで見ていると、少女がこちらを見上げた。

「しまった！」

少女は素早くフェザーにうつ伏せになり、猛烈な速さでヒロから離れ始めた。

少女の身が心配なのもあったが、『正体を知りたい』という好奇心に背中を押され、ヒロもフェザーにうつ伏せになって少女を追いかけた。

少女は髪をヒラヒラと踊らせながら、猛烈な速さで飛んで逃げて行く。ヒロはファイターとしてデビューしてから二十年になるが、ここまで速い能力者を初めて見た。

トップファイターの自分が全速力で追いかけているのに、少女との距離がじわじわと開いていく。

（あぁくそっ。そんなスピードで飛ばすな！　落下するぞ！　しかもゴーグルもマスクも使っていないじゃないか）

高い能力を持つ子供ほど、己の能力を過信して落下する。飛翔に使う力が尽きて、突然落下するのだ。少女は無謀にもマスクもゴーグルも使っていない。おそらくなんの知識もないまま飛んでいるのだろう。ヒロは少女が目を傷つける前に教えてやりたくて焦る。

少女が失神した場合に備え、地面に激突する前に拾い上げられる位置を目指した。だが、少女は落ちるどころか猛烈な速度を保ったまま森の方へと突っ込んでいく。

ヒロは少女が木に激突して死ぬ場面を想像してしまう。

「やめろ！　止まれ！」

後ろから大声で怒鳴ったが、声が聞こえているかどうか。

あっという間に少女は森の中に突っ込んで、姿が見えなくなった。

ヒロは冷や汗をかきながら森の中に入った。空よりもずっと暗い森の中を低速で飛びながら、少女が落ちて倒れていないか捜し続ける。


数時間がすぎた。森の中を捜し続けたが、どこにも少女はいない。月の位置がだいぶ変わるまで捜した。疲れてきたし朝も近い。木にぶつからないようにしながら暗い森の中を捜すのも、そろそろ集中力の限界だ。

「これだけ捜して見つからないんだから、落ちてはいないってことだよな？　とんでもなく後味が悪いが……帰るか」

自分一人で隅々まで捜すには、森は広すぎる。ヒロは疲労感を抱えて騎士団の宿舎に向かった。

王空騎士団の寮に戻ると、ガウン姿の若者が通路を歩いてきた。

「ヒロさん、お帰りなさい。げっそりした顔をしていますよ」

「マイケル、俺はいよいよ引退したほうがいいかもしれん」

「どうしたんです？　なにかあったんですか？」

ヒロはロビーのソファーにドサッと腰を下ろし、長めの黒髪を手櫛ですいた。髪と同じ漆黒の瞳で、金髪のマイケルを見上げる。

移民の息子から王空騎士団員になったヒロとは対極にいるマイケル。

彼は高位貴族の令息だ。歳は十八歳。飛翔能力と技能の高さから、ファイターになってすぐに巨大鳥（ダリオン）に一番近い場所で働くトップファイターに選ばれた。

「マイケル、お前は能力の開花が早かったんだよな？」

尋ねられたマイケルは優雅な仕草で首を傾け、前髪をサラリとかき上げた。

「はい。一歳半くらいですね。夜に高熱、朝は平熱っていう開花熱を出したそうです。父がもしやと僕をフェザーに立たせたら、フェザーを浮かして飛んだそうですよ。ヘロヘロと、でしょうけどね」

「お前、縦回転はいつ頃できた？　マザーも落下防止の網もマットもなしでだぞ」

「養成所以外の場所でってことですよね？　十三歳かな？」

「そんな早くか。ったく能力に恵まれている奴はこれだから。で、三回連続はいつできた？」

「三回転は十五歳で。あれは能力云々じゃなくて度胸と慣れですね。初めて三回目を回るときはさすがに緊張しました」

ヒロがそこで黙り込んだ。

「縦の三回転がどうかしたんですか？」

「さっき、それを夜空で楽しんでいる子供を見た」

「子供って、何歳くらいです？」

「年は十歳より上に見えたんだが」

「それならまあ、いるかもしれませんね」

「……悪い、俺、寝るわ。長い時間飛び過ぎた」

「おやすみなさい」

マイケルは怪訝な顔で先輩ファイターを見送った。心の中に違和感が残る。

「うん？　今のヒロさんの話、おかしいな。十歳より上に見える子供が縦の三回転？　深夜に？」


ヒロは自分の部屋に戻りながら（あの少女のことを団長に報告すべきか？　すべきだよな？　それで、いずれ少女が養成所に入ってくるのか。少女をファイターに？　いくら速く飛べたとしても、あんな少女を巨大鳥の前に出すのは気が進まないな。それより、森で死んでないよな？）

頭の中は、渦巻く心配でいっぱいだ。部屋に入り、ベッドに腰かけて考える。

「あの少女がもしファイターになるにしろ、俺はその時はファイターではないわけだが。飛べる少女がいるってことは団長に話すべきか？　だがとりあえず今は寝る。陽のあるうちにもう一度森へ捜しに行こう」

ヒロは頭の中から少女を追い出し、無理にでも寝ることにした。

一方、ヒロを見送っていたマイケルは一人になると愛想のいい表情を消した。

（そんな子供が縦の三回転？　ほんとに？　僕だって十五でできたときは天才だって驚かれたの

に）

侯爵家の息子として生まれ、飛翔能力も開花させた。マイケルの人生は称賛と羨望の眼差しに包まれてきた。ヒロが見たという子供も、きっと数年以内にファイターになって……。

「やっぱりおかしい。十歳以上なら養成所にいるはずだ。じゃあ、隠れ能力者？　うわぁ、国に知られたら大変だな」

屋敷に戻ったアイリスは、窓の外でフェザーの上に立ったまま窓を開けた。

夜に窓から出入りするようになってから、蝶番（ちょうつがい）には油を小まめにすり込んである。音もなく開いた窓からフェザーごと室内に入り、まずはフェザーを壁に戻した。

「危なかったぁ。あの人、ファイターよね？　追いかけてきたけど、捕まえなかったのは手加減してくれたのかな。さっさと家に帰れっていう警告かしら。でも面白かったわ、空の追いかけっこ。それにしても私の正体がばれなくてよかった！」

アイリスは飛翔能力の開花以降、毎日のようにオリバーに記録を取られ、室内でこっそり飛び続けているうちに（こんな狭い場所ではなく、広い空で好きなだけ高く、好きなだけ速く飛びたい！）という気持ちを抑えられなくなった。

だから毎晩こっそりと窓から抜け出しては夜空を飛び、少しずつ距離と高さを増やして、今日で二週間。

縦回転は『たぶんできるだろう』という予感があったが、実際に試すまでは緊張した。

オリバーがどこかから手に入れてきたファイター用の古い教則本。それを読んで知った縦回転。やってみたら問題なくできた。それも三回連続で。

「次はどれに挑戦しようかな」

今夜もまだまだ余裕で飛べるのが、自分でわかる。

それはアイリスの限界を記録し続けたオリバーのおかげだ。何度も気を失いかけるまで飛んで、身体で覚えた。もっとも、ここ数日はどれだけ飛んでも室内で力が尽きることはなくなっている。

アイリスは寝間着に着替え、風で乱れた髪をブラッシングしてからベッドに入った。

翌朝、ヒロは再び森へと飛んだ。なぜか仲間のケインもついて来ている。

ケインもヒロと同様に黒髪と黒い瞳だが、体格はごつい。ヒロが哲学者風ならケインは筋骨隆々の闘士風だ。

「ケイン、なんでついて来るんだい?」

「そう冷たくしないでくださいよ。同じ年寄り同士じゃないですか」

「三十七歳は年寄りじゃないよ」

「ファイターとしては俺もヒロさんも年寄りですよ。ヒロさんがフェザー片手に引きつった顔で出かけようとしているのを見て、知らん顔はできませんよ」

「お前は俺の母親か！」

「母親はヒロさんのほうじゃないですか。いつも俺の部屋を片付けてくれて」

「俺は散らかっている部屋に我慢がならないんだよ。お前のだらしなさは見ていられない」

「申し訳ないです。感謝してます」

そこから先は無言でフェザーを飛ばす二人。

あっという間に巨大鳥(ダリオン)の森に到着した。ヒロは木々の梢(こずえ)をかすめるようにしてゆっくりと飛ぶ。

そのヒロにぴったりくっつくようにフェザーに乗っているケインが、小首をかしげながらヒロに話しかける。

「さっきから何を捜しているんです？　落とし物でもしたんですか？」

「少女だ。いや、娘と言ったほうがいいのか？　ケイン、お前も長い髪の十五、六歳の女の子が墜落してないか捜してくれるか」

「待って！　墜落ってなんですか。ヒロさん、その子を乗せて落としたんですか！」

「……だから一人で来たかったんだ。乗せてないよ。その子は一人で飛んでいたんだ」

「女の子が？　女の能力者が生まれたなんて話は聞いてないですけど？」

「ケイン、しゃべるか探すかどっちかにしろよ」

「じゃあ、しゃべるほうです。こっちに来て説明してください」

そう言うとケインはこの辺りで一番背の高い杉の木の枝に近寄り、階段を一段下りるような気

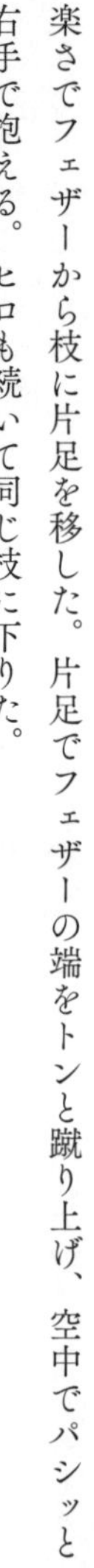

楽さでフェザーから枝に片足を移した。片足でフェザーの端をトンと蹴り上げ、空中でパシッと右手で抱える。ヒロも続いて同じ枝に下りた。

生きている木の枝に飛翔は使えない。細身のヒロはともかく、ケインは大柄だ。木の枝が折れないか二人でしばらくじっと立ったままで様子を見ていたが、折れないと判断して腰を下ろした。

ケインも移民の子だ。出身国は違うものの、二人とも黒髪に黒い瞳。年齢はヒロが三十七でケインは三十五。そんな共通点もあって昔から仲がいい。

「ヒロさん、最初からわかるように説明してください」

「ちゃかさないと約束するなら」

「俺のお袋とフェザーに誓います。ちゃかしません」

地上から数十メートルの枝に腰かけ、ヒロは昨夜自分が見たことを淡々と話した。大げさな表現は使わず、事実だけを正確に。

「ふうん。で、ヒロさんは墜落して息絶えている少女を捜さなきゃと思っているわけですね」

「ああ。追いかけた責任がある」

「俺が思うに、その子は生きていますよ。そしていずれまた飛びに来ますよ」

「実は俺も生きているような気はするんだよ。それよりケイン、お前は俺の話を信じるのか」

「ヒロさんは俺がついて来るのを嫌がっていたから。信じてもらえないと思ったんでしょう？水くさい」

「女が飛ぶ話なのに？」

「神の使いと言われた聖アンジェリーナがいるじゃありませんか。七百年前に一度飛べる女性が生まれたんです。再び生まれる可能性はあります」

そう話すケインの顔が嬉しそうだ。その顔を見ながらヒロが尋ねる。

「また来ると思うか？」

「来ます。その年頃でそれだけ飛べるんだ。家の中で大人しくなんかしてられませんよ。血が騒いでうずうずして、三日も我慢できないに決まっています。俺がそうでした。よし、しばらくは毎晩その時間にこのあたりを見張りましょうよ。思いっきり上空で」

「冷えそうだな」

「年寄りくさいことを言わないでくださいよ。ヒロさん、少女が現れたら俺たちはどうするんです？　むさ苦しいおっさんが二人で追いかけたら、逃げる理由がなくてもたいていの少女は逃げ出しますよ？」

「たしかに」

ヒロはしかめ面でうなずいた。

「なんにも考えてなかったんですか？　その少女にひと目惚れでもしましたか？」

「ケイン、気持ち悪いことを言うな。ただ、その子があまりに楽しそうに飛んでいてさ。俺が知っている中でも群を抜いた速さで。あそこまで秀でた能力を見せられたら、なんていうか……」

「『魅せられた』ですか？」

「だから気持ち悪いことを言うのはやめろよ。俺はあと一年でファイター引退だ。その前に……」

「知っていることを全部教え込みたいんですね？　そんなにギョッとしなくても。わかります。今、俺もそう考えているところです」


二人で口を閉じ、空を見上げる。

ヒロもケインも同じ苦労をしてきた。飛翔能力者だから大切に扱われてきたが、見えない壁は常に身近にあった。この国ではとても珍しい黒髪、黒い瞳、平板な顔立ちが『よそ者』『移民の子』であることを証明しているからだ。

能力者が平民であれば、貴族は先を争うようにして養子に迎えたがる。

だが二人には養子縁組の話は来なかった。二人の家は家族ぐるみで親しい。どちらの家の親も「気にしない」と笑っていた。だが、期待が外れたであろうことは確かだった。我が子の能力で豊かに暮らす夢は叶えられなかったのだ。それが愚痴として親の口から出ることは一度もなかったが、ヒロもケインもわかっている。

だから二人はファイターに支払われる報酬の大半を親に仕送りしてきた。

「この国は渡りの季節以外は平和で豊かないい国なんですけどね」

「ケイン、島国だから閉鎖的なのは仕方ないさ」

「その子もきっと……」

「ああ、間違いなく苦労する。どんなに能力があっても、いや、能力があればあるほど男たちに嫉妬され、嫌われ、憎まれ、こっそり攻撃されるだろうな」

二人は同時に同じことを考えていた。『その子の力になりたい』と。


だが、その夜は待てど暮らせど少女は現れなかった。

その夜から毎晩、ヒロとケインは目立たぬように宿舎から夜の空へと出かけている。宿舎を出るときも戻る時も、二人は時間をずらして動いた。

雨が降らない限り巨大鳥（ダリオン）の森の上空で、浮かんだまま少女を待つ。

そんな日が十日過ぎたある夜。

「来たっ！」

ヒロが小声でケインに知らせたが、ケインはもう気づいていた。首と指の関節をコキコキ鳴らしながら全身をゆるく揺らしてほぐしている。

「ケイン、相手は少女だ。巨大鳥（ダリオン）じゃないからな」

「わかってますよ。武者震いしているだけです」

「まずは好きなだけ飛ばせてやろう。捕まえるなら疲れさせてからの方がいい」

「相手は巨大鳥（ダリオン）じゃないんですよ、ヒロさん。少女ですからね」

ケインにやり込められたヒロが苦笑する。

二人が上空から見守っていることに気づかず、少女は一人で飛び回っている。猛烈な速度でジグザグに飛び、縦回転を連続五回。

両腕を横にまっすぐ伸ばして足を揃えて立ち、髪をなびかせながら飛ぶ。

「あれ、目ぇ閉じて飛んでるな」

「能力者なら一度は必ずやりたくなりますよね。じゃ、俺が先に行きます」

「ああ、頼む」

ケインは大回りして森の方に向かう。上空からヒロが見守っていると、少女が急上昇してきた。

（よしよし、そのままこっちに来い）

ヒロは逃げ足の速い子猫を待ち構えているような気分だ。前回はまんまと逃げられたが、今回はケインがいる。挟み撃ちにする作戦だ。

（ベテランファイターに同じ手は使えないぞ）

少女は急上昇している途中でヒロに気づいたらしい。ものすごい勢いで宙返りをしてからフェザーに伏せ、前回と同じように猛スピードで逃げ始めた。

（ふふふ。そうだ、逃げろ逃げろ）

ヒロが追跡役。ケインは速度で少女に負けると判断して、森の中で待ち伏せ役だ。


少女は恐るべき速度で森に突っ込もうとしていたが、再び急停止しようとした。だがあまりに速く飛んでいたせいでピタリと止まることができず、ゆるゆるゆる……という減速状態になった。

少女が停止したのは森の中からケインが飛び出してきたからだ。

下から少女目指して上昇してきたケインは網を持っている。すれ違いざまに少女に網をかけ、網の紐を引きながら上昇する。少女はフェザーごとすっぽりと絡め捕られた。

「きゃぁぁっ！」

少女は悲鳴を上げ、網の中で暴れている。ケインは意識して優しい声で話しかけた。

「暴れないでくれ。俺が網を落としたら落ちて死ぬぞ。だから動かないで」

「なんでっ？　なんで捕まえるんですかっ！」

「ごめんごめん。おじさんたちは君と話がしたいんだ。今下ろすからじっとしていてくれ」

ヒロが駆けつけ、網が絞られた部分をつかんだ。もし少女が暴れても網を取り落とさないよう、用心して飛んでいる。

ゆっくりと三人は地面に下りた。

そっと網の口を広げながら、ケインが素早く少女のフェザーを取り上げる。

乱れた髪が顔にかかっているのを指先で払いつつ、少女が立ち上がる。

月の光を受けて金色の髪がキラキラ輝いている。着ている服は厚手のズボンとシャツ、革の上着。革製の編み上げ短靴。服装からすると、平民のようだ。

「乱暴なことをして悪かった。俺はヒロ。君と話がしたいんだ。でも君は逃げるから。仕方なくこんな手段を使わせてもらった」

「話ってなんですか」

「君、名前は？　思ったより大きいな。何歳？　判定試験を受けなかったの？」

少女は答えない。視線を地面に走らせているが、フェザーはケインが持っている。

少女が突然身を翻（ひるがえ）して走り出した。ケインもヒロも苦笑する。走って逃げたところで、フェザーに乗った自分たちから逃げられるわけがないのだ。しかし。

「うそぉっ！」

ケインが叫ぶ。ヒロは慌ててフェザーに飛び乗った。

少女がその辺に落ちていた短い枝に飛び乗り、信じられないスピードで飛んで逃げた。

真夜中。

アイリスはベッドのなかで悶々としている。頭まですっぽり布団をかぶり、身体を丸めて独り言を繰り返している。

「どうしよう。フェザーを取られた。顔も見られた。私が誰だかわかっちゃう。フェザーを作った商会を調べれば、絶対に私にたどり着くわよ。どうしよう、どうしよう、どうしようっ！」

「ファイターになれ」と言われたらと思うと恐ろしい。

今、アイリスの心をギシギシと締めつけてくるのは、巨大鳥（ダリオン）に襲われた日の記憶だ。

とんでもなく大きな体。大きな嘴（くちばし）、黒く真ん丸な瞳、口のなかで別の生き物のように動いていた肉厚の真っ赤な舌。

恐怖に彩られた記憶が頭の中に繰り返し浮かんでくる。

オリバーには「見つかったら厄介だから外を飛んじゃだめだからね」と言われていたが、我慢なんかできなかった。広い空を飛びたくて飛びたくて、「少しだけ」と一度飛んだらもう歯止めが

利かなくなった。

毎晩のように部屋を抜け出して思いっきり夜空を飛ぶのは、信じられないほど気持ち良く、楽しかった。

(これを我慢するなんて無理)と飛びながら思った。

だがそれをオリバーにわかってもらうことも無理だとわかっている。自分だって実際に空を飛ぶまでは、あれほどの高揚感と幸福感を感じるなんて知らなかった。飛んだ経験がないオリバーにどれほど言葉を費やしたとしても、あの幸せな気持ちを説明できる気がしない。

なかなか眠れず、外が明るくなるころにやっと眠りに落ちた。だがすぐ、母に容赦なく起こされた。

「アイリス、起きなさい。時間ですよ。あら？　なあに、この汚い木の枝は」

「あっ。それは外に落ちていたやつで、その、」

「もう、十五にもなってこんなものをお部屋に持ち込んで。さあさあ、学院に遅れますよ」

仕方なく起き上がり、ぼうっとしたまま着替えた。リトラー家は必ず全員で朝食を食べるから、アイリスが遅れればみんなを待たせることになる。

その日の朝食はさすがにあまり食べられなかった。心配する両親に「遅くまで本を読んでいたの」と言い訳をして、フォード学院に向かった。ルビーがアイリスの顔を覗き込んで話しかけてきた。

「アイリス、具合が悪いの？　顔色が良くないわ」

「眠いだけ。大丈夫よ、ルビーお姉ちゃん」

「具合が悪くなったら、我慢せずに早めに家に帰るのよ？」

「うん。ありがとう」

心配してくれる優しい姉に隠し事をしているのが心苦しい。


教室に入り、自分の席に向かう間も落ち着かない。サイモンと視線を合わせるのにも緊張する。アイリスはサイモンが取り上げられた自分のフェザーを見ていないことを祈った。

「おはよう、アイリス」

「お、おっ、おはよう、サイモン」

どうやらサイモンは何も知らない様子だ。ホッとしながら下を向いたまま席に座り、一時限目の授業の準備をする。一時限目は数学だ。

教師がやってきて授業を始めた。集中しようとしても、今朝は教師の声が全く頭に入ってこない。

「と、いうことで、ここはこの公式を使って計算すればこの答えを導くことができます。はい、本日の授業はここまで。質問はありますか？」

先生は質問がないのを確認して教科書を閉じ、教室を出て行った。アイリスは小さくため息をついて、（この先どうなるのだろう）と落ち込んでいる。

アイリスの様子がいつもと違うことに、サイモンは目ざとく気づいていた。

「アイリス、なにかあった？　なんだか今日は落ち着かない感じだね」

「そっ、そんなことないわ。サイモンこそ昨日は何もなかったの？」

「僕？　別に何もないけど。なんで？」

「なんでもないわ。ただ聞いただけ」

「そう。久しぶりに上でお弁当を食べない？」

「いいいいいいけど」

（だめだめ。私、完全に態度が怪しい。落ち着かなくちゃ）

サイモンは首を傾げたけれど、何も言わずに席を立った。

次の授業が始まるまでのわずかな時間も、アイリスはハンカチで手のひらの汗を拭き、そわそわと落ち着かない。

それに気づかないサラが近寄って来た。

「アイリス、今日の帰りにうちに来ない？　母さんがアイリスを連れておいでって。私が学院でちゃんと勉強しているかどうか、同じクラスの子に聞きたいんだって」

「私でいいの？　どういうこと？」

「私、家で全然信用がないのよ。授業中にこっそり恋愛小説を読んでいないか、おしゃべりをして授業の邪魔をしてないかって思われているの」

「真面目に授業に参加しているわよね？」

「うん。そうなんだけど、お兄ちゃんがすごく真面目だったからさ。比べられちゃうのよね。アイリスは信用されてるの。なんたって、入学以来ずっと学年で一番だもの」

「わかったわ。一緒に帰りましょうか」


休み時間が終わり、二時限目はルーラの『巨大鳥と人間の関わりの歴史』の授業だ。

アイリスはルーラの授業を楽しみにしている。ルーラが授業で話しているのは数百年も前のことなのに、内容が生き生きしている。資料がわかりやすく使われていて、説得力がある。その当時に生きていた人たちの声まで聞こえるような気分になる授業だ。

二時限目が始まり、最初にルーラが一枚の女性の絵を生徒に見せた。

「この女性が誰か、グラスフィールド王国民なら誰でも知っていますね。そう、七百年前に活躍した聖アンジェリーナです。教会は彼女を神の使いとして信仰の対象にしています。今日は彼女について取り上げます」

ルーラはチョークを使い、黒板にカッカッカッと角ばった文字で『聖アンジェリーナ』と書いてから振り返った。

「アンジェリーナは、ごく普通の農家の娘でした。当時の判定試験は六歳で行われていましたが、彼女はその試験で『能力なし』と判定されました。そのまま月日が過ぎ、彼女が十三歳のときに開花熱が始まったのです。夜中に向かって熱が上がり、朝には下がる。めまい、食欲不振、浮遊感。まさに開花熱特有の症状でした」

アイリスは身体を固くして聴き入った。

「それでもアンジェリーナ本人も周囲の人も、彼女の能力が開花したとは思いませんでした。ところがある日、井戸の周りに敷いてある石の上で彼女が屈んだ姿勢から背伸びをしようとすると、重い敷石ごと浮かび上がったのです。七百年前のことですから大げさに伝わっていると思われがちですが、これは確かな話として記録に残っています」

ルーラは複製と思われる一枚の板絵（いたえ）を掲げた。

「その場で洗濯をしていた女性たちが腰を抜かしている板絵は、その当時の有名な噂話を絵で知らせる一枚です。他にも貴族や庶民の間で大きな話題になったことが板絵に描かれて残されています」

四角く平たい石に乗って浮かんでいる聖アンジェリーナ。井戸の周囲で尻もちをついた姿勢で彼女を見上げる三人の女性たち。全員が目を見開き口をぽかんと開けている。

「遅くに開花した彼女の飛翔能力は凄まじく、王空騎士団の誰よりも高く、速く、遠くまで飛べたそうです。そして巨大鳥（ダリオン）からたくさんの人々を守りました。ときには人間を連れ去ろうとしている巨大鳥（ダリオン）を追いかけて、取り返して帰ってきたこともあったそうです」

（あまりに私と聖アンジェリーナは能力開花の状況が似ている。でも……）とアイリスは下を向いた。自分はそんなことは怖くてしたくないし、できない。巨大鳥（ダリオン）が来る時期は大人しく家の中でやり過ごしたい。

だが、アンジェリーナの話を聞いていると、そんな自分の願いが卑怯者の言い訳のように思えてくる。

「我が国が巨大鳥との対決姿勢を改めたのは、この聖アンジェリーナの言葉が大きな影響を与えています。その言葉とは『巨大鳥を殺してはならない。彼らを殺せば、この国は破滅する』です。この言葉の解釈は時代によって変わっています」

ルーラは時代ごとの解釈の違いを時間いっぱいまで使って説明した。

「しかしどれも憶測にしかすぎません。どの説にも、なんの証拠もないのです」

濃密な時間は終わり、アイリスはホッとした。昼をサイモンと一緒に食べたが、上の空で心配されてしまった。

「アイリス、なんだか変だよ。なにかあったの？」

「なにもないわ。大丈夫。こんな日もあるって」

「そう？　具合が悪いなら、すぐに医務室に行ったほうがいいよ」

「ありがとう、サイモン」

午後の授業が終わると、サラが来た。

「アイリス、もう出られる？」

「ええ、行きましょ。サラがどんなに頑張っているか、私がたくさんお話ししてサラのお母様に安心してもらわないとね」

「ありがとう、アイリス！　優等生のあなたが証言してくれれば母さんも信じるわ」

サラの家に行くのは二回目だが、彼女の母親はアイリスが気に入っているらしく、笑顔で歓迎してくれた。

「いらっしゃい。アイリスさん」

サラの母親が親しみやすい笑顔で話しかけてくれる。サラの陽気な雰囲気は母親にそっくりだった。

「いつもサラさんにはお世話になってます」

「アイリスさんがずっと学年で一番なのはサラから聞いていますよ。貴族の皆さんは家庭教師がついている方ばかりでしょうに、すごいわねえ。うちのサラにも見習ってほしいものだわ。サラは学院で真面目に勉強していますか？　どうせおしゃれなお店に行こうとか、可愛い小物を一緒に買いに行こうとか、そんなことばっかり言ってるんじゃないですか？」

その通りなので一瞬グッと詰まるが、そこは愛想第一の商売人の娘として、アイリスは明るい笑顔を作った。

「サラさんはとっても真面目な生徒ですよ。いつも熱心に質問して先生を感心させています」

「学院に入ったときからずっと首席のアイリスさんが言うなら本当ね。サラ、おかあさん、安心したわ」

サラの母親は喜んで、ニコニコしながらサラの部屋から出て行った。

「ありがとうアイリス。持つべきものはあなたのように優秀で機転が利く友人ね」

「サラ、私、嘘つきになりたくないから今後授業で最低三回は質問してよ」

「ええっ。本気？」

「本気よ。ちゃんと予習をして質問してね。必ずね！」

「ふえええい」

サラの変な返事でアイリスは笑ってしまう。

「アイリス、私のフェザーを見て」

「見たい！」

サラはクローゼットにしまってある子供用フェザーを持って来た。

それはピンクの地に白い小花が散らしてある可愛らしいフェザーだった。

「可愛い。あれ？　そのフェザーの頭の部分についている紐はなあに？」

「ああ、これはね、雪が積もったときにソリにして遊ぶのに使うの。この輪になってる紐につかまって、雪の斜面を滑り下りると楽しいのよ！」

「はぁぁん。いいアイデアね」

「でしょう？」

しかし、そんな工夫をしたくてもアイリスのフェザーはファイターたちの手元にある。

（もうフェザーで空を飛べないのね）と思うと悲しかった。それに、あの時間帯に飛ぶのももう無理だ。また追いかけられるだろう。自分はただ自由に飛びたかっただけなのに。

楽しかったサラとの時間を終えて帰る途中、アイリスは自分のフェザーが恋しかった。

フェザーを取り上げられてから数日。今日はオリバーが来る日だ。

ここのところオリバーは「忙しいから」とリトラー家に来なかったが、昨日のうちに使用人が知らせを持って来た。

(ファイターに見つかったと言ったら、オリバーは怒るんだろうな。『だから言ったのに』って)

そう思いつつ、嘘をつく気力もないアイリスは、やってきたオリバーにあの夜のことを全て話した。予想通り、オリバーは激怒した。

「だから言ったのに！　なんなの？　馬鹿なの？　ファイターに一回見つかっているのにまた行くなんて信じられない！　どうするのさ。特注のフェザーなんて、全部記録されているんだから、すぐにこの家のことがばれる。絶対ここに来るよ？　王空騎士団の偉い人が来る！」

「でしょうね。やっちゃったことはもう、どうにもならないわよ。そんなに怒らないで。私にたどり着いたとしても、王空騎士団の人に殺されることはないでしょうから」

オリバーは眼鏡を上げながら右手で両目を覆い、「はぁぁぁ」とため息をついている。

金色の髪に青い瞳。細身だが背が高い。顔だって整っている。貴族の次男で頭がよくて、普通ならご令嬢たちが群がり寄って来そうな少年だ。

だが現実はそうではない。

「世の中って、そう甘くはないわね」

「そうだよ！　甘くないよ！」

「オリバーは頭が良すぎて、ちょっと不幸じゃない？　普通じゃないのって大変そうよね」

怒り顔のオリバーが、瞬時にあきれ顔になる。

「この期に及んで僕のことかよ！　だいたいね、僕は不幸じゃない。やりたいことがたくさんあって充実しているさ。そんなことより今は、アイリスのことをどうしたらいいか考えるべきだろう？」

「そうね。今日、聖アンジェリーナのことを勉強したの。私は巨大鳥(ダリオン)とは戦えないし、聖アンジェリーナほど役にも立たないだろうけど、飛べることで誰かの役に立てるなら、それもいいかなって少しずつ思い始めたとこ。ちょこっとだけなら役に立ちたい。手紙の配達とかしたら喜ばれそうじゃない？　どう思う？」

向かい合って座っていたオリバーが、再び呆れた顔になる。

「どうやったらそんなに楽観できるんだろう。とんでもなく貴重な女性の飛翔能力者に手紙の配達なんてさせるわけがないよ。アイリスはさ、聖アンジェリーナの死因を知らないからそんなことを言っていられるんだよ！」

「思わぬ怪我が原因で亡くなったんでしょ？　子供の頃に絵本で読んだわ」

「表向きはね。本当は巨大鳥(ダリオン)に体の一部を食われたんだ」

「……嘘よ」

「ほんとだよ。国は隠しているけどね」

「じゃあなんでオリバーが知っているわけ？」

「王城の図書館で読んだ。閲覧制限の部屋にあると思って探したら、案の定あったんだ」

「閲覧制限の部屋って……」

「司書には、彼が以前から読みたがっていた我が家秘蔵の本を貸して目をつぶってもらった。でも、いつどこで巨大鳥（ダリオン）に食われたかは書いてなかったな。いや、そうじゃなくて！　アイリス、能力を知られたら王空騎士団に入れられるよ。ファイターにさせられるんだよ。王空騎士団に入るってことは、巨大鳥（ダリオン）と戦うということだよ？」

（オリバーはいつだって正しいことを一番言われたくない表現で言う。『体の一部を食われた』だなんて、今の私には一番嫌な表現なのに。そんなだから同年代の友人ができないんじゃないかしら）

アイリスは従弟の整った顔を見ながら残念な気持ちになる。

「オリバー、落ち着いて。なんとかするから」

「アイリスの頭でなんとかする方法を思いつくの？」

「どうしていつもそういう言い方をするの？」

オリバーの言葉選びについて、『あまりに無神経じゃない？』と、今日こそはっきり注意をしてやろうと意気込んだ。そこに猛烈なノックの連打音。二人は互いの顔を見合わせた。

「はい！　今開けます！」

アイリスがカチャリと鍵を回すのと同時にドアがバッと開かれ、引きつった顔の父がそこにいた。

「アイリスにお客様だ。王空騎士団のファイターが二人もだよ。アイリスはいつの間にファイターの知り合いを作ったんだい？」

「もう？　……じゃなくて、その方たちは今どこに？」

父の後ろから黒髪の男性が二人、ニュッと顔を出した。一人は細身、一人は大柄。捕まったときは慌てていたから顔は覚えていないが、あのファイターたちに間違いない。

「アイリスさん、久しぶりだね。お借りしたフェザーを返しに来たよ」

「返すのが遅くなってごめんね。美しいフェザーを貸してくれてありがとう。お礼に白バラ菓子店の焼き菓子を買ってきたよ」

大柄なほうのファイターが下手くそな愛想笑いを浮かべ、細身のほうが人気菓子店の包みを掲げた。父が二人に恐縮した様子で話しかける。

「今、妻も挨拶に参りますので」

「いいえ。自分たちはフェザーを返しがてら、アイリスさんに挨拶をしたかっただけです。すぐに帰りますからご心配なく」

「そうですか。アイリス、フェザーを持ち出したのかい？」

「ごめんなさい、お父さん。ええと、その…」

「ではちょっとだけおじゃまします。少々、お嬢さんと話がしたいので」

二人のファイターはどんどん部屋に入って来る。

この国では能力者の身分がどうであれ、王空騎士団員に対しては貴族扱いが礼儀だ。だから父は頭を下げてそのまま引き返して行く。オリバーは固まったまま立っている。

ケインがヒロに話しかけた。

「ヒロさん、こういうときはドアを開けておくものですか？」

「ドアは閉めていいだろ」

ヒロはそう言うなりドアを閉めてしまった。

「お嬢さん、この坊やも同席していても大丈夫なのかな？」

アイリスはチラリとオリバーを見た。オリバーは何度もうなずいている。猛烈に同席したがっているのが丸出しだ。

「オリバーも一緒でお願いします」

「わかった。では話を始めよう。さてお嬢さん、先日は失礼したね。俺はヒロ。トップファイターだ」

「わ！」

「俺はケイン。網で捕まえたりして悪かった。同じくトップファイターだ」

「わわ！」

「わ」とか「わわ」とか言っているのはオリバーだ。アイリスは硬い表情で会釈するだけにした。

「特注のフェザーを作っている商会に尋ねたら、すぐこの家がわかったよ」

そう言ってヒロは優し気に笑う。二人のファイターは「さあ、次はお前さんが自己紹介する番だ」と言うようにアイリスを見つめてきた。

「私はアイリス・リトラーです。この子はオリバー・スレーター。私の従弟です」

「あまり時間がないからさっさと本題に入らせてもらおうか。アイリス、俺たちの指導を受けないか？　とにかく一日も早く多くの技術を身に付けたほうがいい」

養成所や王空騎士団に入れと言われると思っていたのに、技術指導を受けろと言われ、アイリスは（どういうこと？）と理解が追いつかない。軽く眉根を寄せて、ヒロに問いかけた。

「急いで技術を身に付ける理由は、なんですか？」

「アイリスはこの先、飛ばずにいられるか？」

真っ先にそれを聞かれて驚いた。自分だけじゃない、この人たちも自分と同じで飛ばずにいられないんだ、と気づき、感動が胸の奥から沸き起こる。

「それは、ええと」

「能力が開花した人間は、一度でも飛んだらもうやめられないはずだ。そうだったろ？」

「……はい」

「このままじゃいずれ見つかる。絶対に。見つかれば王空騎士団付きの養成所に入ることが決まるだろう。だが君は女性だし、なんの訓練も受けていない。武器も使えないだろう。だが飛翔能力だけはとんでもなく高い。今のままでは他の能力者たちがどう思うか想像がつくだろう？」

「いえ……他の能力者が自分をどう思うかなんて全く想像がつきません」

アイリスは自分が『とんでもなく飛翔能力が高い』ことさえ、今初めて知ったところだ。

「私、飛翔能力が高いのでしょうか」

「まだわかんないか。開花したのはいつだい？」

「熱が出たのは学院が始まった日なので、五月一日です」

二人のファイターがチラリと目を合わせた。ケインがゆっくり首をかしげる。（なんだろう？）

とアイリスは少しのことも不安になる。ヒロが微笑みながらアイリスを見る。

「まだ開花して二ヶ月にもならないんだね。それであの飛びっぷりか。すごいな」

ヒロはアイリスの目をじっと見つめ、少し身を乗り出した。

「いいかい？　養成所は、飛翔能力と飛翔技術に誇りをもっている少年の集団だ。そこに十五歳の、開花したばかりの少女が入ってきて、自分たちより優れた能力の持ち主だと知るわけだ。間違いなく妬む者が出てくる。空中でなにかされたら、高さによっては墜落して死ぬ。俺たちはご覧の通り移民の子だから、ずいぶん危ない嫌がらせを受けたものだよ」

ヒロに続けてケインが説明を補った。

「王空騎士団は大人の集団だからそれほど心配はいらない。実力が全てだと理解している。だが養成所は難しい年頃の少年の集団だ。その上アイリスはいろいろと規格外だ。飛翔能力有りの届けを出す前に、俺たちができる限りの技術を教えておきたいんだ」

「ちょっと待ってください。どうして私にそんなに親切にしてくれるんですか？」

アイリスの言葉を聞いて、ヒロの表情が急に優しくなった。

「ファイターは三十八歳が終わる日に引退する規則だ。そのあたりから急激に飛翔能力が落ちてくるんだよ。俺はあと一年。ケインは三年。その先はどうなるか決まっていない。まだ能力が衰えていないうちに、君を鍛えたいんだ。俺が引退する日までに、教えられることは全部教えておきたいんだ」

「ヒロさんも俺も、アイリスを放っておきたくない。年上の先輩のお節介だと思ってくれ」

そこまで話を聞いていたオリバーが口を挟んだ。

「アイリス、これはまたとないチャンスだよ。教わるべきだ」

「オリバー、あなたがそれを言うの？　本気？」

反対するだろうと思っていたオリバーの言葉にアイリスは呆気にとられる。

「飛翔能力者は空を飛ばずにはいられないって、本で読んだよ。アイリスはもう二人に見られている。どうせいつかは誰かに見つかって養成所に入るなら、できるだけ早く身を守る技術を教わったほうがいいと思った。今の話を聞いて、考えが変わったんだ。男の嫉妬がどれだけ陰湿で面倒くさいか、僕は知っているからね」

アイリスは母が「オリバーは全科目飛び抜けて優秀なせいで嫉妬されて仲間外れにされているらしい」と言っていたのを思い出した。

「ヒロさん、私は手紙の配達ならできるかなぁって思っていたんですけど」

ヒロが苦笑する。

「君の能力を国に知られたら、そんなわけにはいかなくなるよ。断言する」

「ええええ……」

「ファイターが恐ろしいならマスターになるための訓練でもいい。マスターはファイターが落下する場合に備えていて、救助する仕事だよ」

「マスター要員は足りているってサイモンが言っていたことがありますけど」

「サイモンを知っているのか。ああ、学院か」

「はい。同じクラスです」

「てことは、アイリスは十五歳。かなりの遅咲きだな」

そう言いながらヒロはケインを見る。ケインは何度もうなずいている。ヒロは話を続けた。

「サイモンと同期になるならサイモンも引っ張り込むか。あいつは信用できそうだ」

「待ってください。お話が急すぎて……」

話について来られないアイリスを見て、ヒロがひとつ息を吸う。

「今日ここにきた一番の理由を言うよ。俺とケインは、君を聖アンジェリーナの再来だと思っている」

「えっ？　は？　まさか！　私は遅れて開花しただけです！」

「いや。俺もケインも本気でそう思っている。王空騎士団員なら全員知っている言い伝えがある。七百年前に生まれた聖アンジェリーナよりも古い言い伝えだ」

「言い伝え、ですか？」

「ヒロさんは言い伝えを信じていたけど、俺は信じていなかった。だけど君の飛ぶ姿を見て考えが変わったよ。君はなんの訓練もされてないのに、あれだけ飛べる。本当に我が目を疑ったね」

ケインが顎を撫でながらそう言い、ヒロはアイリスの目を覗き込みながらゆっくりしゃべる。

「アイリス、その伝説とはね、『特別な巨大鳥(ダリオン)が生まれるとき、特別な能力者もまた誕生する』だ」

「それが私だって言うんですか？　そんな。まさか」

アイリスは信じられずに少し笑ってしまったが、ヒロとケインは真面目な顔のまま黙っている。二人は『大切な話は終わった』と言うように立ち上がり、ヒロは帰り際にこう言い残して帰って行った。

「強制はできないが、いい返事を待っている。それと、ご両親には早いうちに正直に話した方がいいよ。返事はサイモンに頼んでくれれば俺たちに届く。能力開花を国に届けるのは、騎士団経由の方がお咎(とが)めは少ないか、運が良ければお咎め無しになるはずだ」

ヒロとケインが帰ってから、オリバーが真面目な顔でアイリスに詰め寄った。

「アイリス、どうするの？　訓練を受けるの？　受けないの？」

「この話、私が一人で勝手に決められないわよね？」

「そうだね。ヒロさんとケインさんの親切を受けるにしても断るにしても、こうなったら叔父さんたちに話したほうがよさそうだ」

「ううう。なんでこんなことになっちゃったかなあ」

アイリスは恐ろしい。

巨大鳥（ダリオン）に襲われたときに感じたのは『死の恐怖』だったが、今感じているのは違う種類の恐怖だ。

『実は私、飛翔能力者なの』と言ったら家族はどう思うだろうか。

告白した瞬間から、自分は『女の子なのに飛翔能力を持つ、とても変わっている人』になってしまうのではないか。

(自分が変わってしまっても、それでもお父さんやお母さんやお姉ちゃんは、今まで通りでいてくれるだろうか)

それは今まで経験したことのない恐怖だ。

今まで当たり前のように両親を頼って生きてきたけれど、今日の話だけは十五歳の自分が決めなくてはならない。しかも一度告白したらもう、決して告白以前には戻れない。それが恐ろしい。

(私はただ自由に飛びたいだけなのに！)とやり場のない感情が渦巻く。

(飛ぶことを我慢したらなかったことにできる？)とも考えたが、すぐ諦めた。

(きっと無理だ。自由に空を飛ぶ幸せを諦めたら、苦しくて悲しい毎日が大きな口を開けて待っているよ)と心の中の冷静な自分が言う。

「アイリス？　大丈夫？」

「ねえ、オリバー。あなたは普通と違って、とっても優秀よね」

「急になに？」

「普通じゃないって、寂しくない？」

オリバーの胸の辺りを見て話しかけたが返事がない。視線を上げてオリバーの顔を見ると、困ったような顔で少しだけ微笑んでいる。

「ごめん。不愉快で失礼な言い方だったわね。本当にごめんなさい」

「寂しいけど寂しくない。同年代の人とはわかり合えないから、きっと外から見れば僕は寂しい人なんだろうね。でも僕は物心ついたときからずっとそうだったからそれが普通。だから寂しくはない。それに、僕にはアイリスがいるから。全然寂しくない」

「オリバー……」

アイリスはオリバーの言葉に、思わず胸がいっぱいになった。

「アイリス、遠い南の国には僕らが見たこともない果物が実るんだよ。どれもとても美味しいらしい。そんな国に住んでいる人からしたら、僕らはその美味しさを知らない、気の毒で可哀想な人間だろうね。だけど僕らはその味を知らないから。味を知らない果物を食べられなくても別に不幸じゃない。それと同じことだよ」

「オリバー、その例え、よくわかんない」

「そう。まあいいよ。アイリスは一度も僕を馬鹿にしたり、奇妙な生き物を見るような目で見たりしなかった。だから僕はアイリスに感謝している」

「感謝だなんて。私とオリバーは親戚だもの、そんなこと当たり前よ？」

オリバーはアイリスを見ていたが、眉根を少し寄せて言葉を続けた。

「そういえばこの前の夕食のとき、家族に『僕に万が一のことがあったら、僕の手に入るはずだった財産の五分の一でいいからアイリスに渡して』って言ったんだけど」

「……は?」

「両親がいきなり激怒したから驚いたよ。僕の両親はアイリスのこと気に入っているのに、なんであんなに怒ったのかな」

「オリバーは天才だけど、そこはわからないのね」

「んん?」

この何を考えているのかわからない天才は、そんなに自分に感謝していたのか。

普通、オリバーぐらいの年齢の男の子は、自分が死ぬことを想定して従姉(いとこ)に遺産を贈ろうなんて思ったりはしない。伯父さんと伯母さんはさぞかし驚いたことだろう。

(やっぱり同年代の友達がいないのは寂しいのかな。オリバーは絶対に認めないだろうけど)

「アイリス。もし能力が開花したことで周囲の人が君への態度を変えたとしても、僕は変わらないよ。アイリスが能力者として腕を磨いたら、僕の実験につき合ってくれれば、それで十分だから」

「……」

相変わらず自分を実験台にしようとしている天才少年をじっと見る。アイリスは笑ったらいいのか呆れたらいいのかわからなくて、力なく微笑した。

オリバーが帰ったあと。アイリスは夜になるのを待ってからルビーの部屋に向かった。

家族に能力のことを告白したら、姉はもう今までのように自分に接してくれなくなるかもしれない。だから告白する前に姉とたわいないおしゃべりをしておきたかった。

「どうしたの。アイリス」

「今夜はお姉ちゃんと一緒に寝てもいいかな」

「いいけど。なにかあった？　学院で意地悪でもされた？」

「ううん」

ルビーは読んでいた本を閉じた。ベッドに腰かけているアイリスの隣に座り、アイリスの顔を覗き込む。

「もし意地悪する人がいたら、お姉ちゃんに言いなさい。喧嘩はしないから安心して。その人が二度とアイリスに意地悪しようと思わなくなるように、そーっと裏から手を回すだけだから」

「お姉ちゃんたら。喧嘩するより怖いわよ。でも、ありがとう。お姉ちゃん、大好き」

「それで？　本当にどうしたの？」

「うん……」

「どうしたの。なんで泣きそうな顔をしているの？　父さんたちに知られたくないことなら内緒にしてあげるから。お姉ちゃんに話してごらんよ」

「うん……うん……」

ついにアイリスは両手で顔を覆って泣き出した。

（お姉ちゃんは巨大鳥に襲われてから、人が変わったように親の言うことを聞く子になった。そのくらい衝撃を受けたのよ。そんなお姉ちゃんに本当のことを話したらどう思うだろう。お姉ちゃんはそれを聞いても変わらずにいてくれるだろうか。そして自分はこの家から出て養成所に入らなくてはならないのだろうか）

アイリスの心に巨大鳥の感情が読めない黒い目と、真っ赤な口の中が思い浮かぶ。

（本当に私は巨大鳥の前で飛ばなくてはならないのかな）

「あのね、お姉ちゃん、どうしよう。どうしたらいいんだろう。すごく怖いことがあるの」

ルビーに抱きついて泣き始めたアイリスをそっと抱きしめながら、ルビーは困惑した。

妹は頭が良くて陽気で誰にでも愛されて、泣いているところなんて数えるほどしか見たことがない。その妹が涙をポロポロこぼしている。

「アイリス。泣くだけ泣いたら全部話してごらん。何があってもお姉ちゃんはアイリスの味方だよ？」

「ううう っ」

アイリスはルビーの室内着に顔を押し付け、声を出して泣きだした。

熱い涙が染み込んで、ルビーの服の肩の辺りがしっとりするほど泣いている。ルビーはアイリスの背中をトントンと優しく叩き続け、「大丈夫。大丈夫よ。アイリス、大丈夫だからね」と慰めた。

たっぷり泣いてからアイリスがルビーから顔を離した。泣きすぎて顔が腫れぼったくなっている。

「私、みんなに隠していることがあるの」

「聞くわ。話してごらん」

ルビーは「高価な花瓶を壊した」とか「母のネックレスを黙って借りて失くした」、という話を聞かされるのだろうと思っていた。

「私、五月に熱を出したでしょ？」

「うん」

「あれ、開花熱だった。私、飛翔能力者だったの」

眉尻を下げ、なんとも悲し気な顔のアイリスは、嘘をついているようには見えない。

ルビーはしばらく言葉を探したが、自分の手持ちの言葉の中に、今言うべき言葉が見つからなかった。少し考えてから立ち上がり、壁のフェザーを持ってきた。

「これに乗って飛べるってこと？」

「うん」

「見せて。とりあえず飛んで見せて。話はそれからよ」

「わかった」

言われるままアイリスは立ち上がり、室内履きの足で姉の赤いフェザーに乗った。グスグスと鼻を鳴らしながら膝を深く曲げ、伸び上がる。

フェザーはスッと浮かび上がり、ふらつくことなく床上五十センチほどの位置で静止している。ルビーは口を半開きにしたまま近寄り、顔を近づけたりフェザーの下を覗き込んだりした。

確かにルビーのフェザーがアイリスを乗せて浮いている。

「ええと……確かに浮いているわね。動けたりもするの？」

「うん」

アイリスがフェザーをゆっくり前に進んだり後ろに下がったり、助走もなしに空中でくるりと回って見せる。ルビーの口の開きが大きくなった。

「びっっっくりした。ほんとなのね。アイリス、あなたほんとに飛翔能力者なのね。十五歳で開花したなんて、まるで聖アンジェリーナみたい」

「うん」

「ねえ、アイリス。まさかと思うけど、このことを届け出たりしないわよね？」

「なんで？」

「なんでって！　届け出たら養成所に入らなきゃならないのよ？　十八歳になったら巨大鳥(ダリオン)と戦わなきゃならないのよ？　あんた剣なんて握ったこともないでしょうよ！　食べられちゃうわよ！」

「そうならないように、いろんな技術を教えてくれるって。今日、ファイターが二人来たの」

「なんでファイターがうちに来るのよ。なんでもう知られちゃっているわけ？　あんたあの日のこと、忘れたの？　巨大鳥(ダリオン)がどれだけ大きくてどれだけ恐ろしいか、私は今でも夢で見るわ。一日だって忘れたことない。なのに、ファイターに飛べますよって、自分から教えたの？」

「お姉ちゃん、落ち着いて」

「これが落ち着けるわけがないでしょうっ！」

ルビーはどんどん興奮し、声も大きくなっていく。するといきなりドアが開き、母のグレースが顔を覗かせた。

「大きな声ねえ。どうしたの？　喧嘩でもし……」

「あっ」

姉妹が同時にそう声を出して固まった。

母はアイリスが浮いているところをジッと見たまま動かない。その白い顔は無表情で、アイリスはこのまま母が気を失うのではないかと思った。

「ごめんなさいお母さん」

「アイリス。それ、いつから？」

「えっと」

「ちょっと待って。座るわ」

母はドアをゆっくり閉め、ルビーのベッドに腰を下ろした。「これって」と小声でつぶやき、何度か瞬きをしてから浮いたままのアイリスに話しかけた。

「あれは開花熱だったのね。そっくりな症状だとは思ったけれど、まさかあなたが能力者なわけ

「お母さん、黙っていてごめんなさい。私、怖くて言えなかったの。本当にごめんなさい！」

「アイリス、とりあえず下りてくれる？　ルビー、お父さんを呼んでいらっしゃい。お仕事中だと思うけど、私が『今すぐ来てと言っている』と伝えなさい」

ルビーが無言で走って部屋を出ていく。アイリスはフェザーを静かに床に着地させ、とぼとぼと母に近寄った。こんな形で告白することになるとは考えていなかった。

「ここにいらっしゃい」

母が自分の隣をポンポンと叩くのを見て、うなだれたまま座る。これからどんなことになるのか不安で涙も出ない。暗い表情でうなだれているアイリスを、母のグレースはギュッと抱きしめて頭をなでてくれた。

「私にもお父さんにも言えなかったのね。可哀想に」

「ごめんなさい」

「謝らなくていいわ。そうよね、あなただってまさか飛翔能力が開花するなんて思わないものね」

「うん」

「もう空を飛んだの？」

「うん。ごめんなさい」

「そう……もう飛んでしまったのね。楽しかった？」

「うん」

「そう。アイリス。私の可愛い赤ちゃん」

母が自分の頭に顔をくっつけて、震えるような吐息を吐き出した。

走って来る足音が聞こえ、勢いよくドアを開けて父とルビーが部屋に入って来た。

「どうしたグレース。何があった？」

「あなた、アイリスが」

「うん？」

「アイリスが飛翔能力を開花させていたの」

父はしばらく無言だったが、アイリスに顔を向けた。

「アイリス、本当か？」

「はい。黙っていてごめんなさい」

「父さんに見せてくれるかい？」

アイリスはもう一度ルビーの赤いフェザーで浮かんで見せた。さすがに「こんなこともできます」と動かして見せる気にはなれない。

「これは……驚いた。そうか、あれは開花熱だったのか……だからファイターがうちに来たのか。もう、王空騎士団に報告したんだね？」

「ううん。まだ。夜、一人で飛んでいるところを、あの人たちに見られたの」

「夜？　一人で？　アイリス、なんてことを」

そこで父は目をつぶった。

「ごめんなさい」

「謝らなくていいんだよ、アイリス。能力の開花はおめでたいことだ」

「でも」

「言い出せなかったんだね？」

「うん」

父はアイリスに近寄り、ギュッと強く抱きしめた。

「私の可愛いアイリスは能力者だったか。そうか。さぞかし不安だったろうな」

「お父さん、ファイターの人たちは、訓練をしてから養成所に入ったほうがいいって。それと、王空騎士団から国に報告すれば、お咎めなしになるかもしれないって言ってたわ」

「そうか。開花を隠していたことになるのか。それは今からグレースと父さんが話し合うよ」

ハリーとグレースは深刻な顔をして部屋を出て行った。

# 第四章

# 王空騎士団へ

夜の十時過ぎ。

アイリスは母と姉に挟まれて母のベッドに入っている。そのベッドの中で、母はなぜか昔の話ばかりする。

アイリスがどんなに可愛い赤ちゃんだったか。初めて「ママ」と言ってくれた日の感動。初めて立って歩いた日のこと。風邪を引いて熱を出し、心配させたときのこと。

最初は笑顔で聞いていたアイリスも、なぜ母が昔のことばかり話すのか途中で気がついた。

母はアイリスの未来を悲しんでいるのだ。それに気づいてからはもう、微笑ましい話を聞いても笑えなくなった。

「アイリス、これだけは本当のことを言ってくれる?」

「なあに?」

「あなた、好きな男の子はいるのかしら」

サイモンの顔が思い浮かんだが、サイモンは侯爵家の養子だ。

(身分が違いすぎる。ここで気になる男の子がいると言ったところで、誰も幸せにならない。私の能力のことで苦しんでいる家族を、これ以上苦しませたくない)

アイリスは、母と姉と父のために嘘をついた。

「好きな人は、まだいないわ」

「そう。よかった」

「なんで?」

「きっとあなたには貴族から婚約の申し込みがたくさん来ると思うの。お父さんと私があなたの意に沿わないお話は全力でお断りするわ。前々から私とハリーは、あなたたちが嫌だと思う人と無理やり結婚させるようなことはしないと決めていたの。アイリスのことはお父さんと私が守ってみせる」

（飛翔能力が開花しただけでもこんなに困っているのに、婚約？　結婚？）

　これ以上先のことは何も考えられず、アイリスは目を閉じた。考えるべきことがありすぎて、頭が破裂しそうだ。

「アイリス？　眠ったの？」

　アイリスは目を閉じて動かないでいた。

「きっといろんなことが一度に起きたから、疲れたのね」

　グレースはそう言うと、アイリスのこめかみにキスをして、小さな声でつぶやいた。

「女の子なのに能力者だなんて……どれだけ苦労するのかしら」

　アイリスは目を閉じたまま寝たふりを続けている。母の言葉を聞くのがつらかった。巨大鳥（ダリオン）の前で飛ぶのは恐ろしい。けれど、心の中に王空騎士団の一員となって自由に飛ぶことも、人々を守るために飛ぶことへの憧れも少しだけあった。そんな自分の気持ちを申し訳なく思う。

　翌朝、いつものように学院に向かった。父はこのまま王空騎士団に行ってアイリスのことを報告し、アイリスの下校時に父が迎えに来て、父と二人で王空騎士団に行く予定だ。

教室に入り、自分の席に座ると、すぐにサイモンが後ろの席に座り、声をかけてきた。

「おはようアイリス」

「おはようサイモン」

サイモンは腫れぼったいアイリスの顔を見て「まぶたが腫れているけど、どうかしたの？」と言おうとして、（女の子にそんなことを言うのは失礼か？）と思い、開きかけた口を閉じた。アイリスが元気なく顔を背けたので、会話はそのまま途切れてしまった。

午前中の授業が終わってすぐ、サイモンがアイリスを昼食に誘ったのだが。

「あの屋上の手前の部屋で一緒にお昼を食べないか？」

「ううん。今日はサラと食べるから。ありがとう。ごめんね」

「わかった。じゃあ、また今度ね」

「うん」

本当は約束なんてしてない。だからアイリスはサラのところまで行って、サイモンに聞かれないよう、小さな声で話しかけた。

「サラ、今日、お昼を一緒に食べられるかしら」

「もちろんよアイリス。一緒に食べましょう！　いい場所を知っているの！」

アイリスは、いつもと変わらない陽気なサラが心からありがたい。

昼休み、「早く行かないと座る場所がなくなるから」とサラに急かされて二人で走った。

アイリスは（こんな普通の日々は、自分に飛翔能力があると知られた後でも続くのだろうか）と思いながら走る。

サラの言う『いい場所』とは、中庭のベンチだった。ベンチを確保し、お弁当を食べながら、アイリスはサラに聞いてみた。

「サラ、これからもずっと友達でいてくれる？」

「当たり前じゃないの。なんでそんなことを言うの？」

「来年も再来年も友達でいてくれたら嬉しいなと思って」

「わかった。今ここで、死ぬまで友人だと宣言しておく！」

楽しそうに笑うサラの顔を見ながら（その笑顔が変わりませんように）とアイリスは気弱に願う。

気もそぞろなうちに授業は四時限まで終わり、アイリスは父の馬車に乗り込んだ。迎えに来た父の顔色が悪い。

「アイリス、まずは個人的に訓練を受けることにしよう。その先のことは父さんが騎士団長様と話し合う。それでいいな？」

「はい、お父さん」

会話はそれだけで終わり、馬車は王城の隣に建つ堅牢そうな建物の前に到着した。

門兵と父がひと言ふた言会話すると門が開けられ、王空騎士団の敷地内へと馬車が進む。馬車の窓からは、訓練場を走っている騎士や剣の鍛錬をしている騎士が遠くに見えた。

男の人に案内されて建物の中を進み、金色のプレートに『王空騎士団　団長室』と書かれた部屋の前に立った。係りの人に促されて中に入ると、アイリスの手にじっとりと汗が滲んでくる。

(これからどうなるんだろう)という不安で、心臓がドキドキしている。

団長室はえんじ色の絨毯が敷き詰められた広い部屋だった。

親子が部屋に入ると、書類仕事をしていた男性が立ち上がって歩み寄って来る。短く刈り上げた金髪に緑の瞳。盛り上がった筋肉が服の上からでも見てわかる。アイリスはその男性に見覚えがあった。

「はじめまして、ハリー・リトラーさん、アイリスさん。私は王空騎士団団長のウィル・アダムズです。王空騎士団へようこそ」

「団長様、本日は急なお願いにもかかわらず、お時間をいただきましてありがとうございます」

「こんにちは。団長様。お会いするのは二度目です。五年前に巨大鳥(ダリオン)から助けていただきました。アイリス・リトラーです。あのときはありがとうございました」

ウィルは「ほぅ？」という表情でアイリスを見る。

「五年前か。ええと、もしかして姉妹でケヤキの下にいた、あの少女かな？　私のことをよく覚えていたね」

「人の顔を覚えるのは得意です」

「そうか。なかなかハキハキしたお嬢さんのようだ。さ、リトラーさん、どうぞ座ってください。

だいたいの状況はあなたからの手紙と、うちの団員からの報告で理解しています」

「はい、それでですね、」

ドアがノックされてハリーは口を閉じた。ヒロとケインが入って来た。二人は団長に促され、アイリスと団長の間の席に座った。

「アイリス。この団員たちの報告によると、君はとても速く飛べるだけでなく、空中で三回転ができるんだそうだね？」

「はい。三回転はあのとき初めて試してみましたけれど、できると思ったので」

「木の枝でも飛べるんだって？」

「はい」

ヒロとケインは『そうなんですよ』というようにうなずいているが、ハリーは初めて聞くことばかりで動転している。

「とても速く？　三回転？　アイリス、お前は一人でそんなことを？」

ハリーの様子を見て、団長はアイリスが飛ぶところを父親に見せていないと気づいた。

「どうやら君のお父さんは、まだご存じないようだ」

「……夜にこっそり一人で飛んでいましたから」

「これから訓練場で飛んで見せてもらえるかい？」

ハリーは思っていたよりも早く話が進んでしまい、慌てていた。

「団長様、少々お待ちください！　たくさんの団員たちの前で娘を飛ばせるのですか？　こちらの騎士団員様が、個人的に練習をつけてくださるというお話でしたが、それはどうなりましたか？王空騎士団員も候補生も全員男性です。娘を一人でその中に入れることは、失礼ながら親としては不安がございます」

団長ウィルがチラリとヒロとケインの方を見る。二人は気まずそうな顔だ。

「そのことですが、二人の団員が指導する話は、まずアイリスさんの能力を私が確認してからになります。アイリスさんは十歳のときには判定試験に合格していません。なので、うちの団員を指導係として派遣できるかどうかは、間違いなくアイリスさんに飛翔能力があるのを確認してからです」

「それではアイリスの能力が多くの人に知られてしまいます！」

「リトラーさん」

ウィルは諭すような口調になった。

「いいですか。アイリスは飛ぶ楽しさをすでに知っています。もう飛ばずにはいられないと思いますよ。アイリスの能力をこの先ずっと人の目から隠そうとすれば、彼女はいつまでも夜遅くに飛ぶことになる。危険です」

「それは……」

「昼間、堂々と飛ばせればいいではないですか。アイリスに能力があれば、彼女は王国の宝になるのです。今、団員たちに見られることなど、どうってことはありません」

「ですが……ですがっ……」

「国には王空騎士団から報告します。報告後はもう隠すことはできません。『十五歳で能力が開花した少女』は話題になることでしょう。あっという間に知れ渡ります。リトラーさん、腹をくくってください。アイリス、君はわかるね?」

「……はい」

「よし。では着替えを用意させよう。君の身長は?」

「百六十三センチです」

「わかった」

ケインが小さくうなずいて団長室から出ていき、少ししてから真っ白な練習服と編み上げ靴を持った女性が入って来た。

「こんにちは、お嬢さん。制服と靴を持ってきました。事務員のマヤよ。ここでは数少ない女性同士、仲良くしてね」

「アイリス・リトラーです。マヤさん、よろしくお願いします」

「さあ、隣の部屋で着替えましょう」

マヤは三十代の快活な感じの女性で、栗色の髪を肩の少し下あたりで切り揃えている。シンプルなふくらみのないワンピース姿でスタスタと歩き、別室まで案内してくれた。

アイリスが渡された白い服に着替えてみると、訓練生の服は身体に張り付くように作られているけれど、身体の曲げ伸ばしは妨げないよう、肘や膝の部分にゆとりを持たせてある。

「身体にぴったりしたデザインなのには理由があるの。飛んでいるときに服がパタパタしていると、飛翔能力者が疲れてしまうのよ。だから制服はバタつかず、動きやすいように計算されて作られているのよ」

「手足の曲げ伸ばしが楽です」

「あなたが飛ぶところ、楽しみだわ。落ちないように気をつけて。集中してね。あっいけない。髪を結ばないと危ないわ」

「ありがとうございます」

アイリスは手早く髪を一本の三つ編みにして、マヤに渡されたリボンで三つ編みの最後を縛ってから服の中に入れた。

「うん。それでいいわ。これで長い髪が風に煽られても、目にかからない」


広い訓練場に向かうと、父のハリー、団長ウィル、ヒロ、ケインが待っていた。他の団員たちが『なにごとだ？』という顔で鍛錬の手を止め、こちらを見ている。隣の養成所の訓練場から、一人の若者が駆け寄って来た。

「アイリス！　どうしたの？　なんでここにいるの？」

「サイモン……」

「なんで訓練服を着ているんだい？」

ケインがサイモンの肩をポンと叩く。

「まあ見てろよ、サイモン。見ればわかる。話はそれからだ」

ケインにそう言われてサイモンは渋々引き下がった。

二十名ほどの訓練生が養成所から、百人近い王空騎士団員たちが、全員動きを止めてこちらを見ている。アイリスは緊張しているが、それ以上に広々とした場所で太陽の光を浴びながら飛べることに、次第に心が浮き立ってきた。

団長のウィルが騎士団の訓練場にいる全員に「場所を開けてくれ」と声をかけた。

「じゃあ、ヒロ、お前が先に飛んで手本を見せてやってくれ。アイリスはできるだけそれの真似をするように。それでアイリスのだいたいの能力がわかるだろう」

「了解です」

アイリスは黙ってうなずいた。

「ケイン、お前は救助役を頼む」

「了解です」

ヒロは練習用フェザーが立て掛けてあるラックから、一枚の黒無地のフェザーを取り出して静かに地面に置き、乗った。膝を曲げ、飛び上がる。フェザーはヒロを乗せてスッと浮き上がった。その高さは二メートルほど。

騎士団側に集まってきた訓練生たちの間から、「なにが始まるんだ?」「トップファイターのヒロさんが見本を示すなんて、珍しくないか?」と声が上がる。

ヒロは空中に浮かんだ状態から猛烈な速さで訓練場の端まで飛び、端のところで鋭くターンしてこちらを向いた。そのままスピードを上げて斜めに急上昇。高い位置からクルリと大きく円を描いた。続けて二回、三回。身体が上下逆様になっているとき、ヒロの顔は楽し気に微笑んでいる。

回り終わると、地面ギリギリの位置まで降下する。そのままスウッと地面の少し上を滑ってアイリスたちの前に着地した。

ヒロがアイリスに笑顔で話しかける。

「こんな感じだよ。アイリス、できるだろ？」

それを聞いたアイリスの父が大慌てで会話に割り込んできた。

「無理です！　あんなことアイリスができるわけがありません！」

「お父さん、私、やってみるわ。多分できると思う。大丈夫だから安心して見ていて。驚いて倒れたら困るから、できればベンチに座って見ていてよ」

「ああ、そうさせてもらうよ。アイリスや、無理だけは……」

「うん。無理はしないから大丈夫。ヒロさん、フェザーはどれを使えば？」

するとヒロではなくケインがラックから一番短いのを選んで手渡してくれた。アイリスのフェザーに似た青色のフェザーだ。それを渡しながらケインがアイリスを励ました。

「アイリス、俺が下で待機している。落ちたら絶対に拾う。だから安心して思いっ切り飛んでこいよ」

「はい。ケインさん、お願いします」

アイリスは青色のフェザーを静かに地面に置き、一度深呼吸をしてから乗る。

深く膝を曲げ、伸び上がる。

アイリスは青色のフェザーに乗って、ヒロと同じ二メートルまで飛び上がった。

見ていた訓練生の間から驚きの声が上がる。騎士団員たちは無言のまま目を見開いている者が多い。


「えええっ？」

「嘘だろう？」

「女なのに！　なんで飛べるんだよ！」

「なんで網が張られていないんだ？」


地上の声は今のアイリスには届かない。アイリスは今、全速力で訓練場の端を目指して飛んでいる。アイリスの耳の脇で風がヒョォォッと鳴っている。一気に気持ちが高揚してきた。

訓練場の端にたどり着く手前で身体を深く斜めに倒し、最小の半径で百八十度向きを変えた。

アイリスは青空の下で全速力を出して飛ぶ心地よさに酔いしれている。

(飛べ！　もっと、もっと、もっと速く！)

心の中で叫びながら鋭い角度で急上昇。王空騎士団の建物よりずっと高い位置まで上昇し、赤い屋根瓦を眼下に眺めた。更に加速して地面に向けて大きく弧を描く。きれいな円を描きながら降下する。入ったばかりの訓練生なら、恐怖心と内臓が浮き上がる感じとで吐き気を覚えるのだが、アイリスはひたすら楽しかった。

（家族や友人の自分を見る目が変わるのでは）という不安は、風と一緒に吹き飛んでいく。

「ぶつかるっ！」

ハリーが小さく悲鳴を上げたが、周りにいる者たちは誰も気にしない。アイリスは完璧にフェザーをコントロールしていて、ヒロよりも高速で回転し、地面に激突する寸前で、再び弧を描きながら急上昇する。

二度、三度、四度。猛烈な速さで大きく回る。最後に訓練場の中央あたりで円の下縁に達すると、地上十センチを保ちながら、団長、ヒロ、サイモン、父が待つ場所へと戻ってきた。アイリスの後ろからケインがニヤニヤしながらついて来た。

ヒロがヒュウッと口笛を吹く。

見守っていたサイモンと全訓練生と全ファイターたちの口が半開きだ。

ハリーはベンチに座ったまま右手を額に当てて目を閉じていて、団長とヒロ、ケインは笑っている。サイモンは呆然としている。

団長が話しかけてきた。

「アイリス、間違いなく君はトップファイターの個人指導を受ける資格があるようだ。だが、私は個人指導だけではもったいないと思う。どうせならさっさと王空騎士団の養成所に入って、技術を磨き知識を深めたほうがいい」

アイリスは、まだ全力で飛んだ興奮が冷めていない。頬を赤くし、目をキラキラさせて、口は今にも笑い出しそうに口角が上がっている。

一方、父のハリーは顔色が悪い。まだ地面に激突しそうな勢いで急降下していたアイリスの姿が瞼の裏にいるからだ。

アイリスがウィルにむかって質問を投げかけた。

「騎士団に入ったら、家を出て養成所の寮に住まなくてはいけないのですよね？」

「そのことだが、寮は女性用の浴室やトイレがない。アイリスを受け入れるとなると事前に準備すべきことがたくさんある。私は通いでもいいと思うが、まずは飛翔能力者登録の手続きを済ませてしまおう。それから君の扱いを考えるよ」

「私、剣を握ったこともないんです。それでもいいんですか？」

「ああ、もちろんだ。王空騎士団は武器を持って飛ぶ者だけじゃない。それに、実際は巨大鳥(ダリオン)に対して武器を使うことはほとんどないんだよ。『巨大鳥(ダリオン)を殺さない』というのが国の方針だからね。君のことは私から国に届けを出しておく。登録も私が済ませておこう。リトラーさん、それでいいですね？」

「わかりました。団長様。よろしくお願いします」

「団長様、娘が自宅から通えるよう、どうぞご配慮をお願いいたします」

そう言って父と娘が帰ろうとしたところへ、サイモンが走り寄って来た。

「アイリス！」

「サイモン。あの……能力が開花したこと、黙っていてごめんね」

「もしかして僕がノートを届けたときの熱が開花熱だったの？」

「ええ。サイモンが帰った後に、真似をしてフェザーに乗ったの。そしたら飛べたのよ」

「今日の飛行を見る限り、練習をしていたみたいだね。ずっと一人で飛んでいたの？」

「最初は毎日部屋の中で。従弟と二人で練習していたの。その後、毎晩一人で飛んでいたわ」

「……そうなんだ」

「え？」

「なんでもない。じゃ、また学院でね」

サイモンは硬い顔で走り去った。

（今の会話のどこがだめだったの？　全然わからないわ）

アイリスは目をパチパチしながらその後姿を見送った。少し離れた場所で待ってくれていた父が弱々しい声で呼びかける。

「アイリスや。帰ろう。父さんは疲れた」

「はい。今行きます」

アイリスの心から、学院を出るまでの重苦しさがすっかり消えている。爽快な幸福感に心が満たされていて、なんでもできそうな気分だ。

青空の下で飛ぶ気持ちよさ、上昇するときの解放感、急降下するときのワクワクする楽しさ。

（もう飛ばないでいるのは無理）と、アイリスは強く思う。

ファイターたちは戸惑った顔でアイリスを見送っていたし、訓練生の一部は無言のまま互いに視線を交わし、不満そうな表情を浮かべている。

だが楽しさに心が満たされていたアイリスはなにも気がつかなかった。

アイリスと父親が訓練場から出て行った。

サイモン・ジュールは訓練を終えて寮の自室に戻った。頭の中を整理しようと机に向かったものの、かなり動揺していた。

誰にも言っていないが、アイリス・リトラーはサイモンの初恋の相手である。その初恋の相手が突然養成所の訓練場に現れ、ものすごい勢いで飛んだ。

身長に合っていない大き目のフェザーは、無駄に彼女の能力を消耗させていたはず。なのに、あの速さ。

「おそらく、アイリスにとってフェザーの大きさなんて問題じゃないんだな」

彼女は訓練生の誰よりも速かったし、縦の回転を危なげなくこなしていた。

あの技は、訓練生たちが脂汗とか冷や汗とか、あまり流したくない種類の汗を流しながら習得するものなのに、アイリスは急降下している最中にちょっと顔が笑っていた。

「飛翔能力が開花したばかりのアイリスが楽しげに、軽々と……」

今までサイモンは『お前は間違いなく将来のトップファイターだな』と訓練生たちにも、王空騎士団のファイターたちにも言われていた。だが、『アイリスは自分よりはるかに能力が上だ』とすぐにわかった。

「参ったなあ」

フォード学院に合格し、「あっ、あの子がいる」と初恋の相手も学院生だと知って大喜びしたのもつかの間だった。成績順のクラス分けで、アイリスはいつもAクラス。サイモンはよくてB、気を抜けばCクラスだった。養子に迎えてくれた侯爵様には「いずれ王空騎士団に入る身なのだ。そこまで成績は気にしなくてもよい」と言われていた。

けれどアイリスと一緒のクラスで学院生活を送りたい一心で毎晩勉強を頑張ったのだ。

訓練で疲れていても課題をこなし、予習復習も怠りなく努力して、『同じクラスの友人』という立場を手に入れたばかりだった。サイモンはほとんどアイリスに話しかけることができないまま。アイリスに話しかけられて（やった！　アイリスが話しかけてくれた！）と喜んでいるときに限って自分はクラスの仲間に呼ばれてしまう。

その上アイリスは家の手伝いをしているから、授業が終わると即座にいなくなる。口下手なサイモンは、なかなかアイリスと話せずにいた。

彼女が欠席したときは、心配で授業が上の空になりそうだったが、（授業のノートを持っていけば真面目な彼女はきっと喜んでくれる）と思い、いつもの何倍も丁寧にノートを取り、お見舞いに行ったのだ。

彼女の部屋でフェザーに乗って尊敬の目で見てもらえたときは浮かれるほど嬉しかった。

彼女を乗せてフェザーを飛ばし、アイリスの甘いいい香りと柔らかい体に触れてドキドキしながらも「また乗せてくれる？」と言われた時は本当に嬉しかった。

「もう、あんなアイリスの顔は見られないわけだ」

ショックである。学力の面ではアイリスの方がかなり上。せめてフェザーに乗せてアイリスを喜ばせてやりたかった。

「はああ。七百年ぶりに現れた女性能力者が、アイリスとは」

アイリスの調子が悪そうだった時、騎士道精神全開でアイリスを抱き上げて運び、（いつかこの人に婚約の申し込みをしたい）と思った。

侯爵様に「いずれは貴族のご令嬢と結婚するのだよ」と知らされた十歳のときから、サイモンは（平民のアイリスと結婚できるぐらい、ファイターとして力をつけて名を上げ、侯爵様を説得しよう）と努力し続けてきた。それがまさかの事態だ。

「アイリスがあんな秀でた能力者になるとは。僕の計画は一から立て直しだな。よし、それなら僕は……ん？　僕がアイリスよりも優れていることなんて、あるのか？」

真面目な性格のサイモンは、しばらく落ち込んでいたが、グジグジと悩むのは性に合わない。（男としてアイリスに注目してもらえる人間になろう。飛翔能力者としても、アイリスに差をつけられないよう努力しよう。勉強だって頑張るさ）と、努力の日々を積み重ねる覚悟をした。

一方こちらは王空騎士団から帰ったアイリス。

リトラー家では、少し贅沢な夕食になった。ルビーは元気がない。

「アイリスは寮に入るの？　家と養成所は近いのに、寮生活を送らなきゃいけないの？　家から通えばいいんじゃないの？」

自分のことで元気がない姉を見ても、アイリスは飛ぶことをやめられないのはわかっている。

幸福感に包まれている自分を申し訳なく思う。

「寮に入るかどうかは、まだ決まっていないの。お姉ちゃん、私ね、私が飛翔能力者とわかったら、お父さんもお母さんもお姉ちゃんも、みんなが私を嫌がるんじゃないかと思ってた。それがすごく怖くて、ずっと言えなかったの」

「そんなわけないじゃない！」

「そうよ、アイリス。馬鹿なことを言わないでちょうだい。あなたに飛翔能力があってもなくても、アイリスは私の可愛い赤ちゃんだわ」

「お母さん、私はもう赤ちゃんではないけど」

「あなたはたとえ三十歳になっても、私の赤ちゃんなのよ」

「えぇぇ」

最後はほのぼのとなった夕食の後、母のグレースは自分の姉に手紙を書いた。

アイリスの能力が開花したこと、オリバーとアイリスが秘密で練習していたことを書いた。『どうかオリバーのことは叱らないでほしい。オリバーと練習したことはアイリスの役に立っているはず』と書き添えることを忘れなかった。

手紙を書き終えて封蠟を押したグレースは、この件がリトラー家だけの問題ではないことを案じている。アイリスが能力者ということは、オリバーにも、オリバーの兄にも影響が出る。『飛翔能力者の親族』であることは、結婚相手を探すときに影響する。たいていはいい方向に働くが、ごく稀にそうではない場合もある。

世間では飛翔能力者の誕生は歓迎されるが、巨大鳥(ダリオン)の前で我が子が飛ぶとなれば、また別の感情も生まれる。自分が経験して、よくわかった。他人事ならめでたいが、我が子のこととなれば、こんなにも苦しく悲しい。

(どうか全てがいい方向に働きますように)

そう願ってグレースは手紙を箱に入れ、近くの小荷物配達所に行って配達を頼んだ。

それから意気消沈しているであろう夫の部屋を訪れた。ハリーはソファーに座り、背中を丸めてぼんやりしていた。

「あなた」

「ああ、グレース。どうした」

「しっかりしてください。まるでアイリスを嫁がせたような顔をしているわよ。アイリスが寮に入るとは決まっていないのでしょう?」

「それはそうだが。なあグレース、今日、アイリスが飛んでいる姿を見たんだ」

「昨日も部屋で飛んで見せてくれましたよね?」

ハリーは力なく首を振る。

「あれとは全然違う。恐ろしい勢いで上昇したり、急降下したりしたんだ。それに、アイリスのあんな顔を初めて見た。幸せではちきれそうな顔だったよ。『ああ、この子は飛翔能力者なんだな』と思い知った。私たちの腕の中で笑ったり怒ったりしていたアイリスはもういなくなった気がしてね、たまらなかった」

「あなた」

「飛翔能力者は飛ばずにはいられない。あの子はきっと王空騎士団に入ったほうが幸せなんだろうな。それにしてもだ。男子の一万人に一人と言われる飛翔能力者なのに。なんでうちのアイリスなんだろうな」

「あなた、しっかりしてください。落ち込んでいる暇なんてありません。あなたは帰ってくるなり『アイリスがトップファイターと同じことができた』っておっしゃったわね。それ、どう考えても普通じゃないわ。アイリスの能力が開花したのはほんの最近。そんな開花したての子がちょっと練習をしたぐらいで、トップファイターと同じことができるなんて。部外者の私が考えてもありえないことよ」

「それはそうだが」

「遅咲きの能力者で、女の子なのよ？　まるで聖アンジェリーナだわ。貴族たちが指をくわえて見ているわけがないわよ」

「そうだな。ああ、動揺している場合じゃなかったか。アイリスを守る方法を考えておかないと」

「ええ。どう考えてもあの子は貴族の妻には向いていませんよ。あの性格では貴族の家に入れば苦労するのは目に見えているし、場合によっては……能力者を産むことだけを期待されるような、惨めな立場に置かれるかもしれないわ」

ハリーの顔に気力が戻った。

「そんなことをさせるものか。私たちの大切な娘だぞ？」

「そうよ。落ち込んでいる暇なんてありません」

「そうだな。貴族のことはお前にも力を貸してもらうことになるぞ」

「もちろんよ。あの子が便利に利用されないよう、私たちが全力で守らなくては」

ハリーとグレースは、その夜長いこと話し合った。


そのころアイリスは、青いフェザーを膝に乗せて今日のことを思い出していた。

（楽しかった。お日様の下で飛ぶことがあんなに楽しいとは思わなかった）

飛んだときのことを何度も思い出していると、ルビーが入って来た。

「お姉ちゃん、どうかした？」

「アイリス、養成所に入るのね？　決めたのね？　なんでそんなに平気な顔をしていられるのか、私には理解できないの」

アイリスは今の自分の気持ちはとても言葉では伝えられそうにない。

（あの楽しさ、気持ちよさ、解放感を、私の持っている言葉で理解してもらうのは無理だ）

言葉で説得するのは諦めて、アイリスは姉から視線を外した。

「なんで？　なにがどうなって飛びたがるわけ？」

「あのね、上手く言えないけど、例えていうなら、ええと、水の中で息を吸うのに苦労していたのに、急に好きなだけ楽に息ができるようになった、そんな感じなの」

「それって、もう前には戻れないってこと？　絶対にやめられないってこと？」

「……うん」

ルビーは顔をくしゃくしゃにすると、アイリスを思い切り抱きしめ、そのまま背中をポカポカと叩いた。

「ばか。アイリスのばか！　絶対に死なないって約束しなさいよ」

「ごめんね、お姉ちゃん。でも、ありがとう」

ルビーが小さな子供みたいに泣き出した。

その夜は二人で姉のベッドで眠った。自分を本気で心配してくれる姉に申し訳なくて胸が痛む。それなのに、同時に心の半分は『明日から青空の下で思いっきり飛べる』ということにときめいている。

（ごめんね、お姉ちゃん）

姉と並んで天井を向いたまま、アイリスはもう一度心の中で謝った。

王城の会議室で、軍務大臣のダニエルが「信じがたい」という顔で王空騎士団長ウィルに問う。

「それは本当か」

「はい。アイリス・リトラーは十五歳で飛翔能力が開花し、本人は家族にも言い出せないまま夜間一人で飛んでいたそうです」

「十五歳か。まるで聖アンジェリーナのようだな。それで能力は？」

「とんでもなく高い能力の持ち主でした。トップファイターのヒロが手本を示し、直後に真似をさせたところ、練習なしでヒロの上を行く飛びっぷりでした」

会議室が静まり返った。

王空騎士団は役目の特殊性から、軍の指示を受けずに独自に動いている。だが騎士団長のウィルは、軍務大臣のダニエルを常に立てる気配りを忘れない。『王空騎士団と軍部が対立しても、いいことなどなにもない』というのがウィルの考えだ。

全員が沈黙する中で、最初に声を出したのは再び軍務大臣のダニエル。

「開花したばかりでトップファイターの上を行く？　まさか」

「本当です。ただ、巨大鳥（ダリオン）に対峙したことがまだありませんので『飛翔技術のお手本の上を行った』というだけですが」

「だとしても信じがたい。一度飛ぶ様子を見たいものだ」

「ぜひご覧になってください」

それまで黙っていたヴァランタン・グラスフィールド国王が顎をさすりながら口を開いた。

「ウィル、それほど優秀な少女ならば、養成所に入れるのは考えものだな。他の少年たちと同じ扱いをするわけにはいかないのでは？」

「はい、陛下。養成所には女子用の風呂もトイレも更衣室もありませんので、入所させるのであれば早急にその辺を配慮する必要があります。ですが、私はそれより……」

「よい。なんでも申してみよ」

「はっ。国中から集まってきた飛翔能力者の寮生活に、彼女を一人だけ参加させるのは不安があります。彼女の能力は並外れています。一緒に生活させれば、必ずや彼女と少年たちの間に強い軋轢が生まれましょう。少年たちのためにも彼女のためにも、アイリス・リトラーは自宅から通わせるほうが安全だと思います。今後、彼女は多くの人間に注目されるでしょうから、家と学院、養成所の間は護衛をつけるつもりです」

軍務大臣のダニエルがすかさずそれに同意した。

「陛下、あの年頃の少年は精神的に未熟で不安定です。私も自宅から通わせることに賛成です。アイリスに限らず、貴重な飛翔能力者がくだらないことで動揺したり怪我をしたりしては困ります」

軍務大臣ダニエルの意見で流れが決まった。

アイリスは飛翔能力者として登録されるものの、王空騎士団の養成所には自宅から通うことになった。

しかし会議の参加者が一番気にしていたのはそこではない。皆が頭に浮かんでいながら口に出さないでいることをヴァランタン国王が質問する。

「ウィル、君はあの伝説を信じているか？」

「『特別な巨大鳥(ダリオン)が生まれるとき、特別な能力者もまた誕生する』でしょうか？　場合によっては逆の言い方をしますね」

「そうだ、その伝説だ」

「陛下、私はその伝説を信じております。千年を超える過去からの言い伝えが今まで途絶えずに伝えられてきたのには、必ず理由があるはずです。特別な能力者が誕生するのは七百年ぶりです。王空騎士団はどんな事態が起きても対応できるよう、アイリスの安全への備えを万全にいたします」

「うむ。そうしてくれ。六十年前に巨大鳥(ダリオン)を討伐しようとした時は、特別な巨大鳥(ダリオン)がいなくてもあんな結果になったのだ。同じ失敗は絶対に避けなければならない」

参加者たちがそう聞いて思い浮かべるのは、六十年前の悲惨な『討伐隊壊滅事件』だ。

『巨大鳥(ダリオン)にわざわざ餌をくれてやる必要はない』という貴族たちの声が大きくなった結果、王空騎士団に軍隊が加わった『巨大鳥(ダリオン)討伐隊』が出動した。その結果、討伐隊は壊滅的な被害を受けた。

　王家が管理している書庫には、当時の記録がある。

『リーダー格の巨大鳥(ダリオン)に的を絞り、三人がかりで操作する巨大な強弓を使用した。極太の矢が巨大鳥(ダリオン)を貫いた直後、全ての巨大鳥(ダリオン)が攻撃的になった』

『巨大鳥たちは一羽残らず討伐隊に襲いかかり、ほぼ全員を連れ去ってしまった』

『討伐隊は剣や弓矢で抵抗したものの、成果はなかった』

『連れ去られずに残ったのはわずか二名。その二人も腹や背中が引き裂かれていて、数時間後には息を引き取った』

『王空騎士団は貴重なファイター全員を、王国軍は討伐隊に参加した軍人を全員失い、翌年は急遽、訓練生たちが予定より早くファイターに繰り上がった。引退したはずのファイターも駆り出された』

　この記録を読むことができる者はごく少数。ウィルとダニエルはそれを読んでいる。


　軍務大臣のダニエルが苦い顔で意見を述べる。

「壊滅事件以降は巨大鳥の討伐案は出なくなりました。しかし今の国民はその事件を知らない世代ばかりです。近年再び巨大鳥討伐の意見が水面下でささやかれ始めていますが、その手の意見を放置しているのは危険です。『軍も騎士団も腰抜けよ』という風潮が広がれば、国家に対する反乱の火種になりかねません」

「その件については、もう少し市井の意見を調査してから策を練ろう。民の声を無視するのは危険だ。本日はアイリス・リトラーの登録ということでいったん会議を閉じる」

　国王の意見で会議は終了した。

　この会議には国王ヴァランタン、宰相、王空騎士団長ウィル、軍務大臣ダニエルの他に記録係の文官二人。合計六人だけが参加していた。にもかかわらず、翌日の夜には王都に屋敷を構える貴族や軍の重鎮たちの間に『聖アンジェリーナの再来を思わせる、とんでもない能力の少女が現れた』という噂が広まっていた。

王空騎士団の談話室でヒロとマイケルがひそひそと言葉を交わしている。他に人はいない。

マイケルはファイターの中でも最年少の十八歳。侯爵家出身で、美しい容貌と優れた飛翔能力の持ち主だ。養成所を卒業してすぐにトップファイターに指名されたことは、貴族令嬢の間で大変な話題になった。おしゃれで上品なマイケルは、身分を問わず女性に人気だ。

「今日は驚きましたよ。僕、ヒロさんに話を聞いたときにはまさかあそこまでとは思っていませんでした」

「マイケル、彼女は明日から養成所で皆と一緒に練習を始める。お前に頼みたいことがあるんだが」

「ヒロさんの頼み？　珍しいですね。お姫様の子守りとか？」

「他の連中の言動に不穏な動きがないか、注意してほしい。万が一彼女に危害を加えそうな話を耳にしたら、俺に教えてほしいんだ」

「ええ？　俺に密偵になれって？　嫌ですよ」

「俺がきっかけでアイリスが登録されることになった以上、俺には責任がある。知らん顔をしたくないんだ。だが俺がいては若いファイターたちは本音を言わないだろう。マイケル、頼む」

マイケルは迷惑そうな顔で考え込んでいたが、ヒロには普段からなにかと世話になっている。街の美味しい店はたいていヒロに教わり、ご馳走もしてもらっている。マイケルは渋々引き受けることにした。

「わかりました。じゃあ、あのソースを五本で手を打ちますよ」

「あれを五本？　三本でどうだ？　あれは俺でもなかなか手に入らないんだよ」

「五本じゃないと嫌です」

「四本」

「五本。犬になれって言うならそのくらいいいでしょ？」

「ああ、ああ、もう。わかったよ」

「やった！　じゃ、犬の役目を頑張りますね。ワンッ！」

マイケルはスキップしながら立ち去った。それを見送るヒロは「高くついたなあ」とぼやく。

取引に使われたソースはヒロが個人で輸入している母国のソース。アチェンと言う海のイガグリのような生き物の卵巣が溶かし込まれている瓶入りの黒いソースで、塩加減、甘さ、濃厚な磯の香りが癖になる美味しいソースだ。ヒロは魚に合うと思うが、マイケルは肉にも魚にも火を通した野菜にも合うと言う。アチェンソースは二人の大好物だ。

好物の味を五本も手に入れることに成功しマイケルは、ご機嫌で歩いている途中で呼び止められた。

「マイケルさん、ちょっといいですか」

マイケルは貴族特有の感情が読み取れない曖昧な笑みを浮かべた。

「うん？　君は誰だったかな？」

「訓練生のマリオです。今日のことで聞きたいことがあります」

「いいよ。なにかな？」

連れて行かれたのは養成所の食堂。そこには八人の訓練生たちが硬い顔で集まっていた。

「話は手短に頼むね。僕、忙しいんだ」

「では、俺から質問させてください。今日飛んだあの女の子、養成所に入るんですか？」

「さあ？　僕は知らない。養成所に入るかどうかはわからないけど、いずれ王空騎士団に所属することは間違いないと思うよ。マリオは気に入らないのかい？」

「王空騎士団に女が入ってくるなんて、俺は納得いかないです」

「あれだけ飛べるのに？　納得いかない理由を教えてくれる？」

「俺たちは国民を巨大鳥(ダリオン)から守るために訓練しています。なのに女なんて！　役に立たないに決まっていますよ」

「やってみなきゃわからないと思うけど」

「わかります！　巨大鳥の前で泣いたり騒いだりして足を引っ張るに決まっています」

「ふうん」

マイケルは（さっそくこれか）とヒロの考えが当たっていることに苦笑した。

「彼女がファイターになるのはまだ先なんだから、今からそんな心配をする必要があるかなあ。一年に四人か五人しか現れない能力者が新たに一人現れたんだ、広い心で受け入れればいいと思うけど？」

「マイケルさんは同期じゃないからそんなことが言えるんですよ。俺たちはあの女と一緒に飛ぶことになるんです。嫌ですよ、女に足を引っ張られるなんて」

「なるほどね。マリオの言い分も一理あるな」

マリオとその仲間たちの顔が明るくなった。

「じゃあ、僕から団長にマリオたちがそう言っていましたって報告しておくよ」

「なっ！　だめですよ。そんなことしたら俺たちが怒られる」

「おや？　では君たちは僕になにを望んでいるのかな？」

「マイケルさん、あの女が諦めて養成所を辞めるように、はっきり言葉で言ってやってください。他の能力者の迷惑だって。マイケルさんは貴族だし、トップファイ……」

「それは嫌だね」

マイケルは貴族的な微笑みを浮かべてマリオを見た。

「マイケルさん！」

「僕は彼女の能力を認めている。彼女はすごい能力者だよ。僕がやるべきことは彼女以上に腕を上げることであって、負け犬の連れションにつき合うことじゃない。僕は優しいから、君たちの話は聞かなかったことにしてあげる」

マリオたちはあからさまに不服そうな顔になった。

「君たちが言っていること、やろうとしていることは国の判断に逆らうことだ。やめときな。国はアイリスをファイターにするつもりなんだ。その国に逆らうことがどういうことか、僕は知っている。彼女になにかしたら、罰を受けるのは君たちだけじゃないぞ。君たちの親まで罰せられる。いいかいマリオ、僕は忠告してあげたからね。じゃ、忙しいからこれで失礼する」

マイケルは華やかな笑顔をつくり、さっさと食堂を出た。

残されたマリオ達は沈黙したままその背中を見送った。

# 第五章

## 七百年ぶりの女性能力者

アイリスが王空騎士団の訓練場で腕前を披露した翌日。

国が手配した馬車で学院に向かうと、馬車を降りたところから既にチラチラとほかの生徒たちに視線を向けられる。なんとなく緊張してしまい、急いで教室へと入った。するとサイモンが遠慮のある表情で話しかけてきた。

「おはよう。アイリスは今日から養成所に通うの？」

「ええ。騎士団から昨夜遅くにうちに連絡が来て、そう決まったらしいわ。寮には入らないでいいんだって」

「そうか。それでアイリスはファイターになるつもりなの？」

「サイモン、その話は今ここでしなきゃだめかな」

教室のあちこちからアイリスとサイモンに視線が向けられている。視線の主は全員が貴族の生徒だ。

（貴族は噂を食べて生きているって父さんが言っていたけど、本当ね。私の能力が開花したこと、もう知られているみたい）

家族は今まで通りだと言ってくれたが、早くも教室では遠巻きに見物されている。どんな気持ちで自分を見物しているのだろうかと落ち着かなく思う。

「わかった。じゃあ、昼休みにいつもの場所でいい？」

「うん」

昼休み、アイリスとサイモンは屋上前の小部屋でお弁当を食べ始めた。

「昨日は驚いたよ。アイリスがあんなに飛べるなんて。一人で飛んでいたんだろう？　なんであんなに上手く飛べるのか、わけがわからなかったよ」

「従弟が養成所の古い教本を持っていたの。それを読んで頭の中で想像して、少しずつ練習していたからかな」

「それだけであそこまで？　僕たち訓練生は下にファイターの救助役が控えているときしか飛んでいないのに。訓練生だって、たまに落下することがあるんだよ？　アイリスは落下したことはないんだね？」

「落下？　ないわ。だって飛んでいるときはフェザーが身体に貼りつくでしょう？」

「でも、疲れ切ってしまうとフェザーは離れて落ちるよね？」

三時間や四時間飛んだぐらいでは疲れないアイリスは返事に困る。

「んー、そうかもしれないけど、フェザーがだめでも最悪の場合は……」

「最悪の場合は？　なに？」

「ええと、今度見せるわね。いつも上手くいくかどうかははっきりしないから」

「ふうん。いつか必ずその秘密を教えてよ」

「秘密ではないわよ。養成所に入ったらそのうち見せることになると思う」

「そうか。楽しみにしてる」

微妙にぎこちない空気でお弁当を食べ終えて教室に戻ると、サラがワクワクした表情を隠さずに近づいて来る。そして声を潜めることなく陽気に話しかけてきた。

「ねえアイリス、あなたが能力を開花したって父から聞いたんだけど」

「あ、うん、サラ、その話はここじゃないほうがいいかな」

「なんで？　すばらしいことじゃない？　私、アイリスにお祝いを言いたくて、昨夜はワクワクして眠れなかったわ！」

「お祝い？」

「そうよ！　女の子で飛翔能力が開花するなんて、すっごいことだもの。うちの父さんも兄さんも『お前の友人なのか。すごい人と友人なんだな』って驚いてた。母さんはアイリスをまたうちに連れておいでって。お祝いの美味しいお茶菓子を用意しておくって言っていたわ」

思いがけないサラの言葉に、アイリスは思わずサラに抱きついた。

「ありがとうサラ。サラはこれからも私の友達でいてくれるのね？」

「当たり前でしょう？　アイリスは自慢の友人です！　それで、養成所に入るの？」

「家から通うの。養成所の寮には入らないでいいらしいわ」

「よかったわね。アイリスが訓練を受けてるとこ、見学できないかなあ。私、ファイターが空の高い場所を飛んでいるのは見たことあるけど、自分の友人が飛ぶところを見てみたい！」

「見学できるからおいでよ」

サイモンの声がして、サラが嬉しそうな顔になった。

「サイモン、ほんと？」

「養成所の訓練の見学は、当日でもいいんだ。申し込んで許可が出ればいつでも見学できることになってる」

「わ、嬉しい。じゃあ今日早速見学に行くわ。いい？　アイリス」

「私はいいけど、許可が出るといいわね」

そこまでしゃべったところで、今まで口を利いたこともないクラスの女子たちがジリッと寄ってきた。

「アイリス、私たちも見学に行っていいかしら」

「え？　私が飛ぶところを見るの？」

「ええ。同じクラスのアイリスとサイモンが飛ぶ練習をするのなら、見学に行きたいわ」

「私はかまわないけど、今日は許可が出るかどうか、わからないわよ？」

「だめなら諦めるわ。じゃあ、サラと一緒に行ってもいいかしら？」

「ええ、どうぞ」

「嬉しい！　知り合いの能力者の訓練を近くで見ることなんて、滅多にないことだもの」

「そ、そうよね」

その女生徒の友人たちも同行するつもりらしく、小躍りして喜んでいる。その意外な反応にアイリスが戸惑っていると、そのやり取りを遠巻きに見ていた男子たちも会話に入ってきた。

「アイリス、僕も行きたい」

「僕だって見に行きたいよ。僕は養成所の訓練を一度も見たことがないんだ」

「僕も」

「来いよ。僕が受付と団長さんに話をしておくよ」

「サイモン！　いいのかい？　やった！」

するとさらに外側にいた男子や女子たちが悔しそうな顔で「今日は用事があって行けない。いいなあ。行きたかったよ」と言い出した。それを聞いたサイモンが笑いながら声をかける。

「他の日にも来ればいいよ。僕たちみたいな訓練生の練習より、ファイターたちの訓練を見るといい。トップファイターの人たちなんて、もう、惚れ惚れするほど美しく飛んでいるからね」

その場にいた全員が「わっ！」とはしゃぎ、「次はいつがいい？」と音頭を取る生徒が現れて、見学の申し込みの日を相談し始めた。

「今日行く人たちは、どんなだったか明日教えてくれよ」

「私も聞きたい。しっかり見てきてね」

ついさっきまでは貴族と平民の間に目に見えない壁があった。そんな生徒たちが一気にまとまっていく様子に、アイリスは呆気にとられてしまう。

「よかった」

「なにが？」

「私、女だし十五歳にもなって能力が開花したでしょ？　変人扱いされるんじゃないかってずっ

「はああ？」

サラが少々品のない声を出して呆れている。

「あのね、アイリス。飛翔能力者は国の宝なのよ？　ファイターたちがいなかったら、襲われて食べられちゃう人が出てくるんだから。それを守ってくれているのがファイターじゃないの。胸を張って威張っていいわよ。なんで不安になるかな！　アイリスはアイリスでも『すごいアイリス』なんだからね！」

「すごいアイリスって」

思わず笑い出したアイリスを、サイモンが優しい顔で見る。気がつくと、他のみんなも笑っている。

（なんだ、あんなに不安がらなくてもよかったのね）

急に元気が出て、これから向かう訓練にも前向きに取り組める！　と明るい気持ちになった。

「アイリスは馬車で行くの？」

「あっ、うん。今朝から護衛がついたの。なんだか大げさよね。サイモンも一緒に乗らない？」

「いや、僕は走って行くから。それも訓練のうちさ」

サイモンとは校門で別れ、アイリスが馬車で養成所に向かっていると、同乗している護衛のテオが、遠慮がちに助言してきた。

「アイリス様、もし養成所で誰かに意地悪されたら、すぐに監督する人に伝えてください。我慢しちゃだめですからね」

「意地悪？　されるんですか？」

「とにかくお怪我のないように気をつけてください。アイリス様をお守りするのが私の役目ですが、訓練場では端で見ていることしか許されませんので」

「わかりました。でもトップファイターのヒロさんもケインさんも、サイモンだって優しいんですもの、心配はいらないと思いますけど」

テオは「だといいのですけどね」と心配顔でアイリスを養成所へと送り出した。


養成所の訓練場には、ほとんどの飛翔能力者が集まっていた。そのうち訓練生は、アイリスを除いて五学年分の二十名。王空騎士団員の数は九十四名。

普段の養成所の訓練にはファイターを引退したベテランが数名ほど救助役で来るだけで、騎士団員が来ることはほとんどない。

ところが今日はほとんどの現役ファイターが『聖アンジェリーナの再来』と噂されるアイリスの訓練を見るために養成所の訓練場に来ている。

前回アイリスは王空騎士団用の訓練場で少し飛んだだけだったが、今日は養成所でアイリスがみっちり飛ぶ。騎士団員たちが来ているのは『どれ、本格的に飛ぶところを見せてもらおう』というところだろうか。

その上、今日は学院の級友たちが十数名見学者席に座っている。

アイリスが真っ白な訓練服に着替え、ラックからこの前使ったのと同じ青いフェザーを選んだ。

訓練場に出ると、ガヤガヤと聞こえていた話し声が一瞬で消え、静まり返った。今ここに居合わせている全員の視線が、入口に立ったアイリスに向けられている。

それに驚いて足を止めたアイリスを励ますように、付き添ってきた事務員のマヤが笑顔で背中をポンと叩いた。

「大丈夫よ、アイリス。落ち着いてね。飛ぶことを楽しんで。万が一落下してもベテランが救助してくれるわ。安心して思う存分飛んでらっしゃい」

「はい、そうします。マヤさん、ありがとうございます」

「どういたしまして」

近くにいたヒロを見ると、『前に出ろ』と手振りで促す。アイリスは深く息を吸った。皆が自分を見ている。その視線に負けないよう、アイリスは胸を張って大きな声で挨拶をした。

「アイリス・リトラーです。今日から訓練に参加します。よろしくお願いします！」

訓練生たちはパチパチと拍手する者がほとんどだが、中には値踏みするような表情で見る者、フイッと顔を背ける者も少数ながらいた。マイケルにアイリスを諦めさせてほしいと話を持ち掛けたマリオは、顔を背けた一人だ。

訓練生たちの反応を見て、アイリスは今朝、出がけに父がかけてくれた言葉を思い出した。

「父さんは養成所のことはわからん。だが人と関わって仕事をするときのことならわかる。やれることを全力でやる。それだけだ。そして無事に家に帰ってきなさい。父さんがアイリスに望むのはそれだけだよ」

(ここでならお日様の下で思い切り飛べる。そのためなら顔を背けられるくらい、平気だわ)

アイリスは表情を引き締めた。その彼女を見ていた副団長のカミーユが訓練生のほうを向いた。カミーユは三十三歳。温厚な実力者で、ファイターだけでなく訓練生たちからも信頼が厚い人物だ。カミーユが少年たちに向かって指示を出した。

「よし、全員揃ったな。では訓練を始めよう。救助される役は三人。待機しているグループから一人ずつ出て散らばって待て。救助役はいつも通り五人ずつ四グループに分かれろ。アイリスは四番目のグループへ。前のグループの動きをよく見て覚えるように」

「はい!」

フェザーを抱えた訓練生たちは素早くグループごとに分かれ、順番待ちの各グループから救助される役の訓練生が一人ずつ出て訓練場に散らばった。

最初のグループが無言で視線を交わし、一斉にフェザーに乗って飛び上がった。等間隔で地面からスッと真上に上昇し、そこからパッと散らばる。ちょっと見は真っ白な野の鳥が空中で遊んでいるように見えるが、彼らの顔は真剣だ。

そこに黒い服を着た大人が四人登場した。現役を引退した元ファイターたちだ。

黒い服の元ファイターたちは、左右の腕に二メートルを超えていそうな細く長い棒を一本ずつ持っている。

（あれはなにに使うんだろう？）と見ているアイリスに、ヒロが近寄って来て説明してくれる。

「あの棒は巨大鳥（ダリオン）の翼の代わりだ。翼がどこまで届くかを訓練生に身体で覚えさせるために持っている。飛翔中に巨大鳥（ダリオン）の翼で叩き落とされないための訓練でもあるんだよ」

「わかりました」

アイリスは自分を食べようとした巨大鳥（ダリオン）を思い出しながら訓練を見た。恐怖心がジワリと湧いてきそうになるが、意識して心に蓋をする。

（落ち着け、私）

巨大鳥（ダリオン）役の四人が地上にいる訓練生を狙って自在に動く。

五人の訓練生たちは、巨大鳥（ダリオン）役の前を回旋して邪魔する者、地面にいる者をフェザーに乗せて避難させる者に分かれている。救助される役の三人は他のグループの者が務めていた。

地上にいた三人は、あっという間に救出されていなくなった。

巨大鳥（ダリオン）の動きを牽制（けんせい）していた訓練生は、救出が完了したのを確認するや否や、別々の方向へと猛烈な速さで飛び去った。

二番目、三番目のグループも同じように『牽制と救出』を無事にこなし、いよいよアイリスのグループの番になった。このグループだけはアイリスが加わって六人だ。アイリスは急いでグループの最年長らしき訓練生に質問した。胸に刺繡されている名前を見ると、デイビッドとある。

「デイビッドさん、私は何をすればいいですか？」

「二人乗りできる？」

「やったことはありませんが、できると思います」

「じゃあ、救出役を頼むよ」

「わかりました」

会話はそれのみ。アイリスは（お手並み拝見、てことかな）と判断してそれ以上は質問せず、前のグループの動きを思い出した。自分がどう動けばいいか、頭の中で行動する順番を組み立てる。

「次、始め！」

カミーユの号令でアイリスのグループがフェザーに乗る。

詳しい説明はされないまま、グループの五人が視線を合わせた。アイリスは他のメンバーに合わせて膝を深く曲げた。

六人が同時に空中に飛びあがる。アイリスも出遅れることなく飛びあがった。

（落ち着いて。落ち着いて）

六人そろって空中で一度静止し、二手に分かれた。自分がどの人を救出すればいいのかわからず、一瞬出遅れた。（あの人を救助しよう）と一人を選んで低い位置へ移動した。

巨大鳥（ダリオン）役のファイターがどこにいるのかを見ながら、一番遠い位置にいる人に向かって飛ぶ。

「どけっ！　左に行けよ！」

「はいっ！」

すぐ後ろから怒鳴られて慌てそうになったが、唇を噛んで自分を落ち着かせた。フェザーをターンさせて左手の対象者へと加速する。

救出される役の訓練生は不安そうな顔でアイリスを待っている。アイリスが滑らかにフェザーを着地させると、後ろにピョンと乗ってきた。

「つかまってください」

「お、おう」

遠慮がちにおなかに腕を回された。それを両手でギュッと引っ張り「もっとしっかりつかまってください」と言いながらフェザーを浮かび上がらせた。

自分の部屋の重いテーブルで飛んだときも重さを感じなかったが、人間を乗せても重さを感じない。つかまってくれる人がフェザーに乗り慣れているからか、重心の移動も楽だ。アイリスは訓練場の端まで低い位置を保ちながら高速で移動した。

救出した生徒を下ろし、振り返る。

空中では巨大鳥(ダリオン)役を攪乱(かくらん)するように訓練生が飛び回っている。攪乱役の少年たちは、地表の対象者が全員いなくなったのを確認すると、三方向に飛び去った。

「よし、集合」

アイリスを含めた訓練生たちは、副団長カミーユの前に集合した。騎士団員たちはなにごとかをしゃべりながら自分たちの訓練場に戻って行った。

見学していた級友たちからは拍手が送られて、アイリスは少々気恥しい。そんなことも、アイリスを気に入らない者には面白くないのだが、アイリスは余裕がなくて気づかなかった。

「アイリス、ほぼ合格だ。ソラルはアイリスを移動させたな」

「はい。あの対象者は自分が救出しようと思っていました」

「思った時点でそれをアイリスに言うべきだった。ソラルは何年もやっていることだが、アイリスは初参加だ。ほんの数秒の遅れが対象者と自分の命を危険に晒すことを忘れるな。言わなくても通じるか、声がけが必要か。それは臨機応変に。それはアイリスも同じだ」

「はい」

「事前に声をかけあっていても、現場では状況によって変更になることも多い。救出に出るときは、必ず他の人間の位置と動きを確認するように。巨大鳥(ダリオン)の前で飛ぶときは『絶対こうしろ』という決まりはない。いつでも周囲を見る。状況に応じて動く。それを忘れないでくれ」

「はい！」

「よし、次の訓練に移る」

そこからは休憩なしで延々と訓練が続いた。急上昇、急降下、回転、ジグザグ飛行、急停止。訓練の全てが楽しくて、アイリスは笑顔になりそうなのを抑えながら飛んでいる。

二時間ほど過ぎたころ、アイリスは一人の少年が気になった。

（あの人、さっきからフラついてない？）

ジグザグ飛行をしながらときどきヨロッとする少年の動きが気になっていた。チラチラ見ていると、その少年がフェザーと一緒にかなり高い位置からスーッと落ち始めた。

アイリスは反射的に少年が落ちていくところに向かって全速力で飛び出した。

焦点の合わない目で落ちていく訓練生の腕をパシッとつかみ、自分のフェザーをクイッと回転させる。アイリスのフェザーが落下中の少年の身体を無事に受け止めた。見ている者たちから「おお」というどよめきが漏れたが、必死なアイリスには聞こえていない。

フェザーから少年が転がり落ちないよう少年の腕をつかんだまま、身体をひねった姿勢でカミーユのところまで少年を運んだ。

着地してから腕を放すと、少年はゴロリと地面に転がった。目を開けているが、その目は何も見ていない。意識を失っていた。

他の訓練生たちが空中で動きを止めてこちらを見ている。それに気づいたアイリスは、カミーユにおずおずと話しかけた。

「落下したら危ないと思って、とっさに受け止めました。まずかったですか？」

「いや、まずくない。みんなは驚いているだけだ。助かったよ。アイリス、君が飛び始めたのは最近だと聞いているが」

「はい。五月の初めに能力が開花して、それから少しずつ一人で練習していました」

「てことは、飛び始めて二ヶ月ってことか？」

「はい」

「そうか……。この訓練生は私が預かる。君は訓練に戻りなさい」

「はいっ！」

フェザーに乗って高速で飛び去って行くアイリスを見ているカミーユに、ヒロとケインが近寄った。ケインは地面に横たわっている少年をヒョイと抱きかかえて運んでいく。ヒロがカミーユに話しかけた。

「副団長、どうです？　アイリスは」

「正直なことを言っていいか？　ヒロ」

「どうぞどうぞ」

「たった二ヶ月のヒヨコが、なんであんなに器用に動けるんだ？　フェザーがすっかり身体の一部になっている。アイリスは天才か？　あれが本当の天才ってやつなのか？」

カミーユの呆れたような顔。ヒロはその顔を見て笑ってしまった。

「副団長、俺も彼女が木の枝に乗って逃げた時、そう思いました」

「木の枝？　ヒロ、俺をからかっているんじゃないだろうな？」

ベテランファイターの二人がそんな会話を交わしている間に、アイリスは訓練に戻った。

訓練が終わり、フェザーをラックに戻そうとするアイリスに棘のある言葉がぶつけられる。

「点数稼ぎかよ。胸くそ悪い」

「初日からこれか。俺たちはチームで動いてるのに」

「そうだよ。女なんだから大人しくしてろってんだ」

「ちゃんと救助専門の先輩がいるんだからさあ。出しゃばるなってんだ」

（じゃあ、あの人が落ちて大怪我してもいいっていうの？）

アイリスは心で反論しながらも、聞こえないふりをした。初日から喧嘩をしたくない。

「あのまま落ちていたら思わぬ大怪我をしていたかもしれません。アイリスが助けたのを気に入らないなら、アイリスよりも先に他の人が助ければよかったんですよ」

「へえ、サイモン、お姫様を守る騎士気取りか？」

「そんなつもりじゃ」

「やめとけ、ジュール侯爵家に睨まれるぞ」

「そうそう、高位貴族に睨まれたら厄介だ。おい、あっちに行こうぜ」

アイリスを気の毒そうに見ている者もいるが、大半の訓練生は「我関せず」という様子でフェザーを戻して去っていく。

「ありがとう、サイモン。私なら平気よ。あのくらいのこと、気にしないわ」

「僕が口を出したせいで余計に反感を買っちゃったかも。ごめんね、アイリス」

「ううん。謝らないで。助けてくれてありがとう」

アイリスはサイモンに精一杯の笑顔を向けた。

訓練生の指導と監督が終わり、カミーユがヒロに声をかけた。

「ヒロ、このあと時間あるか？」

「ありますす。アイリスが枝で飛ぶ話なら、ケインも見ていますよ」

「それじゃケインも連れて来てくれ。俺の部屋だ」

「はい」

返事をするヒロがなぜかニヤニヤ顔だ。

カミーユは（木の枝って！）と心の中で繰り返しながら、訓練生たちの動きを見守っている。

訓練は無事に終わり、カミーユが（アイリスの様子は？）と見ると、疲れた様子もなく笑顔で借り物のフェザーをラックに返却している。

大丈夫そうだと判断して建物に入ろうとして、カミーユはそれが全く普通ではないことに気がついた。

たった二ヶ月前に能力が開花したのなら、三時間以上休みなしに飛び続けられること自体、普通はあり得ない。さっき落下した少年は遅咲きで、六歳で開花した。今までは彼が訓練生の中で一番の遅咲きだった。

なのにわずか二ヶ月前に開花して、指導も受けずに一人で飛んでいたアイリスが、笑顔で訓練を終えている。それだけではない。器用にフェザーを回転させて落下する少年を空中で受け止め、落下の衝撃を相殺するだけの力をフェザーに流して自らの落下を防いでいた。考えて動いていたら間に合わない。無意識かつ無自覚に一瞬でそれらをこなしていたということだ。

（たった二ヶ月で、なぜあんなにフェザーを扱い慣れているんだ？）

考えてもわからない。鳥肌が立った腕をワシワシとさすった。

（あんな能力者が俺の現役中に誕生するとは）

小さく首を振りながら副団長室に入り、椅子に座った。すぐにヒロとケインが入ってきた。

「早速だが、アイリスが枝に乗って飛んだとき、その枝の長さは？」

「このくらいですね」

ヒロとケインが二人同時に肩幅より少し長いくらいに手を広げた。その先はヒロが質問に答えた。

「太さは？」

「直径十センチあるかないかでした」

「見たのは夜か？」

「夜ですけど、見間違えではありません。目の前でその辺に転がっている枝に乗って飛んで逃げて行きました。それもフェザーと変わらない猛スピードでしたよ」

「枝に乗ってだと？　ううむ」

カミーユが妙な唸り声を出した。

「俺は子どもの頃に枝で飛ぶのを試したことがあるが、枝ではまともに飛べなかったぞ？　ヒロ、お前はどうだ？」

「俺もだめでした。みんな一度は試しますよね」

ケインもうなずきながら同意する、

「俺も試したことはありますが、枝みたいな小さな物では。安定して浮かぶこともむずかしかったです」

「だろう？　そもそもフェザーの大きさは飛翔能力者たちが気の遠くなるような歳月をかけて試行錯誤した結果だ。今のフェザーの長さと幅が一番効率的に飛べるからああなったわけだよ。俺は生まれてこの方、木の枝でフェザー並みに飛べる能力者を見たことがない」

「自分用に作られたフェザーより大きくても小さくても、難しいし疲れますからね」

「なのに、木の枝？　フェザーと同じ猛スピード？」

カミーユは指先でトントントンと執務机を叩いている。

ヒロとケインは黙ってそれを見ている。

「団長はアイリスには救助役の知識と技術をみっちり仕込もうとおっしゃっていた。俺もそれがいいと思っていた。武器を持たせても使えないだろうからな。だが、木の枝でも飛べるほどの飛翔能力があるのなら、囮（デコイ）役を担当させたいな」

「おそらくこれからアイリスの技能はどんどん磨かれます。他の能力者の飛び方を見て学び、身に付けていくでしょう」

「なあ、ヒロ。我々が十代の少女に囮（デコイ）役をやらせたら、軍人たちは王空騎士団を腰抜けと笑うんだろうな」

ヒロは指先で顎をさわりながらニヤッと笑ってカミーユに答える。

「笑わせときゃいいじゃないですか。誰かが食われたりするよりよっぽどいい。おそらく一年後にはあの子は訓練生のトップに立っているんじゃないですか」

「だろうな。わかった、もういいぞ」

副団長の部屋から出てきたヒロがケインに話しかけてきた。

「なあ、ケイン。お前に頼みたいことがある」

「俺、ヒロさんが何を言いたいか当てられますよ」

「ほお？　当ててみろ」

「そろそろアイリスに個人レッスンをして鍛えようってことじゃないですか？」

「当たりだ。特別な巨大鳥(ダリオン)が現れる前にアイリスを鍛えるべきだ。特別に頭のいい巨大鳥(ダリオン)や、特別に速く飛ぶ巨大鳥(ダリオン)が現れるかもしれないなら、アイリスを鍛えるのは早いに越したことはない。どれだけ鍛えても鍛えすぎることなんてないはずだ」

「ええ、俺もそう思います」

二人は愛用のフェザーを抱えると、騎士団の建物を出た。リトラー商会へと向かうのだ。

ヒロもケインも特別な巨大鳥(ダリオン)がどう特別なのか、畏れに似た好奇心がある。普通の巨大鳥(ダリオン)でも十分恐怖の対象なのに、その上をいく巨大鳥(ダリオン)。それが生まれるのなら、今からどれだけアイリスを鍛えても鍛えすぎることなどないと思う。

「ヒロさーん、ケインさーん」

二人同時に振り返ると、追いかけてきたのはマイケルだ。

「なんだ？　俺たちは忙しいんだ。またにしろ」

「あ。そういうこと言うんだ？　せっかくアイリスをいじめようとしているヤツの話を持ってきたのに」

「なんだと？」

「ヒロさん、そういう話があったら教えろって言ったじゃないですか」

「誰だ、その馬鹿は」

「僕も連れてってくださいよ。どこに行くんです？」

「マイケル、俺はアイリスをいじめようとしてるのが誰なのかって聞いてんだよ」

「僕も連れてってくれるなら教えます」

　ヒロとケインが同時に「仕方ない」とつぶやいた。

「じゃあお前もフェザーを持ってこい。大至急だ。アイリスの家に行く」

「あっ、絶対に僕も行きます！　待っていてくださいね！」

　マイケルは走って部屋に戻り、フェザーを抱えて二人の先輩に合流した。三人は建物の外に出るとフェザーに乗り、浮上した。


　空を飛び、あっという間にアイリスの家に到着した三人は、アイリスの家を上空から見下ろしている。マイケルはアイリスの家の小ささに驚いている。

「ずいぶん小さな家だね、ヒロさん」

「俺の実家もあんなもんだよ」

「へえ」

三人は玄関の前に降り、ヒロがドアをノックした。ドアが開き、アイリスによく似た少女が顔を出した。

「アイリスに用事があって来ました」

ヒロがそう告げると、少女は慌てた様子で奥へと三人を案内してくれる。案内された居間で待っていると、パタパタと走る音がしてドアが開き、笑顔のアイリスが入って来た。

「ヒロさん、ケインさん、それと、えぇと」

「僕はマイケル。トップファイターだよ」

「トップファイターが三人も。いったいどうしたんですか？」

こういう時はヒロが代表を務めるのが常だ。

「アイリス、初めての訓練はどうだった？」

「ほんっとうに楽しかったです」

「だろうなあ。まだ元気は残ってるか？」

「はい！　もっと飛びたいなと思っていたところです」

「うえっ？」

変な声をだしたのはマイケル。飲んでいたお茶のカップを持ったまま驚いた顔でアイリスを見た。

「君、疲れなかったの？　初めての訓練だったんでしょ？」

「はい。私も、あんなに飛んだら疲れると思っていたんですけど、例えて言えば、おなかが空いているときにパンをひと口食べたら余計におなかが空いた、みたいな感じでした。もっともっと飛びたい、全然飛び足りないと思いました」

笑顔のアイリスを見てマイケルが呆れた。

「それはすごいな。そんなに愛らしい見た目で、とんでもない量の飛翔力を持っているってことか」

マイケルの言葉を聞いてヒロとケインが何度もうなずく。

「そういうことだよ、マイケル。よし、じゃあこれから飛ぶか？　君が望むなら俺とケインが指導するが。そして今後は毎日、午後に養成所、そのあと俺たちと訓練。どうだ？　あっという間にいろんなことを覚えられるぞ」

「はい。ぜひ！　でも、どこで飛ぶんですか？」

「巨大鳥（ダリオン）の森でどうだ？　障害物が多いところで飛んでみようか。空中での飛び方は養成所で覚えればいい」

「森の上じゃなくて、中を飛ぶんですか？」

「そうだ。森の木を避けながらできるだけ早く飛ぶ練習だ」

「楽しそう！」

「君と練習するならなんでも楽しそうだ」

マイケルは笑顔になるアイリスを見ながら、そんなことを言いつつ本心では（それはとんでもなく疲れる訓練になりそうだ）と遠い目になった。

その頃、王空騎士団の宿舎ではサイモンがマイケルを探していた。サイモンがトップファイターの一人を見つけて駆け寄った。

「ギャズさん、マイケルさんを知りませんか？」

「おう、サイモン。マイケルならフェザーを持って出かけたな。ヒロとケインも一緒にフェザーを持って出ていくのを見たが」

「ヒロさんとケインさん……わかりました。ありがとうございます！」

急いで自分の部屋に向かいながら、サイモンは彼らの行き先を察した。

（間違っていたら戻ってくればいい。三人はアイリスのところに向かったような気がする）

サイモンはフェザーに乗ると、猛烈な勢いでアイリスの家を目指して飛んだ。

巨大鳥（ダリオン）の森に到着し、ヒロが練習内容を説明する。

「よし、じゃあこの森の中で鬼ごっこだ。アイリス、君は俺とケインから逃げてくれ」

「わかりました。マイケルさんは？」

「マイケルは救助される役だ」

「僕はお姫様を助ける役がいい」

「それじゃアイリスの練習にならんだろうが」

「ちぇっ。可愛いお嬢さん、今日は僕が救助される役をやるけど、そのうち僕のフェザーに乗ってお出かけしない？　美味しい料理を出すお店や花畑が広がる秘密の花園も案内してあげるよ」

マイケルが外向きの気取った声で話しかけた。するとアイリスは小首を傾げて考えてから首を振った。

「ありがとうございます。でも私、やっと自分で好きなように飛べるようになったのですもの。お出かけするときは自分のフェザーで出かけたいです」

「あ、ああ。そうだね。うん」

二人のやり取りを聞いていたケインが下を向いて笑いを堪え、ヒロは苦笑している。

こうして四人の訓練が始まった。

アイリスはフェザーの後ろにマイケルを乗せて森の中を逃げ回る。最初は余裕を見せて笑っていたマイケルだったが、アイリスが予想を超える高速で木々を避けながら飛び始めると、顔を強張らせてアイリスにしがみついた。

アイリスの身長は百六十三センチ、体重は四十五キロ。マイケルの身長は百七十七センチで体重は六十キロ。合計百キロ以上を乗せているのに、アイリスは自分一人のときと同じように軽々と飛んで逃げる。急加速、急減速、ジグザグ飛行。後ろにただ乗っているだけのマイケルは、次第に酔って吐き気がしてきた。

飛翔能力者は、誰かのフェザーに乗って上下左右に揺さぶられる経験がほとんどない。高速で木にぶつかりそうになると、マイケルは反射的にアイリスのフェザーに飛翔力を流し込みそうに

なる。

実際に何度かうっかり飛翔力を流してしまい、その度にアイリスのフェザーがグラッとよろめく。フェザーを高速で飛ばしながらアイリスが叫ぶ。

「やめてくださいっ！」

「ごめんっ！」

訓練のときに救助したのを入れて、アイリスがフェザーに人を乗せるのはこれが二度目。

自分が飛ばしているフェザーに他の能力者が飛翔力を使うと、いきなりフェザーが制御しにくくなることを、アイリスは初めて経験し、学んだ。

練習をしていると、やがて森の上空から声がした。

「ヒロさーん！　ケインさーん！　いますかー！」

「あれは誰だ？　マイケル、お前誰かを呼んだのか？」

「僕はヒロさんの許可もなしにそんなことはしませんよ」

「あの声はサイモンです。私、同じクラスなのでよくしゃべりますからわかります」

「サイモン？　だったら僕と代わってもらいたいな」

七月の夜は暮れるのが遅い。

もう六時半だというのにまだ明るい森の上空を、フェザーに乗った影がゆっくり飛んでいる。

「おーい、サイモン、こっちだ。マイケルもいるぞ」

「サイモン！　こっちだよ！　早く来て代わってくれよ！」

サイモンを呼ぶマイケルを、ケインが笑いながら見ている。サイモンは急降下して四人のところに着地した。

「僕も参加させてください」

「悪いが今日はもう終わりだ」

「そんな！」

「サイモン、次回の鬼ごっこのときは、君にお姫様役を譲るよ」

「お姫様役？　騎士役じゃなくてですか？」

マイケルは事情がわからないサイモンに返事をせず「僕は帰ります、酔った」と言うなり自分のフェザーまで歩いて行き、飛び去った。

アイリスはそれを見送って、三人に声をかけた。

「うちで夕食を食べて行ってください。今頃、家族が夕食を用意して待っていると思います」

「いきなりご馳走になるわけにはいかない」と辞退するヒロとケインを説得して、アイリスを先頭に四人はフェザーで飛んだ。サイモンは「僕は来ただけだから」と断ったものの、「いつかのノートのお礼よ！」とアイリスが譲らなかった。

アイリスの家では、ルビーに事情を聞いていた母のグレイスと父のハリーが身なりを整えて待っていた。テーブルにはいつもの倍以上の量の夕食が並べられているのが見える。

「ヒロと申します。アイリスに招かれましたが、急に来てご迷惑では？」

「そんなことはありません。大歓迎です。さあ、どうぞ。お疲れでしょう？」

「ケインです。遠慮なくお邪魔します」

全員が席に着き、ハリーに王空騎士団での役目を尋ねられたヒロとケインが「トップファイターです」と自己紹介すると、ルビーが驚きつつも喜んだ。

「アイリスが開花したおかげで、我が家にトップファイターが二人も！　うわぁ、すごい」

本気で喜んでいるルビーに苦笑しながら、アイリスがサイモンを紹介した。

「お父さん、お姉ちゃん、サイモンは同じクラスの友人です。私が開花熱を出したときにノートを持ってお見舞いにきてくれたの」

「そうでしたか、父のハリーです。アイリスがお世話になっています」

「サイモンさん、先日はアイリスのお見舞いをありがとうございました。さあ、食事を始めましょう？　みなさん、きっとおなかが空いていらっしゃるわ」

母の言葉で皆が夕食を食べ始めた。今夜は特別にご馳走が並んでいる。ヒロはマスの蒸し焼きをひと口食べて驚いた。

「ああ、旨いです。これ、もしかしたらアチェンソースを使っていますか？」

「おや、よくご存じですな。商売で取引するときに味見して、私の大好物になったんですよ」

「そうでしたか。これは両親の故郷の味なんです」

「ほう。ご両親はあちらのご出身ですか」

アイリスの父とヒロが会話をしている最中に、サイモンがアイリスに話しかけてきた。

「今日、どんな練習をしたの？」

「森の中で私がマイケルさんを後ろに乗せて、逃げ回る練習。楽しかったわ」

「マイケルさんを後ろに？　ずっと？」

「うん。マイケルさんが途中で何度かフェザーに自分の力を流したの。そうされるとフェザーをコントロールできなくなるのね。知らなかった」

マスを完食し、豚肉のローストを食べていたケインがそこで口を挟んだ。

「サイモン、アイリスの逃げっぷりが凄まじかったんだよ。追いかけている俺の方が冷や汗をかくくらい猛スピードで森の中を飛び回っててさ」

「そうなんですか」

「だからマイケルは思わず力を流しちまったんだろうな。気持ちはわかる。そのぐらいの速さで木立をすり抜けていたんだ」

「ケインさん、明日は俺がマイケルさんの代わりをしたいです。いいですよね？」

「いいんじゃねえか？　マイケルは明日は来ないと思うぞ。かなり酔って青い顔をしていたからな」

「じゃ、決まりで。よろしくね、アイリス」

「酔わせちゃったらごめんね、サイモン」

「気にしなくていいよ。全力で飛ぶといい」

「ありがとう！」

サイモンとアイリスの会話を母グレースと姉のルビーが聞いている。二人とも申し合わせたかのように視線は皿のヒラメに向けているが、微妙に含みのある表情でアイリスとサイモンのやり取りに聞き耳を立てている。

ハリーは妻と娘をチラリと見て（母親と娘ってのは、なんであういうところまでそっくりになるかな）と内心で苦笑しながらヒロと会話を続けていた。

やがて夕食が終わり、ヒロが代表してアイリスの父に挨拶をした。

「ごちそうさまでした。どれも素晴らしく美味しかったですよ」

「そう言っていただけてよかった。明日以降も毎日夕食を食べていってください」

「いえ、さすがにそれは。またそのうちご馳走になるかもしれませんが」

「ええ、いつでも大歓迎です。アイリスをどうかよろしくお願いします」

「お任せください」

三人の能力者はフェザーに乗り、とっぷりと日が暮れた夜空を飛んで帰って行く。それを見送ったルビーが目をキラキラさせてアイリスを振り向いた。

「トップファイターって、素敵ねえ。ねえアイリス、ヒロさんとケインさんは独身なの？」

「知らない。まさかお姉ちゃん、結婚したいって言うんじゃないでしょうね」

「んー。二人とも結婚するには年上すぎるわね」

「そうよ。年の差がありすぎるわよ！」

「アイリスとサイモンならぴったりね」

「それはないわよ。サイモンはジュール侯爵家の人だもの」

「え？　そうなの？　雰囲気が平民だったよね？」

「ルビー、サイモンは貴族の養子になったんだと思うぞ」

ハリーがお茶を飲みながら静かに指摘した。

「あっ、そうか。養子なのね。能力者だものね」

「判定の日には平民の服装だったが、今はジュール家の養子なんだろう。ジュール侯爵家の養子ならば、サイモンは貴族のご令嬢を迎えるはずだぞ、ルビー」

「それはそうよね」

アイリスは黙って聞いていた。

今まで漠然と（サイモンは貴族のご令嬢と結婚するんだろうな）と思っていたことをはっきりと父に指摘され、なぜか胸が痛い。

（あれ？　なんで私、胸が痛いわけ？　サイモンとは世界が違うことなんて、わかっていたはずなのに）

そう思いながらも貴族のご令嬢とサイモンが並んでいるところを想像してしまう。

ご令嬢はピンクのふわふわなドレスで、サイモンは貴族らしい服装だ。そしてなぜか白い訓練服姿の自分がそれを見ている場面。

「馬鹿みたい」

「ん？　アイリス、なにか言ったかい？」

「ううん。なんでもない。お父さん、しばらくは森でレッスンを受けるから、商会の仕事を手伝えないと思う。ごめんね。ずっとじゃないから許してください」

「お前の安全を守るために鍛えてくださっているんだ。文句なんかないよ。頑張りなさい」

「ありがとう、お父さん」

アイリスは笑顔でそう答えてから自分の部屋へと足早に向かった。その背中を母が見ていることには気づかない。部屋へと向かいながら、アイリスは無理やり笑顔を作った。

「明日も忙しい。学院も、養成所も、森での訓練もある。落ち込んでいる暇なんてないわ」

足がパタリと止まる。自分の言葉で自分が落ち込んでいることに気がついたのだ。

「私、サイモンのこと、憧れていただけじゃなくて、好きだったのね。今頃気がつくなんて、本当に馬鹿みたい」

アイリスの森の中での訓練は毎日続いた。

養成所の訓練の後なので、アイリスが「もっと飛べます」と訴えても、毎回二時間で終わる。

それはヒロが決めて譲らない。

「限界まで飛ぶ経験は大切だ。だがな、アイリス、限界の少し手前でやめておく用心が事故と怪我を防ぐことも忘れるな」

「……はい」

「それに、毎日サイモンの帰りが遅いことに気づかれると、面倒なことになる。俺たちがアイリスじゃなくてサイモンを贔屓して訓練していると思われたら、サイモンが妬まれるよ」

「あっ。そうですよね。わかりました。二時間で我慢します」

「我慢って」

二人のやり取りを聞いていたサイモンが思わず苦笑した。

サイモンは、アイリスの底なしの飛翔力にもう気づいていた。（アイリスはおそらく俺より長時間飛べる）と受け入れられるまで、しばらくかかった。正直悔しかった。

飛翔力だけではない。フェザーを細かく操作するセンス、判断力、敏捷さも、すでに自分と同レベルだ。わずかな期間にアイリスはどんどん技術を自分のものにしていく。

それを認めていたサイモンでさえ、その日の出来事には度肝を抜かれた。


事件は、養成所の訓練生の他に救助役の元ファイターと副団長カミーユもいる前で起きた。

アイリスはマリオと二人で組み、攪乱役の練習をしていた。巨大鳥役の先輩の周囲を旋回し、練習用の煙を焚いて煙幕を張る練習だった。

手に持った筒から真っ黒い煙が出る。練習用の煙幕には悪臭は付けられていない。訓練生たちは空中で相打ちしないように、事前に回る方向と高さを相談してから飛んだはずだった。

なのに、地上からは煙幕で見えない位置で、マリオがアイリスに突進してきた。

事情がわからずに（えっ？　なに？）と戸惑っていると、マリオは高速ですれ違いながらアイリスのフェザーに手で触れて、強く飛翔力を流し込んだ。

「あっ！」

アイリスが驚いて声を出したのと同時に、フェザーがフッと足から離れた。途端にアイリスの身体が落下し始める。地面までの距離は五十メートルほど。救助係はアイリスが落下するであろう場所にすっ飛んで向かった。アイリスが落ちていく先は保護用の網も張られておらず、マットも敷かれていない地面。

見ていた全員がアイリスの死を予想した。

その瞬間、アイリスはありったけの飛翔力を両手のひらと両足裏に集めた。手のひら、足裏がカッと熱くなったような感じがする。

（大丈夫。何度も練習した）

失敗すればよくて全身の骨折、下手すれば死ぬ状況だったが、アイリスは冷静だった。

アイリスの使っていたフェザーがガッ！　と音を立てて訓練場の地面に落ちた。続いてアイリスが落ちてくることを全員が覚悟する。

だが救助に向かったフェザーは間に合った。救助者のフェザーの上にアイリスは落ち、安堵のため息があちこちで吐き出された。

風が吹き、濃く立ち込めていた黒い煙が薄くなっていく。

「アイリス！」

最初に沈黙を破って走り寄ったのは、順番待ちをしていたサイモンだ。サイモンはアイリスの両肩に手を置き、顔を覗き込んだ。

「怪我はない？」

「あ、うん。ないわ。フェザーの上に落ちたから」

「そうだ、そうだったね。間に合ったね。で、なんで？」

「なんでとは？」

そこでカミーユの怒りに染まった声が訓練場に響いた。

「マリオ！　来い！　今すぐだ！」

「……はい」

「アイリスもだ」

「はいっ」

うつむきながら走って来たマリオに、カミーユが冷え切った声で尋ねた。

「マリオ。お前、アイリスに何をした」

「その、ええと、別に何もしていません」

「ほう。アイリス、マリオに何をされた？」

アイリスはマリオを見た。マリオは血の気が引いた白い顔で地面を見ている。アイリスは真実を言うべきか、マリオをかばうべきか迷った。

この程度の嫌がらせは想定していたし、自分ならたいていのことから身を守れるとも思っていた。アイリスのその迷いを見抜いたカミーユがもう一度訪ねる。

「アイリス。これは今回だけに限った話じゃないし、君だけに関わる話でもない。空中にいる仲間に危害を加える者を放置することは、今後もその可能性を残すということだ。君は無事だったが、この先、地面に叩きつけられて死ぬ人間が出るかもしれない。それを考えて返事をしたまえ。アイリス・リトラー。誰に何をされた？」

カミーユの言い分はもっともだった。アイリスは顔を上げ、カミーユを真っ直ぐに見た。

「マリオさんが私のフェザーに手を触れて、力を流し込みました」

カミーユがマリオを見る。その目つきが氷のように冷たい。真っ白な顔色のマリオが、必死の形相で叫んだ。

「ふざけただけです！　ちょっと飛翔力を流し込んで、脅かすだけのつもりでした。アイリスがあんなに慌ててフェザーを落とすとは思わなかったんです」

「いいえ。相当な量の力が流れ込んできました。私は少しくらい他人の力が流れてきても、フェザーを落とすことはありません」

「お前！　いい加減なことを言うな。お前はまだ、そんな練習はしてないじゃないか！」

「いいや。マリオ、アイリスはその練習、とっくにしているぞ」

割って入ったのはサイモン。その場の全員が今度はサイモンを見る。

「僕はアイリスと毎日練習をしている。アイリスの後ろに乗って飛んでもらっているんだ。何度かうっかり僕が飛翔力を流してしまうことがあったけど、アイリスは一度だってあんな風にフェザーを落とすことなんかなかった。あれはよほど大量に力を流し込んだはずだ」

「サイモン、お前！　ずっと一緒に練習してきた俺よりも、その女を庇(かば)うって言うのか！」

「お前みたいなゲス野郎とずっと仲間だったかと思うと残念だよ」

「なんだとっ！」

サイモンに飛びかかろうとしたマリオが吹っ飛んだ。カミーユ副団長は片手でマリオの肩を軽く突き飛ばしただけのように見えたのに、マリオは二メートルほども後ろに飛んだ。

「マリオ、ついて来い」

「はい」

尻もちをついたままマリオが返事をし、カミーユは建物に向かって歩く。マリオはアイリスとサイモンをきつく睨んでからカミーユに続いた。

二人が建物に入ると、訓練生の少年たちがワッと駆け寄って来た。

「アイリス、さっきのなんだ？　どうやった？　なんだか、落ちるのが少しだけゆっくりだったよね？」

「俺も知りたい！」

「あれができたら落下しても死ぬ危険が減るじゃないか！」

「僕にもあのやり方を教えてくれないかな」

今まで遠巻きにして自分を見ていた訓練生たちが一気に距離を詰めてきた。アイリスはとっさには言葉が出ず、目をパチパチさせて彼らを見回している。

「僕も知りたい」

「サイモンまで?」

「あれはすごいよ。練習でどうにかなるなら、全力で練習する」

「あれは、手のひらに力を集中して全力で……」

「いやいやいや、そんなわけない」

アイリスを遮ったのは、以前の救出訓練で「どけっ!」と叫んだソラル。貴族出身のソラルはマリオのような具体的な攻撃はしないまでも、アイリスに冷ややかな態度の一人だ。

「ソラルさん。あれで飛ぶことはできませんけど、少しだけゆっくり落ちることはできます」

「じゃあ、もう一回できるのか? たまたまかもしれないよね?」

「何回でもできます。でも、養成所のフェザーを乱暴に落とすことになるから、どうなのかしら。叱られるんじゃないですか」

「おう、そのことなら心配すんな。俺が少し上まで連れてってやる」

そう言い出したのは救出役をしている元ファイターのエリックだ。年齢は四十代の半ば。一見ガラの悪そうな風体だが、訓練生たちを可愛がっている。

「さっきは出遅れて申し訳なかった。落ちても怪我をしないように準備をするから、もう一度見せてくれるか?」

「エリックさんは悪くないですよ。まさかマリオがあんなことをするとは誰も思わなかったのですし、アイリスがちょっとのことで動揺してフェザーを落としたのが悪いんだ」

「ソラル、訓練生を落下させないようにするのが俺の仕事だ。アイリス、悪かった」

「そんな！　わかりました。では乗せてください。高さはさっきと同じくらいで大丈夫です。お願いします」

訓練場のあちこちに埋め込まれている金属製パイプの穴に杭が差し込まれる。そしてそこに手際よく網がかけられる。網の高さは地上五メートルほど。直接地面に激突することは防げるが、運悪く杭の上に落ちれば命の危険がある。高い位置から飛び下りる訓練など、今まで誰もしたことがない。

訓練生たちは高いところを飛んでいるときに失神したりしないよう、十分に訓練を受けてから高い位置を飛ぶし、歩き始める頃には能力が開花している者がほとんどなので、この網は特別に危険な技を練習するとき以外は出番がない。

アイリスは続けて三回、『少しだけゆっくり落ちる』を実演して見せた。エリックのフェザーから飛び下り、普通よりもややゆっくり網に落ちる。三回とも同じ両手を広げたポーズ。ドン！とは落ちず、ストンと静かに下りてくる。

「これ、従弟（いとこ）が『なにもないように見える場所にも空気はある。鳥は空気の中を泳ぐようにして飛んでいる』って言ったところから始めたんです。飛翔力は手から伝えることもできるので、手を下に向けて空気を押してるつもりです」

「やってみる！」

「俺も」

「僕だって」

訓練生たちは最初からアイリスのような高い場所から試すわけにはいかず、二人一組になって交代で網の少し上から飛び下りる。しかし、陽が暮れるまで飛び下り続けても、成功する者は誰もいなかった。ぐったりした訓練生の一人が、練習を終えてつぶやいた。

「あのさあ、今更だけど、アイリスの飛翔力の量って、実は俺たちとは桁が違うんじゃないかな」

彼の周囲にいた全員が黙ってうなずいた。それを聞いているソラルは、苦々しそうな表情をして静かに訓練場を後にした。

翌日から大半の訓練生たちの態度が変わった。

『アイリスは自分たちとは桁違いの能力者のようだ』という認識が訓練生たちの心の中に根を下ろしたのだ。

そう思って彼女の訓練を見ているうちに、「女なのにそんな能力があるはずがない」と言い続けていた面々も、遅ればせながらアイリスと自分たちの差を認めざるを得なくなった。

だがマリオとソラルだけは例外だ。急にアイリスが訓練生たちに溶け込み、皆に受け入れられ、尊敬さえされているのが面白くない。

アイリスの驚異的な能力に驚いているのは、養成所の少年たちだけではない。エリックやカミーユに話を聞いて、アイリスに対する認識を新たにするファイターは多かった。

『アイリスは七百年ぶりに現れた女性能力者というだけでなく、聖アンジェリーナと同じように並外れた飛翔能力の持ち主のようだ』

優れた飛翔能力の持ち主ほどそれを早く受け入れた。優秀なファイターほど、自分と彼女の間に横たわる大きな差を直感で理解する。以前はアイリスが見えないかのように無視していたファイターたちも、最近はアイリスが挨拶をすれば、挨拶を返すようになってきた。

マリオは厳しい注意を受け、アイリスに対しては一切何もしなくなった。視線さえ合わせない。アイリスだけにではなく、他の訓練生とも距離を置いている。

「ねえサイモン。いったいどんな叱られ方をしたら、あんなに大人しくなっちゃうんだろう」

「多分だけど、ここを卒業してファイターになれば、国からかなりの金額が支給されるだろう？マリオはまだ貴族の養子になってないから、ここを退所させられたくないんだと思う」

「退所させられることなんてあるの？」

そんな話を聞いたことがない、とアイリスは驚いた。

「飛翔能力があるから、なにかしらの仕事を与えられるだろうけどね。王空騎士団員としての名誉はなくなるよ。叱られて、それに気づいたんじゃない？　退所はないにしてもマリオが態度を変えなければ、ファイターへの道は閉ざされちゃうだろうし。そんなところだと思うよ」

「ふうん。サイモンはジュール侯爵家の養子だから、お金の心配はないわよね？」

「心配はあるよ。一人で暮らしている母は、身体が弱くてあまり働けないんだ。ジュール侯爵家は母にお金を送ってくれている。僕が養子でいられるのは、将来のファイターで、ジュール家に名誉をもたらす存在だからだ。僕もここを退所させられるわけにはいかないんだ」

「そっか。そうなのね」

サイモンは自分からはジュール侯爵家のことを話さない。

きっと触れられたくないのだろうと、アイリスも触れないようにしている。貴族の養子になったと言っても皆と養成所で寮生活をしているから、サイモンは貴族として社交界などにはまだ参加していないはずだ。

(でも、十六歳になったら、サイモンは社交界にデビューするのよね)

社交界にデビューするのはただの顔つなぎではないことぐらい、アイリスだって知っている。結婚相手を探す目的もあるのだ。

(侯爵家の養子でファイターなら、社交界で探すまでもないか……)

最近よく考えるのは、サイモンに「誰かと婚約しても私と飛ぶ練習をしてね」と言ってもいいのか、それは言ってはいけないことなのか、判断がつかないことだ。

今日はいつも訓練生を監督している副団長のカミーユの他に、団長のウィル、トップファイタ

ーのヒロ、ケイン、第三小隊長ギャズが訓練を見ている。いつもなら休憩になる時間に、カミーユが皆に集合をかけた。

「来月の半ばには、巨大鳥（ダリオン）が飛んでくる。そうなれば一ヶ月は君たちの訓練は休みになり、先輩たちの活躍を近くから見て学ぶことになる。漫然と見ていれば何も学べないまま巨大鳥（ダリオン）の前に出ることになるぞ。それは自分の命だけでなく国民の命も失うことに直結する。来年ファイターになる者は、巨大鳥（ダリオン）が来たら、自分が飛んでいると思いながら真剣に先輩の働きぶりを見て学べ」

「はい！」

「それ以外の者も見物ではなく、見学だ。自分の命がかかっていると思いながら見るように」

「はい！」

「よし、それでは最高学年の訓練生は前へ」

五人の少年が前に出た。

「では、恒例のお楽しみといくか。それぞれ、一人ずつ先輩の前へ」

少年たちを先輩が手招きする。訓練生たちは、それぞれ自分を手招きするファイターたちの前に近寄った。

「よし、ではこれから二人一組で上空まで行く。卒業する君たちへの我々からの贈り物だと思ってもらいたい」

アイリスは何が始まるのかわからないまま、様子を見ている。（上空って？）と目だけで周囲の訓練生を見るが、アイリスのようにキョロキョロしている者はいない。

「では、行くぞ。しっかりつかまれ。何があっても力をフェザーに流し込まないように」

「はいっ！」

今年十八歳になる学年の五人が先輩たちのフェザーに乗る。前に立っている騎士団員の腰にしっかりと腕を回した。

「出発！」

団長ウィルの声で、五台のフェザーが垂直にスッと上昇した。

普段の訓練ではせいぜい数十メートルまでしか上昇しないのだが、今日はその高度をあっと言う間に通り過ぎた。そしてそのまま一定の速度で上昇していく。

訓練場の端に待機していた十名の騎士団員が遅れて出発した。さらに、訓練場端の格納庫からは三角形の枠に網を張った屋根を持つ救助用フェザー（マザー）が三機、フェザー集団の後方、低い位置を保って集団を追う。

皆が黙っているので口を閉じていたアイリスだったが、我慢できずに隣のサイモンに話しかけた。

「ねえサイモン、これはどういうこと？」

「ああ、アイリスは知らないのか。あれは新人騎士団員を迎え入れる儀式みたいなものだよ。雲の上まで上昇して、これからファイターとしてデビューする訓練生たちに、この国を見せるんだ。後から出発したファイターたちとマザーは、万が一フェザーが落下した時に救出する係」

「落下は……しないでしょう？」

するとニ人の会話を聞いていたらしい後ろの少年が小さい声で言葉を挟んだ。

「アイリス、飛んでいるときに『絶対』はないよ。でも、あの五人は飛翔力ではずば抜けている人たちだから。大丈夫だとは思うけどね。僕はあの儀式は、できるなら遠慮したいかな」

「え？」

羨ましいと思って見ていたアイリスが周囲を見回すと、半分くらいの訓練生たちが視線を下に向けたまま小さくうなずいているではないか。

（みんな、能力者なのに？　あれが怖いの？）

アイリスにとってはご褒美みたいな儀式だが、多くの訓練生にとってはそうではないと知って、驚いてしまう。

「サイモン、もうひとつ質問があるの。マザーはどんな役目なの？」

「あ、そうか、僕たちは最初にそういう座学を受けているけど、アイリスはいなかったね。マザーは意識を失った人を受け止めたり運んだりするんだ。あの三角の網で受け止めるんだよ。フェザーだと、意識を失った人が目を覚まして動いたら、簡単に落ちちゃうだろう？」

「なるほどねえ」

二人が会話している間にも、フェザーの集団はどんどん上昇していく。途中にある低い雲を通り抜けた。その姿はもう、豆粒より小さい。首が痛くなるのを我慢しながら見上げていると、飛んでいるフェザーの集団は、渡り鳥のように矢印の形になって大きく旋回し始めた。

北から西へ。西から南へ。南から東へ。巨大な円を描きながら、十五機のフェザーと三機のマザーが動く。旋回しながらも上昇しているのだろう。やがて空を飛ぶ男たちの集団は、雲の上に消えてしまった。

「うわあ、いいわねえ」

返事が無いのでサイモンを見ると、苦笑している。

「あれ？　サイモンも気乗りしないの？」

「うーん、半々かな。遥かな高みからこの国の景色を見てみたいとは思うけど、あそこまで高く昇るのは恐怖でもあるよ」

「そう……」

（私はおかしいのだろうか）とそっちの方が不安になったアイリスは、それ以上余計なことは言わないことにした。

一時間以上たってから、五機の二人乗りフェザー、十機の一人乗りフェザー、三機のマザーが帰還した。上空を飛んできた訓練生たちの顔色はあまり良くない。寒さなのか恐怖なのか、震えている者もいる。

「どんな景色が見えましたか？」と聞きたかったアイリスも、（今は余計なことを言わない方が良さそう）と判断した。

団長のウィルが短く最上級生に励ましの言葉を贈り、解散となった。

ヒロから昨夜のうちに「明日は森での練習はない」と言われているので、今日は久しぶりに自由な時間を過ごすことになる。

馬車に乗っている間も、部屋でごろごろしている間も、アイリスの心を占めているのは（あんな高いところまで昇ってみたい。この国を遥かな高みから見てみたい）という願いだった。

オリバー・スレーターはこのところずっとイライラしていた。

アイリスが王空騎士団の養成所に通うようになって以来、一度も彼女に会えていない。

「アイリスは僕と実験がしたくないんだろうか」

天才少年は、アイリスが実験より自由に飛ぶほうが楽しいとは思っていない。

使用人は「今日もアイリス様は訓練ではないですか？」とやんわり（無駄では？）と匂わせてみたが、オリバーは「それでも確認してきて」と言って使用人を送り出した。結果、「今日はご在宅で、いつでもどうぞとのことでした」との朗報を受け取ることができた。

少ししてから、オリバーは意気揚々とリトラー家を訪れた。

「アイリス、元気そうだね」

「久しぶりね、オリバー。元気よ。フェザーで飛ぶようになってから、とても身体の調子がいいの」

「養成所でなにか新しい技術を学んだ？　もし新しく学んだことがあれば、ぜひ聞きたいな」

「養成所で学んだことではないけれど、今日は最上級生の訓練生が団長さんたちとフェザーの二人乗りで、雲の高さまで昇って行ったわ。羨ましかった」

「羨ましいの？　落ちたら熟した果物みたいにぐちゃぐちゃに潰れて死ぬのに。なるほどね。開花した能力者は高さへの恐怖心が薄れるっていう噂は本当なんだな」

アイリスはオリバーの言葉を聞いて苦笑する。学問では大人顔負けの知識を持つ従弟（いとこ）だが、人の感情に頓着しないところは相変わらずだ。

だがアイリスはオリバーが嫌いではない。物心がついた頃から母が繰り返し「オリバーは不器用なの。あの子に他の人と同じであることを求めるのは、オリバーを否定することだと思うのよ」と言っているのを聞いて育っているからだ。

なによりもアイリスのおおらかな性格が、オリバーの少々変わった言動をもふんわりと受け入れている。

そして自分が飛翔能力者になってからは、いっそう母の言葉が身に沁みる。自分こそ、もう『普通』という範疇（はんちゅう）から抜け出してしまっている。そんな自分がオリバーを『普通と違う』という理由で非難するのは滑稽なことだと思っている。

「オリバー、今日はどんなことがしたいの？　あなたのやりたいことをしましょうか」

「今日は実験じゃない。アイリスに頼みがあるんだ。もうすぐ渡りが始まるだろう？　アイリスはファイター候補生だから、広場に隠れてファイターたちの仕事ぶりを見学するはずなんだ」

「そうらしいわね。それで？」

「巨大鳥（ダリオン）にリーダーがいるのか、それはどんな動きをするのか、どうやって仲間を統率するのかを見てきてほしい」

「その三つね。わかった」

「助かるよ。巨大鳥（ダリオン）が来ている間、僕らは外に出られないからね。図書館にもその手の資料がないから困っていたんだ。なんで国はその手の情報を出し惜しみするのか、僕には理解できないよ」

アイリスは（この子はいったいどんな大人になるんだろうか）と、しみじみオリバーを眺める。

「なんだよ。なんでそんな目で僕を見るのさ」

「オリバー、学院でうまくやっていけている？　と言うより、学院にちゃんと通ってる？　困ったことがあったら、私に相談してね。私でなんとかできることなら助けてあげるから」

アイリスに対してはいつも強気なオリバーの瞳が揺れた。集団行動がなによりも嫌いで苦手なオリバーは、学院での生活が憂鬱であり苦痛だ。実際、学院を休んでばかりでほとんど通っていない。

「どうして学院に行かなくちゃならないんだろうね。あそこで学ぶことなら、僕はもうとっくに学び終えているのに」

「勉強もだけれど、人付き合いを覚えることも必要だからじゃない？　大人になったら嫌でも他人と関わらなきゃならないんだし。あそこにいる間に人脈を作るつもりで通っている生徒も多いと思うわ。フォード学院を出た人たちの人脈は、仕事をするときになにかと役に立つそうよ」

「僕は学者になるから、人脈なんて必要ないよ」

「そうかなあ。論文を発表するにしても、それを推薦してもらったり、応援してもらったりする必要もあるんじゃないの？」

オリバーがシュンとしてしまった。どうやらアイリスの言葉は大当たりのようだ。

アイリスはしょんぼりしたオリバーが気の毒になり、話題を変えることにした。

（オリバーの家族は彼のいいところを伸ばして育てる主義なのだから、私が今言ったことは余計なお世話だったわね）

「私はルーラ先生の授業が大好き。ルーラ先生は、巨大鳥（ダリオン）と人間の歴史の専門家なの。授業が面白くて、いつだって引き込まれてしまうわ」

「へえ。早く僕もその授業を受けたいな」

「ルーラ先生の歴史の授業なら、来年受けられるはずよ。きっとオリバーもルーラ先生の授業が好きになると思う」

「巨大鳥（ダリオン）と人間の歴史か。興味あるな。授業じゃなくてその先生と一対一で話ができたらいいのに。あっ、そうだ、僕は最近、新型のフェザーの開発をしているんだ」

アイリスは「はあ？」と言いそうになるのをグッと我慢した。

何百年にもわたって先人がいろいろ試した結果が今のフェザーだ。それを新型とは。だが、ついさっきオリバーを褒めて伸ばそうと思ったばかりだったから（いくらオリバーが優秀でも、無理でしょう）と思ったことは言わずにいる。

「鍛冶職人に作らせたのを持ってきているんだ。乗ってみてよ」

「今から？　私が？」

「嫌なの？」

「ううん。いいわよ。着替えるから先に行っていてね」

シャツとズボンに着替えたアイリスが庭に出ると、オリバーと御者が不思議な物を運んでいた。その物体は大きさの割に軽そうだ。銅で作られたらしいその物体は、魚から全てのヒレを取り去ったような形。

「僕さ、ずっと魚と鳥の身体を調べていたんだけど、まずは魚に似せてみた。空気は水のような物だと考えると、なるべく空気の中を滑らかに進む形がいいと思ったんだよ」

「うん……」

（能力者は飛ぶだけじゃないんだけど）と思うが、乗る前から文句を言うのはまずいかな、と我慢した。

「進むだけならこれが一番飛翔力の無駄がないはずだ」

「これは、いったいどうやって乗るの？　またがるの？」

「こうするんだ」

オリバーが赤銅色の物体に近寄り、上部をパカッと開けた。中には布が貼られていて、どうやらうつ伏せで入るらしい。

「さあどうぞ。飛んでみてよ。飛んでみて感想を聞かせてほしい。改善すべき点があれば遠慮なく言って」

「う、うん。じゃあ乗ってみるね」

「中から蓋に掛け金をかけてね」

「わかった」

開口部から魚のような入れ物に乗り、うつ伏せになる。視界を遮らないよう、前方はガラス窓になっている。本体のカーブに合わせて曲げられているガラス板を見て（これは一体いくらかかったんだろう）と恐ろしく思う。

前方の左右には、軽く肘を曲げて握ることができるコの字型の金属の取っ手が取り付けられていた。前方の下側には魚のエラのように、左右に三本ずつ細長いスリットがあるのは空気穴だろうか。

オリバーが蓋をしてくれたので上半身をひねって内側から掛け金をかけた。顔の脇あたりに小さい穴がたくさん開いているのは会話用か。

「乗り心地は悪くなさそう。飛び上がるから少し離れて」

「わかった」

「じゃ、行ってきます」

銅製の乗り物に飛翔力を流し込むと、ふわりと本体が浮かび上がる。アイリスは三メートルほどの高さの空中でいったん停止させた。

（うん、操作性は悪くない。よし、飛んでみよう）

窓ガラスの向こうには、近所の家々。さらにその向こうには巨大鳥（ダリオン）の森。アイリスは口の両端を少し持ち上げ心で念じ、力を流し込んだ。

「進め！」

金属の乗り物は猛烈な速さで森に向かって飛び進んだ。

森の上を飛びながら、アイリスはすぐに（これはない）と思った。

金属で密閉された狭い空間は空を飛ぶ解放感が全くないし、肩から後ろの視界が完全に遮られている。外の音は聞こえないのに、空気の取り入れ口から入ってくる風が「ヒョオオオオ」と鳴ってうるさい。

（少なくとも巨大鳥（ダリオン）の前ではこれに乗りたくはない）

そう判断してさっさと自分の家に戻ることにした。

「帰って来るのが早かったね。どうだった？」

「うーん、これで飛ぶのは無理かも。とにかく肩から後ろの視界が遮られるのが怖い。それと狭い中に閉じ込められた感じが私は苦手。風の音がうるさくて外の音が聞こえないから、仲間からの指示もわからない、スリットが笛みたいな音を立てるのよ。あ。せっかく作ってくれたのにごめんね」

「いいよ。そうか、なるほどね。参考になった」

しょんぼりするかと思ったオリバーがやる気に満ちた表情だ。アイリスは（オリバーの考えが全く読めないわ）と思う。

「ねえオリバー、私と一緒にフェザーで飛んでみない？」

「飛ぶのは嫌だ。僕は命が惜しい」

「高くは飛ばないわよ。私ね、同じクラスの能力者の男の子を乗せて、森で散々飛んでいるの。低い位置で木を避けながら飛ぶ練習。低いところをゆっくり飛ぶから乗ってみてよ」

「ほんとに高くないの？」

「うん」

「速くも飛ばない？」

「うん！」

「まあ、それなら後学のためにちょっとだけ乗ってみようかな」


それから三十分後。オリバーが苦しそうに吐いている。

「オリバー、まだ気持ち悪い？　酔っちゃったのね」

「吐いたら楽になった。そうか、こんな感じなのか。能力者は地上だけでなく、空中の上下左右どこへでも動けるってことを実感できた。地面に張り付いて生きている僕らとはもう、住む世界が違うんだな。夢中になるはずだ」

「住む世界は同じだってば」

「ええと、まあ、アイリスにこのことは理解できないだろうからいいよ」

「ねえ、オリバーは飛ぶことが好きじゃないのに、どうしてずっと飛ぶことに関する研究をしているの？」

「それは……なんとなくだよ」

「ふうん。よかったらまた一緒に飛ぼうね。さあ、もう帰りましょう」

リトラー家までの帰り道、オリバーはアイリスの後ろでフェザーに乗りながら苦笑している。

（なんで飛ぶ研究をするかって、それを僕に聞くのか。アイリスを喜ばせたいし役に立ちたいからに決まっているのに。アイリスは全然気づいていないんだな）

八月の中旬のその日、養成所の訓練はなかった。
王空騎士団のホールに召集がかけられ、ファイターと訓練生全員が集められている。
壇上には騎士団長のウィル・アダムズ。ウィルが全員を見渡して口を開いた。
「本日から二週間の休暇になる。どう過ごそうが各自自由だが、ファイターの諸君は怪我だけはするな。深酒で体調を崩すのもやめておけ。来月の下旬には、巨大鳥（ダリオン）の渡りが始まる。命が惜しかったらはめを外しすぎないことだ。八月末日にここに集合してくれ。以上。解散！」

騎士団員と訓練生たちが三々五々散って行く。

訓練生たちは、親しい者同士で遊びの計画を立てる者、さっさとホールを出て行く者と様々だ。

アイリスはサイモンに近寄って話しかけた。

「サイモン、なんで訓練生までお休みになるの？」

「救助係がいなくなるからね。それに団長や副団長も休暇だから、指示を出す人がいなくなる」

「あ、そうか。サイモンはお休みの間どうするの？」

「僕はジュール侯爵家に一度戻って、家から学院に通うよ。放課後は自主練習をしようと思ってる。アイリスは？」

「私も自主練習かな。それと、従弟(いとこ)の研究の相手をするかも」

「そうか。僕もアイリスと一緒に自主練習していいかな」

「もちろんよ。楽しみ」

話はそれで終わりかけたのだが、そこに事務員のマヤがやってきた。

「ああアイリス。よかった、まだいたのね。大切な連絡があるの。団長か副団長から慰労会の服装のこと、聞いている？」

「慰労会……いいえ何も」

「もう、これだからあの人たちは。あのね、巨大鳥(ダリオン)が飛び去った後に、毎回王家主催の慰労会が開かれるの。ファイターだけじゃなく、訓練生も参加するのよ。慰労会は全員正装がルールなの。

男の子たちはスーツを着てくるんだけど、アイリスはドレスになるでしょう？　準備が必要だから早めにご両親に伝えておいてね」

「マヤさん、いつもありがとうございます」

「どういたしまして。アイリスのドレス姿、楽しみだわ」

マヤはそう言って笑い「またね」と出て行った。


「慰労会なんてあるのね。ドレスは……サラに借りようかな。うちは一年にたった二日しか着ないドレスなんて、買う余裕がないもの」

「そうか……。悔しいよ。僕が何歳か年上で、もうファイターだったらよかったのに。それなら僕の収入でアイリスのドレスを買うのに」

「あら。年齢が違っていたら、こうやって仲良くしていなかったかもよ？」

「そう……だね。ねえアイリス、僕がファイターになったらアイリスにドレスを贈るから。覚えておいて」

「うん……」

アイリスは（それは恋人や婚約者がすることなのでは？）と思うが、口に出せない。それを言ったら、『サイモンは恋人になってくれるの？』と尋ねるのも同然な気がした。

サイモンはそんなアイリスの動揺に気づかない。

「慰労会はね、王空騎士団員が生き残れたお祝いなんだって」

「みんな生き残るでしょう？　ファイターは巨大鳥（ダリオン）と戦うんじゃなくて誘導するんだもの、死なないでしょう？」

「そうとは限らないよ。落下して亡くなる人が何年かに一人はいるらしい。それに、全部の巨大鳥（ダリオン）が大人しく言いなりになるわけじゃないらしい。もともと繁殖期以外は群れない鳥だから、それほどビシッと統率が取れていないんだって」

「それで？　なんでファイターが落下するの？」

「聞いた話だけど、五年前には巨大鳥（ダリオン）に体当たりされたファイターが落下して亡くなったって。その前は七年前かな、巨大鳥（ダリオン）に運ばれそうになって、他のファイターが助けたらしい。でも、つかまれたときに爪が刺さって内臓が傷ついたんだって。結局はその傷口から腐り始めて亡くなったと聞いたよ」

「そうだったの……」

（ファイターの殉職なんて聞いたことがなかった。家でそんな話題が出たこともない。そんな大きな事件なのに、両親はおそらく知らないのではないかしら。なぜそんな大きな事件が国民に知らされていないのかしら）

「それって、大々的に国民に知らされている？　私、両親から聞いたことがないんだけど」

「いや。国民に対しては大っぴらにはしていないね。ファイターの存在を否定する人たちの批判材料になるからじゃない？」

「えっ、待って。ファイターを否定する人なんているの？」

「いるさ。討伐派って呼ばれる人たち。国の方針に逆らう意見だから、隠れて動いているらしい。だから君のご両親は話題にしないんじゃないのかな。僕はジュール侯爵家の養子になったときに教えてもらった」

「サイモン、お願い。詳しく聞きたい」

「いいよ」

「その話、僕も仲間に入れてくれる？」

二人同時に振り返ると、そこにはマイケルが立っていた。

「マイケルさん。どうぞ、僕はかまいません」

「ありがとうサイモン。討伐派のこと、アイリスが何も知らないんだったら僕から話すよ。僕はサイモンよりは詳しいはずだ。悪いね、サイモン。二人きりのところを邪魔しちゃって」

意味ありげに笑うマイケルに対して、サイモンは視線を外して平静を装っている。

マイケルが「どこか店に行って話そう」と言い出し、マイケルがお勧めする店に向かうことになった。しかもフェザーに乗って。

空を飛んで店に向かい、地面に下りると、通りを歩いていた王都の人々が立ち止まって三人を見る。マイケルは慣れた様子で笑顔を向け、若い女性には小さく手を振った。女性たちは歓声を上げ、恥ずかしそうに手を振り返してくる。

「さあ、入ろう。この店の料理はお勧めだ」

マイケルは常連らしく、何も言わなくても奥の個室に案内された。マイケルが手慣れた様子で軽食を注文する。飲み物は、マイケルがお茶。サイモンとアイリスはぶどうジュース。その他に肉やハム、煮込みなど何種類もの料理を小ぶりなパンに載せたしゃれた料理が大皿で出た。

「ここの料理はどれも美味しいよ」

「ありがとうございます。それで、マイケルさんはどうして討伐派のことに詳しいんですか？　私はまるで何も知らなくって」

「僕は討伐派に襲われたことがあるんだ。まだ十三歳のときだったから、かなり恐ろしい経験だった」

サイモンとアイリスは驚き、食べるのをやめてマイケルの話に聞き入った。

「僕は当時、一人で街で遊びたくて仕方ない時期だった。フェザーに乗ってこっそり家を抜け出していたんだ。事件はそうやってこっそり街に遊びに出かけた時のことだ。人けのない路地に下りて、フェザーは用意しておいたボロ布に包んで物陰に隠した。歩き出した僕は尾行されていたらしいよ。人通りの多い場所で楽しく遊んで、さあ帰ろうと路地に戻ったら取り囲まれてね。五人の男たちに殴る蹴るの暴行を受けた。フェザーで逃げたくてもフェザーはそいつらが隠してしまっていたんだ」

アイリスは自分だったらと想像しただけで鳥肌が立つほど恐ろしくなった。

「そんな……」

「そこに偶然腕っぷしの強い人が通りかからなかったら、僕は殴り殺されていたかもしれない。

家に戻ってから父にこっぴどく叱られて、そこで初めて王空騎士団や飛翔能力者に嫌悪感を持っている人たちがいることを知らされたんだ。サイモンにもこの話はしたことがなかったね」

「はい。驚きました」


料理はまだたくさん残っていたが、アイリスはもう食欲を失っていた。今は聞きたいことが山ほどある。身を乗り出すようにしてマイケルに質問をした。

「その人たちが王空騎士団や能力者を嫌う理由はなんですか？」

「国民から集めた血税を、騎士団や捧げものの家畜に使うのは無駄、というのが彼らの主張だ。もっと貧しい人に国家予算を回すべきっていうことだね。だから討伐派は貧しい階層が中心らしい。『巨大鳥（ダリオン）なんて殺せばいい、絶滅させれば無駄な費用もかからない』っていう考えだよ」

「僕は貧しい家の出なので、反対する人たちの気持ちがわからなくはないです。ファイターになると驚くほどたくさん賃金が支払われるらしいから」

マイケルが幼子（おさなご）を見るような優しい目をサイモンに向ける。

「例えばだよ、サイモンが遠くまで飛べる能力を使って、人や物を運ぶ仕事で稼げると仮定しよう。飛べる人間は一万人に一人だ。相当稼げると思うよ。君、それでもファイターになる？　自分の能力で安全にたっぷりお金を稼げるのに、赤の他人のために巨大鳥（ダリオン）の前に出る？」

「それは……」

「出たくないと思うのが普通だよ。だから国は能力者に高額な賃金を支給して囲い込んだ。そして国民にはこう教え込む。『能力者は国民のために危険に身を晒して戦う尊い存在だ』ってね。さらに国民の義務として、飛翔能力者は必ず王空騎士団に入らねばならない仕組みを作り、我が子の能力を隠せば罰せられるようにした」

そこまで黙って聞いていたサイモンがマイケルをさえぎった。

「待ってください。もしかしてマイケルさんて……」

「僕は討伐派じゃないよ。子供に集団で暴力を振るうような連中を憎んでいる。それになにより も、この仕事に誇りを持っている。『巨大鳥（ダリオン）を殺してはならない』という聖アンジェリーナの言葉も信じている。聖アンジェリーナの言葉には、きっとなにか大切な理由があるはずだと思っている」

飛翔能力者を嫌ったり憎んだりする人たちがいることを、アイリスは初めて知った。自分の能力が憎悪の対象になることがショックだった。

夕方になり、アイリスは帰らなければならない時間になった。

「私はそろそろ帰ります。ためになるお話をありがとうございました」

「楽しかったよ。アイリス、サイモン。君たちも一人で行動するときは、決して路地裏に近寄ったりしないようにね。それと、いつでもフェザーを持って動くといい」

三人は店の前でフェザーに乗り、素早く空中に飛び上がった。

通りから五メートルほどの位置に浮かび、マイケルは「空中こそ我らが安全圏だよ。じゃ、失礼する」と華やかな笑顔で言ってから飛び去った。アイリスもサイモンに別れを告げて自分の家を目指した。

風もなく穏やかで気持ちがいい空だ。アイリスはいつもなら解放感と高揚感を感じながら飛ぶのだが、討伐派のことが頭から離れない。

もうすぐ、巨大鳥(ダリオン)の渡りが始まる。

# 第六章 囮役（デコイ）

その日の夜明け前、王都にある塔の全ての鐘が一定のリズムで鳴らされた。巨大鳥（ダリオン）の渡りを知らせる鐘だ。

多数の鐘の音（ね）が重なり合い、複雑で不穏な響きになっていく。

人々は落ち着きを失い、不安を募らせ、建物の奥深くに引きこもる。

大きな音を立てないようにして、夜が来るのをひたすら待つのだ。

アイリスは鐘の音と同時に跳ね起き、すぐに訓練服に着替えた。着替えが終わるか終わらないかのうちにリトラー家のドアが叩かれる。アイリスが走って玄関のドアを開けると、いつも送り迎えをしてくれる護衛のテオが、緊張した様子で立っていた。

「おはようございます。アイリス・リトラーさんに召集です」

「今すぐ参ります」

もう起きていた母が、青白い顔でアイリスを抱きしめる。

「アイリス。なにがあっても命を大切にすると約束して」

「大丈夫。訓練生は頑丈な地下から見ているだけだから」

悲し気な顔で父ハリーも近づいてきた。

「アイリス。父さんにも抱きしめさせてくれ」

「お父さんまでそんな顔をして。大丈夫よ。もう行かなきゃ」

「朝ごはんは？　食べずに行くの？」

「ごめんなさい。食べる時間はなさそう。では行ってきます」

笑顔で挨拶するアイリスを白い顔で見送る母。その母の肩を抱く父。姉のルビーは出てこない。

「お姉ちゃん、行って来ます！」

朗らかに声をかけ、アイリスはドアを閉めると小走りで馬車に飛び乗った。十分ほどの途中、馬車の窓から街の景色をじっと見る。

ありとあらゆる建物は厳重に巨大鳥（ダリオン）対策がなされている。昨日まではそれでも玄関のドアは出入りできる状態だったが、今朝はもう違う。全てのドアに分厚い板が打ち付けられている。

王空騎士団に到着し、アイリスは走って建物に飛び込んだ。事務所からマヤが顔を出して声をかけてきた。

「アイリス、急いで！　ホールに集合よ」

「ありがとう、マヤさん」

全力で廊下を走る。ドアをそっと開けてホールに入ると、騎士団員と訓練生の全員が整列していた。

正面の壇に近いほうに百人弱の騎士団員たち。その後ろに訓練生の二十人。

アイリスは自分の場所が集団の一番後ろであることに感謝しながら、静かに列に加わった。隣はサイモンだ。まだ団長たちは来ていない。

「おはようアイリス。間に合ったね」

「ええ。いよいよね、サイモン」

「緊張してる？」

「うん。少し。でもファイターたちの活躍が見られるのは楽しみだわ」

「そうか。怖がっていないなら安心したよ」

前方右手のドアが開き、王空騎士団長ウィル、副団長カミーユが入って来た。ウィルが壇上の中央に立ち、話を始めた。

「諸君、おはよう。今朝、北の海岸から巨大鳥(ダリオン)飛来の連絡が届いた。巨大鳥(ダリオン)はすぐ王都に飛来する。王都に来れば、捕食の時間が始まる。いつも通り、油断をするな。極力巨大鳥(ダリオン)を傷つけず、殺さず、誘導せよ。諸君の健闘を期待している」

掛け声も号令もないのに、全員がザッ！　と敬礼して、短い朝礼が終わった。

騎士団員たちが小走りで部屋を出て行く。

「訓練生は私の後について来るように」

引率係のエリックは元ファイター。訓練生はエリックの後ろに続いてホールを出た。引率しながらエリックが新入りのアイリスに説明をしてくれる。

「今回の巨大鳥(ダリオン)は四つのグループに分かれているらしい。通常の範囲内だ。春に終末島(エンドランド)で生まれた若い巨大鳥(ダリオン)が多数混じっている。首から胸にかけて色が薄いのが若鳥だ。成鳥になると首も胸も濃い茶色になる。巨大鳥(ダリオン)が一羽残らず獲物を手に入れて森に帰るまで、騎士団員は広場と市街地を監視し続ける。太陽が完全に沈んで辺りが真っ暗になるまで、交代で休憩を取りながら飛び続けるんだ」

フェザーに乗って移動している間、訓練生たちは一人としてしゃべる者がいない。最上級生は何度も巨大鳥（ダリオン）を間近で見ているが、それでも緊張している。

広場に到着した。訓練生は、王都の広場に設けられている防鳥壕（ぼうちょうごう）へと向かう。普段は広場の敷石になっている分厚い石の板。それで蓋をされている防鳥壕は、すでに蓋を外され、狭い入り口が横一直線に開いている。見学用の防鳥壕は広場の地下に作られている。

訓練生は、人は入れるが巨大鳥（ダリオン）は入れない程度のすき間から、滑り込むようにして防鳥壕に入る。入ると中は奥行きがある。

たとえ巨大鳥（ダリオン）が首を突っ込むことがあったとしても、訓練生が引きずり出される心配はない。

遠くから巨大鳥（ダリオン）の鳴き声が近づいてくる。

「来た！」

誰かの声で皆が空を見あげた。

頭上には乱舞する二百羽ほどの巨大鳥（ダリオン）。最初の群れだ。

アイリスはこれほどの数の巨大鳥（ダリオン）を、こんなに近い距離で見るのは初めてだ。訓練生たちは一様に硬い表情で、上空や広場で繰り広げられている景色を見つめている。

アイリスの前方で、巨大鳥（ダリオン）が家畜をつかみ上げた。

（ああ、こうやって豚やヤギを持ち上げるのね……なんてすごい力だろう）

巨大鳥（ダリオン）は旋回している上空から一直線に降下してくる。

地表近くで翼を広げて速度を落とすと、逃げ回る家畜を逃がすことなくつかみ上げ、すぐさま力強く羽ばたいて上昇していく。

バサッバサッという羽音と家畜の悲鳴がいくつも折り重なるように聞こえてくる。

アイリスの隣の少年が「ううう っ」という声を出した。彼は一番下の学年の十歳。アイリスも彼に声をかける余裕がない。さっきからずっと右手の人差し指を曲げて、関節を噛み続けている。指の痛みが恐慌に陥りそうな自分を落ち着かせてくれる。

巨大鳥(ダリオン)は、一羽が飛び去ると、次の一羽が降下してくる。繁殖期以外は単独で行動すると言われる巨大鳥(ダリオン)だが、繁殖期には群れが作られ、リーダーが現れる。

真っ黒なフェザーに乗ったヒロが長剣を構えて、はるか上空を飛んでいる。ケインは長い棒を持っていた。マイケルも剣を構えて巨大鳥(ダリオン)の集団の外側を飛んでいる。

距離があるから表情までは見えないが、ファイターたちの飛翔は華麗な舞のようだ。

「きれい。ファイターって、なんて美しく飛ぶのかしら」

思わず声を漏らしたアイリスを、隣のうめき声の少年が別の生き物を見るような表情で見た。

アイリスはその視線に気づかないまま、ファイターたちを見上げている。巨大鳥(ダリオン)が近くを低く滑空していくときは、声を出さないように再び指の関節を噛んだ。

やがて全ての巨大鳥(ダリオン)が獲物を手に入れ、王都の隣にある『巨大鳥(ダリオン)の森』へと飛び去った。

引率役のエリックが説明を始めた。

「今のグループは集団から外れて行動する巨大鳥（ダリオン）がいなかったが、これは珍しい。たいてい一羽か二羽はこの広場以外に興味を持って飛び出してしまうんだ」

訓練生たちは皆無言。アイリスは恐怖心が半分と、ファイターの華麗な飛翔にうっとりする気分が半分だ。

巨大鳥（ダリオン）の第一陣が全ていなくなって少しすると、第二陣が飛来してきた。

第二陣の巨大鳥（ダリオン）も次々と家畜を捕まえては、森へと獲物を運び去っていく。第三陣までは同じことの繰り返しだった。

事件は最後の第四陣が来たときに起きた。

一羽の若い巨大鳥（ダリオン）が広場の獲物には興味を示さず、上空に昇っていく。すかさず追いかけていくファイターが二人。巨大鳥（ダリオン）に比べて圧倒的に数が少ないファイターたちは、全員が追いかけるわけではない。その時その時で動ける者が対応する。

（ヒロさんとケインさんだ）

繰り返し練習を指導してもらったから、アイリスは飛ぶときの姿勢でヒロとケインだけは距離があっても見分けがつく。

「あっ！」

何人もの訓練生が同時に声を漏らした。

群れから離れて上昇していく若い巨大鳥（ダリオン）が、前方で円を描いて行く手を阻んでいたファイターの一人に高速で接触した。体当たりというよりは、翼で叩いたように見えた。

巨大な翼で叩かれたファイターは、まるで布で作られた軽い人形のように弧を描いて斜め上に飛ばされ、それから落下し始めた。

アイリスがフェザーを抱えて防鳥壕から飛び出した。

「止まれっ！」

背後の声は聞こえたが止まらない。（あれは間違いなくケインさんだ。救助役は間に合わない）と心が叫ぶ。

（ケインさん！　ケインさん！　ケインさん！　ケインさん！）

いつフェザーに乗ったのか覚えていない。気がつけばアイリスはフェザーにうつ伏せになって、広場の家畜たちの上を飛び越し、ケインが落ちるであろう位置を目指していた。

遠くで誰かが叫んでいる。

（知るものか。今行かなければ間に合わない）

ケインの落下地点に駆け付けるまでの短い時間、アイリスの心に訓練をしてもらっているときのケインの笑顔が浮かんでくる。ケインはいつも、おおらかな笑顔でアイリスを褒め、アドバイスし、飛ぶときのコツを教えてくれた。

ケインが落ちてきた。間に合うか？　間に合わなければケインは死ぬだろう。

「うあああああっ！」

自分が叫んでいることにも気がつかず、アイリスは高速で突き進む。目にぶつかる風が痛くて自然に涙が出てくる。

ケインが落ちてきた。落ちてくるケインは目を開き、無表情に自分が落ちる先を見ている。

ドンッ！

ケインがアイリスのフェザーの上に落ちた。その衝撃に備えるべく、アイリスはありったけの力をフェザーに流し込んだ。それでも落ちてきたケインを受け止めた瞬間、アイリスのフェザーは大きな衝撃を受けた。

アイリスとケインを乗せたまま、フェザーは後部から広場の敷石にぶつかった。

ケインの身体は一度跳ね上がり、それから再び地面に落ち、動かなくなった。

「ケイン無事か！」

「ケインッ！」

ケインの周囲を駆けつけた数人のファイターが取り囲む。アイリスは肩で息をしながらケインを見た。

ケインをファイターの一人が引き起こした。ケインは目をつぶったままだ。ケインはフェザーに乗せられ、高速で運ばれて行く。

「来たぞ！」

広場に影が差した。アイリスが上を見ると、ケインを翼で叩き落とした若い巨大鳥（ダリオン）がアイリスを目指して降下してくる。

アイリスは慌てて起き上がり、フェザーを手に取る。丈夫なはずのフェザーは真っ二つに割れていて、持ち上げた途端にわずかに端の方で繋がっていた部分も折れた。折れたフェザーが落ちて、カンと音を立てる。一番近くにいるファイターが叫んだ。

「アイリス、乗れ！」

自分のフェザーに乗れと言っている。それが間違いであることを、アイリスは直感で理解した。

アイリスは半分の長さになったフェザーにのり、低い姿勢で防鳥壕に向かって飛び出した。

それを確認してファイターたちが散らばる。黒い煙を撒く者、ダリオンの前をジグザグに飛んで巨大鳥（ダリオン）がアイリスを襲わないよう妨害する者。

若い巨大鳥（ダリオン）は急角度で方向を変え、再び空へと上昇していった。

一方、アイリスは飛び込むようにして防鳥壕の中へと転がり込んでいた。

「はあっ、はあっ、はあっ」

静まり返った防鳥壕の中に、アイリスの荒い呼吸音だけが響く。

アイリスがここまで速く飛んだのは初めてのことだった、以前ヒロから逃げたときでさえ、ここまで力を振り絞ってはいない。ケインが落ち始めたとき、救助役の位置を思い出した。この場所にいる自分なら間に合うと、なぜか自信があった。ケインを救うことができた今、全身を熱い高揚感が包んでいる。

「アイリス！」

サイモンがガッとアイリスを抱きしめた。

「サイモン。あの、私なら間に合うと思って、勝手なことしちゃったね」

「無事でよかった」

背後からソラルの低い声が聞こえてきた。

「どういうつもりだよ。お前ごときが勝手な行動を取りやがって。先輩たちにも迷惑をかけてさ。女のくせにフェザーに乗っているだけでも目障りなのに、今度は英雄気取りか？　平民は成り上がるのに必死なんだろうが、さすがにガツガツしすぎなんだよ。お前、そうまでして目立ちたいのか。胸くその悪い女がいたもんだな」

「英雄気取りだなんて。そんなつもりじゃありません」

「口答えをするな！　お前が助けなくても、マスターが助けに向かっていたんだ」

「いいえ。あの位置からでは、どのマスターも間に合いませんでした。ケインさんは石畳に激突して死んでいたと思います」

「はあ？　訓練生のくせに、マスターより自分のほうが速いって言いたいのか？」

「生意気なのはわかっています。でも、さっきは私の方が先に落下地点に到着すると判断したんです」

「ふざけんなっ！」

ソラルが右手を振り上げた。

（ぶたれる！）

アイリスは目をつぶったが、避けるつもりはなかった。自分は間違っていない。あの時自分が飛び出さなかったら、ケインは死んでいた。自分の直感がそう叫んだのだ。

しかし、頬に衝撃は来なかった。目を開けると、エリックがソラルの腕をつかんでいた。

「ソラル、私もアイリスの意見が正しいと思うよ。待機していたどのマザーも救助役のフェザーも、ケインの墜落に間に合わなかったと思う」

エリックの声は落ち着いていたが、その目は冷たくソラルを見据えている。

元ファイターのエリックがアイリスの行動を肯定した以上、ソラルはなにも言えなくなった。唇を噛んで黙りこみ、自分がいた場所へと引き下がった。

防鳥壕の中が重苦しい雰囲気のまま、それから数時間が過ぎた。事前に渡されていた水や携帯食を口にしながら、訓練生たちは先輩の活動と巨大鳥（ダリオン）たちの行動を見続けている。

日没になり、巨大鳥（ダリオン）の姿は広場の上空から消えた。

「よし、帰るぞ。二列縦隊だ」

エリックの指示のもと、訓練生たちは防鳥壕から抜け出した。あたりはもう、とっぷりと暗い。

前後を元ファイターに挟まれ、訓練生たちはフェザーに乗って低い位置を保ちながら養成所へと向かって飛んだ。アイリスのフェザーは半分に折れている。

アイリスは訓練生の最後尾で監督役エリックの前。そのアイリスが、前方にいる一人の訓練生を見つめた。

（あれ？　あの人、ふらついている？）

アイリスの四人前の少年は、アイリスの隣で見学をしていた最年少のあの男の子だ。

（精神的に耐えられなかったのかな）

アイリスがそう思いながら見ていると、少年はフェザーごとパタリと倒れた。そのまま地面で動かない。アイリスの後ろにいたエリックがアイリスを追い越し、無言で地面に転がり落ちた訓練生を軽々と引っ張り上げた。

エリックは少年を自分のフェザーに乗せてアイリスを待っているので、アイリスは低速で飛びながら少年のフェザーを拾い上げた。

「気が利くな」

「あ、はい」

後ろを守ってくれているエリックと短い会話をし、再び無言で移動する。養成所に到着すると、落下した少年は医務室に運ばれていった。

アイリスは、割れて半分の長さになったフェザーと少年のフェザーの二枚をラックに戻してから建物の中に入った。養成所の談話室は、高揚している訓練生と暗く落ち込んでいる者に分かれていた。落ち込んでいるのは下の学年がほとんどだ。

部屋の隅にいたアイリスにサイモンがスッと寄ってきた。

「アイリス、大丈夫？　すごい勢いで飛んだけど、気持ち悪くない？」

「大丈夫」

「指、どうしたの？」

　言われて自分の手を見ると、くっきりと歯形がついて点々と血が滲んでいる。

「巨大鳥（ダリオン）を近くで見るのは二度目だけど、獲物を捕らえる場面は初めて見たの。それで……落ち着かなきゃと思って、噛んでた。巨大鳥（ダリオン）、大きかったわね」

「そうだね」

「ずっとあの丸い目が忘れられなかったけど……今日見たら、覚えていた以上に恐ろしい生き物だった」

　二人の会話はそこで途切れた。なぜなら、アイリスより年下の訓練生が、唸り声をあげながら頭を抱えてしゃがみ込んだのだ。その少年は、たしか十二歳。

「ううううう、無理無理無理っ！　僕、あんなでかい化け物になんか近寄れないよっ！」

　そう叫ぶなり、その少年は休憩室を飛び出して行った。追いかけて行くのは寮で同室の別の少年。それを冷ややかに見送っているのは先輩の訓練生たちだ。

「あいつ、ファイターは無理だな。雑用係か？」

「安全な場所で見ただけであれじゃあな。伝令係ならできるんじゃないか？」

「むしろ今のうちにファイターを諦めてくれた方がいいよ。いざ巨大鳥（ダリオン）と向かい合ったときにあんなふうになられてみろ。アイツが餌になっちまうよ。そうなったら俺たちが巨大鳥（ダリオン）に向かって取り戻しに行く羽目になる」

「まあ、あいつ一人が減ってもなんとかなるだろ」

やがて休憩室の中にいた訓練生たちは、アイリスとサイモンを残して自分の部屋へと戻った。

アイリスは一人だけ自宅に帰ることが気が引けて、皆が部屋に戻るのを待っていた。

それまで我慢していた言葉を思わず吐き出してしまう。

「あんな言い方しなくてもいいのにね。あの子の怖さ、私はわかる気がする」

「みんなもわかってるよ。訓練生全員が恐ろしいと思っているはずだ。僕だって恐ろしい。それでも飛ぶのは……なぜだろうね。自分のことなのに、上手く言葉にできないや。アイリスこそ、よく耐えられたね。一度襲われたんだったら、余計恐ろしいだろうに」

「私は……空を飛びたいから。自由に飛びたい。そのためなら巨大鳥（ダリオン）の前にも飛んで行ける気がする。なんでかな。なんでこんなに飛びたいんだろう」

アイリスの血が滲んだ指を、サイモンがじっと見ている。見苦しいかと思って手を隠そうとすると、その手をそっとサイモンが握った。

「僕が飛んで遊ぶ姿を見るたびに、母は泣いていた。僕はまだ小さかったから、母がなんで泣くのかわからなかった。でも恐らく、母は僕がこうなることを知っていたんだ。飛翔能力者なら、命の危険にさらされても飛びたくなるって」

「私の母も泣いていたわ。おそらく父も見えないところで泣いていたと思う。私、ファイターとか王空騎士団のこと、晴れがましくて素晴らしい仕事だとばかり思っていたの。でも実際はそれだけじゃないわね」

「そうだけど、飛ぶことが王空騎士団員になることなら、僕は巨大鳥(ダリオン)の前で飛び続けるよ」

「……私も」

そこから先、二人は無言のままそれぞれの飛びたいという思いを心の中で確かめていた。

やがてファイターたちが帰ってきた。

帰ってきたファイターたちは、皆高揚した雰囲気で声が大きい。ワイワイと会話しながら養成所の脇を通り抜け、奥にある王空騎士団の宿舎に向かっている。フェザーに乗って滑るように進む者、ゆっくり歩く者、いろいろだ。

集団の最後を歩いて来るのはヒロ、団長ウィル、副団長カミーユの三人だ。団長の声が聞こえてきた。

「そう言わずに考えてみてくれよ、ヒロ」

「団長に声をかけていただけるのは光栄ですが、俺はマスターには向いてません。それに、そろそろ親と一緒に暮らしたいんです。両親はもういい年ですからね」

「そうか……。残念だよ」

アイリスとサイモンは互いに顔を見合わせた。アイリスは外に飛び出し、ヒロの背中に声をかけた。

「ヒロさん！」

「おや。アイリスじゃないか。さっきはケインを助けてくれてありがとう。助かったよ」

「ヒロさん、マスターをやらないんですか？」

「なんだ、聞こえたのか。そうだなぁ、マスターのなり手は足りているからな。俺はそろそろ田舎に帰るよ」

アイリスはヒロに駆け寄った。

「うん？　どうした」

「私が騎士団員になるまでいろいろ教えてもらえるものだと思っていました」

「そうしたい気持ちもあるにはあるんだが。年を取った親が心配なんだよ」

「そう、ですか」

二人の様子を見ていた副団長のカミーユが声をかけてきた。

「アイリス、少ししたら団長室に来てくれるか？　話したいことがある」

「はい」

何事かと思いながらいったん訓練生用の談話室に戻った。

すぐにサイモンが近寄って、心配そうに尋ねてくる。

「アイリス、どうした？　ヒロさんはなんだって？」

「ヒロさんはマスターにならずに実家に帰るって。それよりも、団長室に呼ばれたの。これから行くんだけど、きっとケインさんを助けに飛び出したことよね。叱られるのかな」

「そんなことないと思うよ。エリックさんだってマスターたちは間に合わなかったって言っていたじゃないか」

「そうだけど。怒られたら謝るしかないわよね。行ってくるわ」

「うん。後で話を聞かせて」

「わかったわ」

アイリスが団長室をノックすると「入りたまえ」と団長ウィルの声がした。アイリスは「失礼いたします」と言いながらドアを開け、一歩中に入って驚いた。

そこには団長のウィル、副団長カミーユ、引率係のエリック、包帯姿のケイン、それと名を知らない騎士団員が一人がいた。

ケインは腕に包帯を巻いている上に杖もついていて、名前を知らないファイターは、左目を覆うように頭部を斜めに包帯で巻かれている。

座っている全員が見守る中、アイリスは足を止めて姿勢を正した。

「座りなさい」とウィルに言われてアイリスが座ると、すぐに話が始まった。

「アイリス、今日のケインの救出のことだが、どういう理由で飛び出した？」

「私は、三ケ所に待機していたマザーの位置と、六ケ所にいた救助用フェザーの位置を覚えていました。ケインさんが落下するであろう場所を見た瞬間に、間に合わないと思いました」

「自分なら間に合うと思ったのかい？」

「はい。私ならあの位置までギリギリで間に合うとわかったんです」

「わかった？」

「はい。上手く言葉では言い表せませんが、計算とかではなく、私なら間に合うとわかりました」

「ふむ」

ウィルは視線を他の人間に向ける。

カミーユ、エリック、ケイン、片目のファイターが皆、重々しく団長に向かってうなずいた。

「目に包帯を巻いている彼はヘインズだ。今日まで王空騎士団の中で二番目に高速で飛べるファイターだったヘインズは、その速さから囮役(デコイ)を務めていた。ダリオンの群れを高い位置から監視して、誘導に従わず人間を襲おうとしているダリオンの前に飛び出し、囮(おとり)になって自分の方に引きつける役目だ。だが今日、若いダリオンに片目を負傷させられてね。ケインを翼ではじき飛ばしたのと同じ個体だ」

「同じ個体……」

「そうだ。その若いダリオンは、首に一列ぐるりと生えている白い羽が、他の個体よりも長い。そこで見分けがついた。その若いダリオンがヘインズの目に唾液らしき液体を飛ばしてきた。わざとやったのか偶然かは不明だ。ダリオンの唾液に毒があることは非常に古い資料に書かれてはいたが、実際に毒があることを経験した者の記録はなかった。人間がダリオンを生け捕りにしたことは今まで一度もないしな。ヘインズ、この先は君が」

片目を包帯で巻かれたヘインズがそこから話を引き取った。

「ゴーグルをしていたが、隙間から唾液が流れ込んで目に入った。飛翔中はすぐには洗えないから、我慢したのがよくなかった。目に入って少ししてからえらく沁みて目を開けられなくなった。

巨大鳥（ダリオン）から逃げ切ったあとで慌てて洗ったんだが、結果、眼球がただれてしまったと医師に言われた」

（巨大鳥（ダリオン）の唾液に毒？　初めて聞いた）とアイリスは驚いた。

「どうにか失明は免れたが、左目の視力は相当落ちるかもしれないそうだ。空中で全方位の巨大鳥（ダリオン）を見る騎士団員としては、残念ながらもう働けそうにない。私は、あの若い奴が私の目を狙って唾液を飛ばしてきたと確信している。急接近してきて、すれ違いざまに唾液を飛ばされた。しかもじっとこっちを見ていて、唾液を飛ばす方向とタイミングを計っていたように感じた。あんなことをする巨大鳥（ダリオン）は初めて見た」

再びウィルが話を始めた。

「今までは次に速く飛べるファイターがヘインズの役目を引き継ぐのが慣例だったが、次に速いマイケルはトップファイターだ。飛翔能力が高く、万が一に備えて戦闘もできるマイケルは囮役（デコイ）をさせられない。次に速いのは……我々は全員一致でアイリスだと判断している。ただ、君は訓練生とはいえ、飛翔能力が開花してからたった四ヶ月しかたっていない。だから、皆決めかねているんだ」

次に副団長カミーユが口を開いた。

「我が国に飛んでくる巨大鳥（ダリオン）とファイターの数は、比率で言うとおおよそ六対一か七対一。騎士団員は圧倒的に少ない。速いだけなら君なんだが……。この役目はひとつの小隊から一人しか人員を割けない。一人で判断して動き、一人で自分の身を守る。君にその役目を引き受ける覚悟があるかどうかを聞きたい。保護対象者から巨大鳥(ダリオン)を引き離し、対象者の安全が確保されたのを確認したら、全力で逃げる。もし巨大鳥(ダリオン)に追いつかれたら食われてしまう。そういう役だ」

アイリスは思ってもみなかった話に驚いたが、慌てることはなく逆に冷静になった。

「不勉強で申し訳ないのですが、ヘインズさんがなさっていた囮役(デコイ)というのを、今初めて知りました」

「ああ、そうか、まだ囮役(デコイ)を知らなかったか。王空騎士団員は、ファイター、囮役(デコイ)、マスターに分かれている。ファイターは巨大鳥(ダリオン)を誘導し、襲われそうな人を守る。マスターは落下する団員を救助するのが役目だ。そして囮役(デコイ)はファイターの誘導に従わない巨大鳥(ダリオン)の前に出て、自分のほうに引き付ける役目をしている」

「団長さんと副団長さんが私に務まると判断なさったのなら、お引き受けしたいです」

「そうか。引き受けてくれるか」

「はい。巨大鳥(ダリオン)は恐ろしいですが、その恐怖以上に、私は空を飛びたいのです。今日、ケインさんを助けなければと思い、全力でフェザーを飛ばしました。あんなに速く飛べたのは初めてでした。そしてあそこまで速く飛べたことに、自分でも驚きましたし……」

そこまで言って、その先を言おうか言うまいか迷う。なぜなら、その先は、自分でもよくわからない感情だったからだ。団長のウィルが言い淀んでいるアイリスを促した。

「なんでも言いなさい。この集まりは非公式だ。記録は残らない」

「では、本音を言います。今日、全力で飛んだあと、私は生き甲斐を感じました。私はもっと飛びたいです。もっと速く、もっと高く、もっと遠くまで飛びたい。それがなぜかは自分でもわかりません。でも、私はひたすら空を飛びたいのです。囮役（デコイ）を任せていただけるなら、全力で務めます」

少しの間、部屋がシンとなり、団長のウィルが次の言葉で会議を締めくくった。

「ではこうしよう。君を囮役（デコイ）の候補者として全員の前で発表する。その際、他に希望者がいないか確認する。他に立候補者がいた場合は、君と立候補者で速さを競ってもらって決める。我々はそんな手間をかけずとも、君が一番速いのはわかっているんだがね」

副団長のカミーユが苦笑しながら続きを語る。

「なにしろ君は飛べるようになってまだ四ヶ月だし、王空騎士団と養成所を含めて唯一の女性能力者だ。そういう手順を踏まないと、あとあと不満が出るのは目に見えている。囮役（デコイ）は飛翔能力者たちにとって、トップファイターとは別の意味で憧れの役目でもあるんだ。王空騎士団は徹底した実力主義だが、嫉妬の感情は理屈じゃない。もめ事の芽は潰しておきたい」

「わかりました」

会議に参加していた全員がうなずき、会議は終わりになった。アイリスがケインに近寄り、話しかけた。

「ケインさん。お怪我の具合はいかがですか」

「地面にぶつかったときに膝の関節をひねったらしくて、少々痛い。でも、生きているだけでありがたいよ。アイリスのおかげだ。ありがとう。礼を言うよ」

ケインは深々と頭を下げ、慌てているアイリスを見て笑った。

「なにかあったらいつでも相談してくれ。力になる。君は命の恩人だ」


団長たちの行動は素早かった。

その日のうちに、王空騎士団のホールに騎士団員、訓練生、訓練生の監督役の元騎士団員たちが全員集められた。

アイリスの周囲の訓練生たちが、整列した状態でヒソヒソと話をしている。

「なんで招集がかけられたんだろうな」

「今日、ヘインズさんが怪我したらしいよ」

「広場の周辺でそんなことがあったか？」

「かなり上空でのことらしい。さっき騎士団員たちがその話をしてた」

「囮役（デコイ）が交代ということか」

「だとしても、訓練生は関係ないのに。なんで呼ばれたのかな」

アイリスは視線を彼らの足元に向けて会話を聞いている。

これから自分の名前が呼ばれるだろう。それを聞いた訓練生たちがどういう反応をするか、想像がつく気がする。それが少し憂鬱だ。

前方のドアが開き、団長ウィルと副団長カミーユが入ってきた。ざわざわしていたホールは静かになり、およそ百二十人の視線が二人に集中した。カミーユは壇の端で足を止め、中央に進んだウィルが話を始めた。

「楽にしてくれたまえ。本日、広場の上空三百メートルほどの位置で、集団から離脱した巨大鳥（ダリオン）を誘導していたヘインズが片目を負傷した。唾液をかけられ、眼球の表面がただれた結果、『視力を完全に回復するのは難しい』との医師の診断が出た」

すぐにホールの中がザワザワとなった。

「唾液？　巨大鳥（ダリオン）の唾液って毒だったのか？」

「聞いたことはあるけど、毒があるっていうのはただの伝説だと思ってた」

「ヘインズさんは引退するってことか？」

「静かに！」

全員が口を閉じるのを待って、ウィルが話を続ける。

「慣例では騎士団員の中から次に速い者を囮役（デコイ）として選出するのだが、今回、私とカミーユは、アイリスを囮役（デコイ）に選びたいと考えている。アイリスは現役の騎士団員と比べても速い」

一瞬の静寂の後、騒ぎになった。アイリスの周囲の訓練生が、全員振り返って見てくる。その目に好意は感じられない。アイリスは奥歯を噛んで顔を前に向けたまま無視した。

「そういうことか。あの英雄気取りが、ここに結び付くわけだ」

声の主はソラルだ。ソラルはアイリスが初めて訓練に参加したときに「どけっ！」と叫び、ケインを助けたときは「英雄気取り」と非難してきた。今、彼の目には、はっきりした敵意と憎悪が露わになっている。

ウィルが話を再開した。

「アイリスはまだ養成所に入って日が浅い。しかも女性だ。納得できない者もいるだろう。私とカミーユはアイリスが適任だと思っているが、不平不満が出ないよう、立候補者がいれば受け付ける。その上で誰が一番囮役(デコイ)に適任か決める」

「うわ、みんなの前で速さ比べか」

「女に負けたらみっともないよなあ」

「俺はやめておく。団長があぁ言うなら、きっと彼女が一番速いんだろう」

ソラルが手を挙げた。

「団長、それは訓練生でもいいのでしょうか」

「もちろんだ」

「では僕が立候補します」

おおお、という低い声があちこちから上がる。すると前方の騎士団の中からも手が上がった。

金色の長い髪。マイケルだ。

「団長、僕も速さ比べに参加してもいいですか？」

「マイケル。お前はトップファイターだろうが。囮役(デコイ)に代わりたいのか？」

「賑(にぎ)やかしで参加したいだけです」

騎士団員たちから笑い声が上がるが、ウィルは渋い顔だ。

「マイケル、これは遊びじゃない」

「……申し訳ありません」

「他に立候補者はいないか？」

「はい」

訓練生の中から手を挙げたのはサイモンだった。アイリスは意外な立候補者にピクッと身体が動いたが、どうにか無表情を保った。

結局、囮役（デコイ）に立候補したのはソラルとサイモンだけ。

「よし、では三人は十分後に団長室へ来るように。では、解散」

多くの騎士団員や訓練生がアイリスを見ながらホールを出て行く。ソラルを応援するように背中を叩いて出て行く訓練生もいた。アイリスは床を見たまま、他の人たちが出て行くのを待った。

「アイリス」

「びっくりしたわ。サイモンはトップファイターを目指しているんだとばかり思っていたのに」

「目指しているよ。いつかはトップファイターになるつもりだ」

「じゃあなぜ」

「君と僕の二人を一緒に囮役（デコイ）にしてもらえないか、交渉してみるよ」

「それはどうかしら。騎士団側は将来のトップファイターを温存したいんじゃないかな」

「開花したばかりのアイリスに、囮役（デコイ）は危険すぎるよ」

「それはわかってる。間違いなく危険だと思う。でもやりたいの。十歳の私が救ってもらったように、私も誰かのためにこの力を役立てたい。それに、囮役（デコイ）として全力で飛びたい」

「そうか……。僕はこれから団長に僕とアイリスで一人分にしてくれないか頼もうと思う」

「サイモン、私なら大丈夫だから」

「これは僕がそうしたいんだ」

そう言うと、サイモンは十分後と言われたにもかかわらず、団長室に向かった。しかし、ウィルはサイモンの提案を却下した。

「それは認められない。囮役（デコイ）は各小隊に一人だ。貴重な訓練生を二名も使うことはできない」

「アイリスは貴重じゃないんですか？」

「いや。とても貴重だ。貴重な存在だからこそ、彼女には一日も早く巨大鳥（ダリオン）に慣れてほしいと思っている」

サイモンは「え？」という顔になった。

「アイリスのずば抜けた能力は、今すぐ必要なんだ。ケインをはじき飛ばし、ヘインズの目を傷つけた巨大鳥（ダリオン）は同じ個体だ。サイモンはあの言い伝えを知っているかい？　養成所に入って最初の座学で聞いているはずなんだが」

「言い伝えは『特別な巨大鳥（ダリオン）が生まれるとき、特別な能力者もまた誕生する』でしょうか。覚えています。では団長は、その個体とアイリスを、特別な存在だとお考えなんですね？」

「そうだ。このことはまだ公式には発表されていない。サイモンも他言は無用だ。特に特別な巨大鳥に関しては、国民の不安を煽るだけだからな」

サイモンはウィルの考えに承服できない。

（もしアイリスが特別な能力者ならば、余計に大切にすべきじゃないのか。巨大鳥の前に出すまでに、アイリスに少しでも多くの知識と技術を身に付けさせるべきじゃないのか）

「サイモン、アイリスは我々の基準で考えるべき存在ではないよ。私は彼女に、一日も早く現場に参加してほしいと思っている。それが彼女にとっても国にとっても重要なんだ」

「ですが！」

「あの特別なダリオンは卵から孵って五ヶ月ぐらい。アイリスは開花して四ヶ月。ほぼ同時に誕生しているんだよ。それに気づいたとき私は、言い伝えは真実を語っていた、と思った」

サイモンはウィルの言葉を聞いて沈黙した。

「サイモン、アイリスの存在を面白く思っていない訓練生は、ソラルだけではない。マイケルにアイリスを排除するよう頼んだ連中が八人ほどいたらしい」

「排除、ですか？　そんなこと、誰が」

「マイケルはああいう性格だからな。『その場にいた訓練生に興味がなかったから、マリオ以外は覚えていない』と言っている。マリオがマイケルにそんなことを頼む理由は、間違いなく嫉妬だ。アイリスが女性なのも、新入りなのにとんでもない能力を見せていることも気に入らないんだろう」

「それはアイリスのせいではありません」

「そうだ。彼女は何も悪くない。だが、嫉妬とはそういうものさ。我々が表立ってアイリスを守れば、いっそう嫉妬して陰で彼女に害を為すだろう。嫉妬を抑えるには、アイリスの実力を見せつけて納得させるのが一番早いんだよ」

「……」

「ファイターが仲間同士の信頼関係なしに巨大鳥(ダリオン)の前に出れば、あっという間に命を失ってしまう。サイモン、難しいことを言うが、君はアイリスと他の訓練生との懸け橋になってやってほしい。彼女ほどの能力があれば、いずれ全員が嫉妬心を手離して納得するさ。自分の実力を自覚している騎士団員たちは、実力最優先に馴染んでいる。だが、訓練生たちはまだそこまでじゃない」

「……はい」

「我々も苦心しているよ。なにしろアイリスは我々よりもはるかに高い能力を持っている。正直、どう育てるのが正解なのか悩ましいところだ。私もカミーユも手探り状態だ。彼女のような飛び抜けた能力を持つ訓練生用の指導書なんて、ないからな」

「団長より高い能力、ですか」

「そうだ。全盛期でも速さでは彼女に勝てたかどうか。アイリスに知識と経験はないが、飛ぶ能力に関して、今のアイリスは俺やカミーユより上だ」

そうかも、とは思っていたが、団長の口からはっきり言われた言葉に、サイモンはたじろぐ。アイリスは飛ぶことだけで言えば、『お前よりもはるかに上だ』と言われたも同然だった。

「お前はアイリスと同期だ。これから長いことアイリスと一緒に飛ぶことになる。サイモン、アイリスを気にかけてやってくれ」

「はい。わかりました。そういう事情でしたら、立候補は諦めます」

サイモンは団長室に入る時の勢いを失い、ホールへと戻った。

「サイモン、どうだった？　団長はなんて？」

「だめだった」

「やっぱり。私なら大丈夫よ。いざとなったら全力で飛んで逃げるから」

「特別な巨大鳥（ダリオン）のこと、聞いたかい？」

「うん。ヘインズさんの目を狙って毒の唾液を飛ばしてきたそうよ」

「ケインさんを弾き飛ばしたのも、同じ個体だそうだね」

「ええ」

サイモンはアイリスの両肩に手を置いた。

「アイリス、なにをおいても自分の身は守ってほしい。こんなことしか言えなくて僕は悔しいよ」

「ありがとう。そんなに心配しないで。そろそろ団長室に行ってくる」

アイリスが団長室に向かうと、それまで姿が見えなかったソラルが現れ、団長室へと入った。

アイリスとソラルはウィルに選抜試験のことを説明され、すぐに解散となった。ソラルはアイリスが見えないかのように、そのままアイリスに背を向けていなくなった。ホールにはまだサイモンが待っていた。

「サイモン、私なら大丈夫よ。私、そろそろ帰るわね。サイモンは寮の食事の時間があるでしょ？」

「うん。じゃ、また明日」

「うん。また明日ね」


とっぷりと日が暮れた王都の通り。

アイリスは馬車に揺られながら考え込んでいる。囮役(デコイ)のことも特別な巨大鳥(ダリオン)のことも、両親には言わないでおこうと思った。そうでなくとも両親は、アイリスが訓練生になったことを酷く心配している。

「これ以上心配させるのは申し訳ない、ううん、申し訳ないを通り越して、父さんたちが可哀想だわ」

家に帰ったその夜、アイリスは家族には何も言わずに普段通り振舞った。

囮役(デコイ)が簡単な役目とは思わないが、『お前にならできる』と期待をかけられたことは嬉しい。その期待に応えたい。

ケインを弾き飛ばし、ヘインズの目をめがけて唾液を飛ばした巨大鳥(ダリオン)。

「私が女なのに飛べるのも、十五歳にもなって能力が開花したのも、他の人より速く飛べるのも、その巨大鳥(ダリオン)からみんなを守るためなのかな」

いまだに『特別な巨大鳥(ダリオン)が生まれるとき、特別な能力者もまた誕生する』という言い伝えを信じきれない気持ちがある。『なぜ自分なんだろう』という疑問は考えないようにした。考えても答えは出ないのだから。

翌日の巨大鳥(ダリオン)たちはおおむね大人しく、ファイターたちの誘導に従って家畜をつかみ、巨大鳥(ダリオン)の森へと帰って行った。ファイターたちに怪我人は発生せず、無事に夕暮れを迎えた。

完全に日が暮れ、巨大鳥(ダリオン)たちが来る心配のない夜の七時。

アイリスとソラルは訓練場の端に立っている。その脇には団長ウィル、副団長カミーユ、その左右にケインをはじめとするファイターたちおよそ百人。訓練生たちはファイターの背後にいて、隙間から顔を出して、アイリスたちを見ようとしている。

アイリスとソラルは団長の指示でゴーグルとマスクを付けていた。

飛翔能力者が全力で飛ぶと、顔にぶつかる風圧で呼吸は困難になり、眼球は傷つきやすくなる。眼球の保護にはゴーグルが役立ち、呼吸を助けて失神と落下を防ぐためにはマスクが必要だ。

普段、全速力の飛行でも短い距離なら裸眼に無呼吸で飛ぶ。だが、ある程度の距離まで対象者から巨大鳥(ダリオン)を引き離さなければならない囮役(デコイ)には、ゴーグルとマスクが欠かせない。

マスクとゴーグルを装着したアイリスとソラルを見ながら、騎士団員たちが会話をしている。

「できればソラルに勝ってほしいんだけどなあ」

「俺もだ。女の囮役(デコイ)じゃ不安だよ」

「彼女は経験が全くないわけだし。途中で食われちまうんじゃないのか？」

「だが、団長と副団長が推すっていうんなら……」

「まあな。団長の判断がおそらく正しいんだろうな」

騎士団員たちは、体格と年齢が能力とは無関係なことを知っている。それでも囮役（デコイ）をアイリスに任せるのは不安に思う。

先輩たちの会話を聞いている訓練生たちも、考えていることはほぼ同じだ。自分たちが騎士団員になる日が来れば、必ず囮役（デコイ）と組むのだから、囮役（デコイ）が誰になるかは自分の命と直結することだ。


団長ウィルの声が響いた。

「よし、みんな揃ったな。ではこれからアイリスとソラル、両名の飛翔能力の……いや、正直に速さ対決と言っておくか。速さ対決をする。両名には同じ距離を飛んでもらう。囮役（デコイ）は保護対象者から巨大鳥（ダリオン）を引き離し、その後は逃げ切る役目だ。よって、今回の速さ対決の距離は往復十キロとする。東の五キロ先、教会の屋根の上にマスターがこれを持って立っている」

そこでウィルが右手で掲げたのは縦四十センチ、横六十センチの騎士団旗だ。旗は長さ一メートルほどの樫（かし）の木の棒に紐で結び付けられている。騎士団旗の柄は交差する羽と剣。国家が成立する前から続く巨大鳥（ダリオン）と人間との関係を表している。

「これを先に持ち帰った者をヘインズの後任とする。この方法に異議のある者はいるか？……いないいな。では。両名、フェザーを選んで乗りなさい」

アイリスはいつものように養成所の青いフェザーを選び、訓練場の地面に置いた。青いフェザーは自分の誕生を祝ってくれた祖父の愛情を思い出させてくれる。アイリスにとっては元気を貰える色だ。ソラルは愛用のフェザーを自室から持ち込んでいる。

アイリスとソラルは、フェザーに片膝と両手をつき、いつでもうつ伏せになって飛び出せる姿勢で、ウィルの号令を待った。

「準備はいいな。では、用意……始め！」

アイリスとソラルは同時に飛び出し、二人の姿は一瞬で夜空に消えた。

高速で飛ぶことを得意とする者にとって、往復十キロはさほどの距離ではない。すぐに戻って来るのはわかっている。結果を知りたい全員が、そのまま訓練場に残った。

夜空に飛び出したアイリスは、ソラルが自分の背後にぴったりとついて飛んでいることに気がついた。

（なんで？）

訓練経験の浅いアイリスはわからなかったが、ソラルは旗のところまではこのスタイルで行くことを予め決めていた。風の抵抗を避けて力を温存し、旗の直前でアイリスを追い抜いて旗を手にする作戦である。

だが、ソラルは重大な間違いを犯していた。自分とアイリスの能力の差を読み違えていたのだ。

（ああ、もう、鬱陶しい！）

アイリスは夜の街にある教会を見逃さないよう、能力の六割程度で飛んでいる。だがぴたりと後ろにくっついているソラルの存在が気持ち悪くて、彼を引き離すために能力を全開にした。

「はあっ?」

いきなりアイリスが加速して自分を引き離していく。ソラルは焦った。すでにソラルは能力の九割程度で飛んでいたのだ。慌てて加速したものの、前を飛ぶアイリスの姿はどんどん小さくなっていく。

「ふざけんなっ!」

復路のことを考えれば、いまここで全力を出すのが危険なことはわかっている。旗を手にできても、引き返す途中でアイリスに旗を奪われないとも限らない。だが、ソラルは(アイリスに遅れて訓練場に戻るなんて耐えられない。旗を手にするためならなんでもしてやる)と決意した。冷静さを失っている今のソラルには、囮役(デコイ)になることより旗の奪取のほうが大切になっている。

全力で飛ばし続け、途中で飛翔力が底をつきかけているのに気がついた。

「くそっ!　今落ちれば負けだ。こんな大事なときに!」

ソラルは途中でフェザーを止めた。

全力で飛んでいたアイリスは、すぐに目的の教会を見つけた。

教会の屋根の上に、旗を持ってマスターが立っている。その左右には松明(たいまつ)を持つ別のマスターが二人。

アイリスは急減速し、差し出される旗ポールをパシッと手のひらで受け取り、高速でターンした。

「うぉっとぉ！」

　アイリスのフェザー後部になぎ倒されないよう、三人のマスターたちは慌てて姿勢を低くした。立ち上がったときにはもう、アイリスの後ろ姿が遠い。ベテラン騎士団員たちが顔を見合わせる。

「やっぱり団長の目に狂いはなかったな」

「まあな」

「あれ？　もう一人の訓練生はどうしたんだ？」

「そのうち来るだろ」

「いや、待て。旗を持ったアイリスを見たら、ここまで来る必要はないよな？」

「あっ」

　三人のマスターは慌ててフェザーに乗り、アイリスの後を追って飛び出した。三人とも、（ソラルがアイリスの持っている旗を力づくで奪うかもしれない）と気がついた。

　旗を持っていたマスターはうつ伏せで、松明を持った二人は立ったままアイリスの後を追いかけた。

　アイリスは旗を身体の下に抱え込み、うつ伏せで飛んでいる。やがて前方の空中にソラルが立って浮かんでいるのに気づいた。

（あの人、なにやって……あっ！）

　ソラルはアイリスを目がけて突っ込んできた。

（危ないっ！）

衝突を予測してアイリスは急角度でフェザーを上昇させた。ソラルは追いかけてくる。

「卑怯者っ！」

アイリスは全力で急上昇する。振り返ると、ソラルも斜めに上昇して来る。このままではゴールにたどり着くまでに、また襲って来そうだ。だが振り返るとソラルがいない。

（あれ？）

急いで下を見ると、ソラルはふらつき、今にもフェザーごと落下しそうだった。

「危ないっ！」

旗を投げ捨て、ソラルに手を伸ばしながら降下する。ソラルのフェザーが彼の身体から離れる。アイリスはギリギリのところでソラルの腕をつかみ、自分のフェザーに乗せることができた。はるか下の方でソラルのフェザーが石畳にぶつかるカンッ！　という音が聞こえてきた。

「間に合ったか。アイリス、ほら、旗を拾ってきたぞ。ソラルは俺たちに任せて行け」

隣に浮かんでいるのはヒロとカミーユだ。

「でも」

「いい、いい。こっちは気にせず戻れ」

カミーユがソラルを引き取り、アイリスは旗を受け取って再びフェザーにうつ伏せになって飛び出した。

カミーユとヒロは複雑な表情だ。ソラルは表情を失い、動かない。

「こうなること、団長はわかっていたんですかね」

「ウィルはこうならないことを願っていたと思うけどね」

「こんな汚いことをして、この先どれだけ肩身の狭い思いをするか考えなかったのか、ソラル」

ヒロに声をかけられたソラルは無言だ。ソラルは（惨めな思いをしたくない）という思いに支配されていた少し前の自分を、激しく後悔していた。

カミーユが静かな声で呼びかける。

「さあ、帰るぞ、ソラル」

そこへやっと教会の上にいた三人が到着した。三人のマスターは、カミーユのフェザーに乗せられているソラルを見て、すぐに事情を理解した。

「来てくれたのか。悪いがソラルのフェザーを回収して来てくれるか」

「了解です、副団長」

三人はソラルを冷ややかに一瞥してから下降して行く。

カミーユはアイリスたちが出発する前に、この地点で待つようウィルに指示された。そのときのウィルの気持ちを思いやる。

これは大変に残念な事態だ。飛翔能力者は常に不足している。ソラルは貴重かつ優秀な訓練生だから、この件でソラルを追放するわけにはいかないだろう。

（こんなやつでも部下として使わなきゃならんのは、大変だよなあ）

カミーユが見おろすと、ソラルは無言のままうつむいている。

「戻って来た！」

訓練場に集まっている全員が空を見上げている中、見物している者の中から声が上がる。アイリスは旗を手に、フェザーの上に立って戻って来た。そのままウィルの前にフェザーを着地させ、「ただいま戻りました」と言いながら旗を差し出した。

「ソラルはどうした」

「……わかりません」

「そうか」

ウィルは旗を掲げ、集まっている全員に向かって声を張る。

「見てのとおりだ。ヘインズに代わり、明日からはアイリスが第三小隊の囮役(デコイ)を務める。以上だ。解散」

「団長！」

「なんだ、マリオ」

「ソラルさんはどうしたのか見てきていいですか」

「いや、その必要はない」

「でも！　アイリスがソラルさんになにか汚いことをしたかもしれません！」

微かに眉をひそめるウィルとアイリス。そのとき、上空から声が降ってきた。

「それはない。僕はかなり上空から見てたよ」

「マイケルさん！　見ていたなら教えてください。なにがあったんですか」

「それは、ここでは聞かないほうがいいかもね」

「どういうことですか！」

「あっ！　あれってソラルじゃないか」

別の訓練生から声が上がり、その場の目が全て上を向く。カミーユのフェザー後部に乗せられて、ソラルがやって来る。カミーユは訓練場に着地し、ソラルはうつむいたままフェザーから下りた。

「ソラルさん、どうしたんですか？　ソラルさんのフェザーは？」

マリオの問いかけに、ソラルは下を向いて唇を噛んでいるだけ。ウィルがカミーユを見る。カミーユが小さくうなずき、全員に向けて事情を説明をする。

「ソラルは途中で具合が悪くなった。フェザーが離れて落下する前に、俺がソラルを救出した。それだけだ」

「そんなことって」

「あるんだよ、マリオ。気を張りすぎれば、誰にだってそんなことがある」

カミーユとマリオのやり取りの間、ソラルはうつむいたまま動かない。カミーユは「さあ、救護室に行くぞ」とソラルの背中を押して歩き出した。アイリスはその姿を見ながら、カミーユが真実を隠した意味を察した。

（ソラルを養成所から追放できない以上、このことは内緒にするということね）

そう思う一方で、ソラルがあんな行動に出ることを予測していた大人たちに驚いている。

（きっと、王空騎士団のなかで、ううん、飛翔能力者同士の中で、ああいうことは過去にもあっ

たのかも）

女なのに飛べるというだけでも目をつけられるのに、他の人より速く飛べる。この先のもめ事は多そうだと少々憂鬱になった。

「アイリス！　おめでとう！　無事でよかったよ」

「サイモン。ありがとう」

「これでアイリスは明日から囮役（デコイ）になるんだね。正式な王空騎士団員だ」

「そうね。先輩たちに迷惑をかけないよう、頑張るわ」

会話している二人に事務員のマヤが笑顔で近づいてきた。

「おめでとうアイリス」

「マヤさん。ありがとうございます」

「疲れているところを悪いんだけど、衣装部まですぐに来てくれる？　お針子さんたちが手ぐすね引いて待ってるわ。なるべく早くアイリスの制服を仕上げなきゃって、みんな張り切っているの」

「あっ、そうでしたね。この訓練服じゃなくなるんですね」

「そうよ。七百年ぶりの女性能力者、そして初の囮役（デコイ）。『初めて尽くしのアイリスの制服を縫える』って、みんなはしゃいでいるわ」

「そうなんですか。嬉しいです」

「どうしたの？　元気がないじゃないの。飛んでいるときに、なにかあったの？」

「いいえ。別に」

「言えないいか。だいたいは想像がつくから言わなくてもいいわよ。珍しいことじゃないもの」

「えっ」

「女は嫉妬深いって世間では言うけどね、男の嫉妬はもっとすごいもの。男だらけの王空騎士団で長く働いていたら、いやでもわかっちゃうし、見えちゃうの。でもね、私はソラルが十歳でここに来たときから見ているから、わかる。あまり心配はいらないと思う。とことん性根の腐った子ではないのよ」

「そうですか」

「さっ、早く衣装部に行きましょう」

「はいっ。じゃあ、サイモン、また明日ね」

「ああ、おやすみ、アイリス」

サイモンはマヤとアイリスのやり取りを聞いて、ソラルが嫉妬心からアイリスになにかをしたことを察した。

(だけど、アイリスが黙っているならここで聞き出すのはやめておこう)

サイモンは、アイリスに笑顔で手を振って別れた。

アイリスはマヤに案内されて衣装部へと向かい、お針子さんたちに黄色い歓声で出迎えられている。彼女たちは口々にアイリスの飛び級での入団を祝ってくれる。アイリスは少し元気のない笑顔で全員にお礼を述べた。お針子たちはアイリスの表情が冴えないことに気がつかない。

「頑張ってね」

「少しでも動きにくいところがあったら言ってね」

「アイリスさん、制服が似合う！」

お針子さんたちの騒ぎは、衣装部の長が声をかけるまで続いていた。

「さあさあ、採寸は済んだでしょ？　アイリスは明日に備えて寝なきゃならないの。もう解放してあげなさい」

明日はアイリスの騎士団員デビューの日であり、囮役（デコイ）デビューの日だ。

「行ってきます」

「行ってらっしゃい、アイリス。くれぐれも巨大鳥（ダリオン）に襲われないように気をつけてね」

「はい、お母さん」

「アイリス」

「お姉ちゃん……」

姉のルビーがギュッと抱きしめてくれる。ルビーはアイリスが今日から囮役（デコイ）になることを知らないはずなのに、なぜかとても心配そうだ。

「お姉ちゃん、どうかしたの？」

「わからない。なんだか今朝は胸がいっぱいなのよ。出かける前なのにごめんね」

「大丈夫だから。行ってきます」

「アイリス、気をつけて」

「うん。行ってきます」

　家族に見送られ、まだ暗い街路を馬車が進む。

（なんでお姉ちゃんはあんな顔をしていたんだろう。私が今までと違う雰囲気を出していたのかな）

　アイリスは答えの出ない疑問を、今は忘れることにした。落ち着かなければ、と自分に言い聞かせる。

　朝日が昇って少したつと、巨大鳥（ダリオン）はグループごとに順番に広場にやってくる。それに備えて、家畜たちは夜中のうちに広場に連れ出されている。

　通りにはまだ、ちらほらと人がいる。歩いている人たちはみんな急ぎ足だ。まもなく朝日が昇り、巨大鳥（ダリオン）が飛んで来る。その前に家にたどり着こうとしているのだ。

　渡りの時期、すべての商店は夜に店を開け、朝日が昇る前に閉店する。アイリスが王空騎士団に向かう今は、あちこちで商店が店じまいをしている。

アイリスがそんな緊張感漂う街の様子を眺めていると、同乗している護衛のテオが話しかけてきた。

「アイリスさんは今日から王空騎士団員ですね。昨夜は大変な話題でした。女性の能力者というだけでも貴重な存在なのに、飛び級で騎士団員に昇格ですからね」

「一番の新入りなので、とにかくファイターの皆さんにご迷惑をおかけしないよう、頑張るつもりです」

アイリスの答えを聞いて、テオが少し考え込む。それから、今までよりも柔らかい笑顔で再び話しかけてきた。

「アイリスさん、心配性の護衛のお節介だと思って聞いてくれますか」

「なんでしょうか」

「経験を積んで知識と技術を手に入れるには、生き延びてこそです。どうか、命を大切にしてください」

アイリスはハッとした顔になり、テオに頭を下げた。

「はい。必ず命を大切にします」

「出過ぎたことを言いました」

「いいえ。胸に刻んで忘れないようにします。ありがとうございます」

馬車が王空騎士団の棟に着き、アイリスはテオに伴われて建物の中に入った。今までは右手の養成所に進んでいたが、今朝は受付の左側、王空騎士団用の建物へと進む。

騎士団員用のロビーには、既に制服に着替えた騎士団員たちがちらほらと集まって会話をしている。すぐにヒゲだらけの男性が声をかけてきた。

「よお！　姫。待ってたぞ」

「ひ、姫？」

「むさくるしい野郎の集団に、こんなに可愛い女の子が入って来たんだ。そりゃ姫だよ」

「いえ、どうぞアイリスと呼んで下さい。よろしくお願いします。全力で囮役（デコイ）を務めます」

そこに優し気な顔立ちの男が近寄って来た。

「アイリスは俺の小隊で囮役（デコイ）をやってもらう。俺はギャズ。第三小隊の隊長だ。よろしくな」

「アイリス・リトラーです。よろしくお願いします」

「制服に着替えたら、囮役（デコイ）の動きについて説明する」

「はい。わかりました。よろしくお願いします」

「それと、もし、君が女性だというだけで理不尽な目に遭うことがあったら、すぐ俺に報告をしてくれ。君は第三小隊の囮役（デコイ）だ。俺が対処する」

「わかりました」

ギャズは三十歳。二十五人の第三小隊の隊長で、高い飛翔能力と明るい性格で隊をまとめている。黒に近い濃い茶色の髪に同じ色の瞳。優し気な顔立ちに不似合いな筋肉質の体つきの男だ。

「ヘインズは気の毒なことになった。アイリスも白首（しろくび）には気をつけてくれ」

「白首というのは、唾液を飛ばしてきたという巨大鳥(ダリオン)のことですか？」

「ああ。そいつの首の白い飾り羽が、他の個体よりも少しだけ長くて目立つから白首だ。わかりやすいだろ？」

「はい。白首には特に注意します」

「アイリス！　こっちに来て」

マヤに呼ばれて行くと、ファイター用の制服を手渡される。

「もう？　もうできたんですか？」

「ええ一番小さいサイズの制服を、四人がかりで直したらしいわよ。とりあえずしばらくはこれで我慢してね。今、すごい勢いであなたの制服を仕立てているらしいから」

「ありがとうございます。着替えてきます」

「あっ、アイリス専用の更衣室はこっち、案内するわ。昨夜のうちに片付けておいた部屋があるの」

「マヤさん、着替えのためだけに部屋を用意していただかなくても」

「なに言っているの」

マヤは「めっ！」と睨むような表情になった。

「あなたの後にも女性の能力者が誕生するかもしれないじゃないの。その日のためだと思って、堂々と使えばいいのよ」

「そうか……そうですよね。はい、堂々と使います。ありがとうございます、マヤさん」

「どういたしまして。あっ、それとね、ギャズの第三小隊に所属したんでしょ？」

「はい」

「そのうちわかると思うけど、ギャズは明るくて優しくて面倒見がいいの。普段はね」

「普段は？」

「ギャズはいったんキレると人が変わるらしいわ。まあ、そうなったらみんなが距離を取るだろうから、アイリスも気をつけなさい」

「そうなんですか。あのギャズさんがキレているところなんて、想像がつかないですけど」

「まあ、囮役（デコイ）になったのなら、そのうちわかるわよ」

マヤは笑いながら去って行った。

案内された部屋は狭く、おそらく今までは倉庫か資料室に使われていたようだ。壁紙が戸棚の形を残して日焼けしている。がらんとした空っぽの部屋には、小さな机と椅子、洋服掛けが置かれているだけだ。

机の上には、マヤの配慮だろうか、一輪挿しに秋の野花が挿してあった。

「ありがとう、マヤさん。私、頑張る」

アイリスは受け取った制服に袖を通した。

王空騎士団の制服は、風の抵抗を受けないように身体にぴったり沿うように作られていて、肘と膝には余裕が持たせてある。上は青色の詰襟、下は白いズボン。靴は膝下までの黒いブーツだ。

正式な場ではマントを羽織るが、飛ぶときは当然マントは外している。

「ぴったり。たった一晩でここまでサイズを合わせてくれたのね」

おそらくは徹夜作業だったであろうお針子さんたちに感謝をして、アイリスは先ほどのロビーに戻った。

ロビーに集まっていた騎士団員たちは、アイリスが入ってくるのに気が付くと、「ほう」というような顔をしたが、ほとんどの者がちらりと見るだけで話しかけてくることはない。だが、マイケルが歩み寄ってきて、優美な笑顔で話しかけた。

「いよいよだね。よく似合ってる。見とれちゃうな」

「それはどうもありがとうございます」

「わあ、心のこもらない返事！　あ、そうそう、ギャズ隊長はいったんキレると面倒だから気をつけてね」

「マヤさんにも言われました」

「そのときは僕がアイリスを守ってあげるから、安心してね」

「お気持ちだけで大丈夫です」

「もう。冷たいなあ」

二人で笑いながらしゃべっていると、と噂の主が近づいてきた。

「似合うな」

「ギャズ小隊長、よろしくお願いします」

「ギャズと呼んでくれ。小隊長は四人いるから、名前でいい。じゃあ、さっそくヘインズと一緒に囮役（デコイ）の仕事について説明する。ヘインズ！」

「はい」

ヘインズがゆっくり歩いてきた。その姿を見てアイリスは息をのむ。

昨日は左目を覆うように包帯が斜めに巻かれていただけだが、今日は包帯の下の皮膚まで赤紫色に爛（ただ）れている。

驚くアイリスの視線に気が付いて、ヘインズが優しく微笑んだ。

「ちょっと見た目は悪いが、それほど痛くはないから大丈夫だ。君は気をつけろよ」

「はい」

「白首が近寄ってきたり、交差するように飛んできたら、素早くルートを変えろ。風を読め。俺はヘマをしたが、君ならきっと避けられる。第一は白首に気を付けることだ。それから二つ目。君はファイターたちがどう動いているのかをよく見て、ファイターの誘導を無視する巨大鳥（ダリオン）がいたら、そいつの前に飛び出すんだ」

「はい」

「そいつが君を追いかけてくるように仕向け、つかず離れずの距離を保ってファイターたちから引き離せ。十分引き離したら、全力で逃げる。それで一件落着。囮役（デコイ）が覚えなければならないのは、この二つだ」

アイリスは（これは、あまりに簡単な説明では？）と思うが、ギャズがうなずきながら真面目な顔で補足した。

「相手は生き物だ。個性もある。仕事の前にどれだけ言葉で説明したところで、同じ状況なんて二度はない。君は自分の判断で飛び、自分の判断で身を守る。囮役(デコイ)は能力者の個性と能力によって巨大鳥(ダリオン)への対応が違ってくる。君は速さを武器にしろ」

「わかりました」

「すべての囮役(デコイ)に共通する最重要事項は、囮役(デコイ)自身が食べられないようにすること。落下して死なないこと。それだけだ。飛翔能力者は貴重なんだ。死ぬな」

「はい！」

ギャズはそこまで言ったところで、団長のウィルが続々とホールに集合していた騎士団員たちに声をかけた。

「さあみんな、行くぞ！」

「おう！」

全員の声がひとつになり、くつろいでいた男たちの表情が引き締まる。

アイリスの初陣である。

## 番外編

# アイリスのための歓迎の儀式

アイリスの家に団長ウィルが訪問した。

「団長！　どうなさったんですか？　なにかありましたか？」

「突然来て驚かせたな。アイリスといろいろ話をしたかったんだ。騎士団の団長としてではなく、飛翔能力者同士として」

「はい……」

どういうことかと怪訝そうなアイリス。その後ろで両親が心配そうな顔で立っている。

「団長様、狭い家ですが、どうぞお入りくださいませ。お茶をいかがですか」

「いえ、できればアイリスと二人で飛んでみたいのです。お嬢さんを連れ出しても？」

「はい。もちろんでございます」

アイリスは急いで着替えをして、フェザーを抱えて外に出た。

「私について飛んできてくれ」

「はいっ！」

ウィルは多くを語らないままフェザーに乗り、上昇し始めた。アイリスもそれに続く。二人はどんどん空へと昇り、あたりにうっすらと雲が漂う高さまで来た。そこでやっとウィルが止まり、アイリスが隣に並んだ。

「本来ならアイリスが新人として騎士団デビューのときにすることなんだが、君は飛び級で入団してしまったからね。私一人だけだし救助役もいないんだが……アイリスはこの程度では飛翔力が切れることはないだろう。二人で新人団員歓迎の儀式をしようじゃないか」

「ありがとうございます」

正直なことを言うと、雲の上まで高く飛んで国を見渡すあの儀式が羨ましかった。自分は経験できないのだろうと諦めていたから、本当に嬉しい。

ウィルはそこからさらに上昇し、低い雲よりも上に出た。そこからゆっくりと南に向かう。美しいグラスフィールドの景色を眺めながら飛んでいると、ひたひたと幸福感が湧いてきた。

遠くに海が見えてきて、はるか先の水平線がゆるく弧を描いているのも見える。

深い森、広大な耕作地、集落を結ぶ街道。グラスフィールド王国は自然と地下資源に恵まれている国だ。それを自分の目で確かめて、アイリスは自分の生まれ育った国を愛しいと思った。

海に向かうのかと思っていたが、ウィルは方向を変えて東へ向かう。しばらく飛び続けていると、山並みが見えてきた。

（初めて見る山だわ）

王都の生まれ育ちのアイリスは青紫色にけむる山脈に目を奪われた。

「あの山では鉄鉱石、銀鉱石が採掘される」

そして別の山を指さした。

「あっちの山では石炭が採れる。この国は石炭を輸出してマウロワ王国に売っている。我が国は豊かだ」

「はい！」

「だが巨大鳥（ダリオン）が来る。この国では、飛翔能力者は否応なく王空騎士団に入ることになる。正直なところ、アイリスは戸惑っているうちにここまで来た感じだろうな」

「はい。団長のおっしゃるとおりです。もう、わけがわからないまま、必死にいろいろなことをこなしてきました」

ウィルが苦笑しながらうなずいた。

「だろうなあ。よく弱音を吐かずについてきていると、私は感心しているんだ。普通の女の子だったら、とっくに精神的に潰れているよ」

「そうでしょうか」

「ああ。ヒロとケインから君が並外れた能力を持っていると報告は受けていたが……君のお父さんから能力の開花を知らせる手紙を貰ったとき、君をどう扱えばいいのかと困惑したものだ。だが、君は本当に並外れていた。驚いたよ。君は見たこともないほど飛び抜けた能力者だ」

ウィルはそこまで言って、眼下の景色からアイリスに視線を移した。

「私は十歳で養成所に入ってから三十二年間。多くの飛翔能力者を見てきた。それでも君のような図抜けた能力者は見たことがない」

そう言われてアイリスは返事に困った。だから黙って話を聞いている。

「男子だけが開花するはずの飛翔能力を、女性の君が開花させた。それも、とんでもなく高い能力を持ってだ。誰しもが聖アンジェリーナを連想する。それは当然だ」

「はい」

「他の能力者より多く望まれるし、期待されるだろう」

「はい」

「だが私が君に望む最大のことは……死なずにいてくれということだ。高い能力を持つ者が、期待され、課題を与えられ、無理をしたせいで死んでしまうのを何度も見た。人間は高い場所から落ちれば簡単に死んでしまう」

「……」

「無理をしないこと。全方位に注意を払うこと。身体を労わること。それを忘れるな」

「はいっ」

「冷えてきたな。上空は気温が低い。さあ、移動しよう」

二人は高度を保ったまま西へと向かう。はるか遠くに西の海岸が見えてきたところでウィルが止まった。アイリスも止まる。

「あの海の向こうがマウロワ王国だ。我が国の何倍も広く、何倍も国民がいる。戦争するわけにはいかない国だ」

「大陸の覇者、ですよね」

「そうだ。我々は巨大鳥(ダリオン)からも大陸の覇者からも国と民を守らねばならない。私はあと数年もすれば団長職を退く。そのあとは若い者たちが王空騎士団を引き継いでいく。いずれは君たちの世代から団長が出てくるだろう。そのときは、どうか君の力を役立ててほしい」

「はい」

空中でウィルが右腕を差し出してきた。アイリスがその手を握り、固く握手をする。

「さあ、戻ろうか。まだ飛翔力は残っているか？」

「はいっ。全然力が減った気がしません」

「そうか。減った気がしないか。やはりアイリスの持っている力の量はすごいな」

ウィルが笑い、ゆっくりと下降しながら王都を目指した。

家に戻ると、心配そうな顔で両親とルビーが家の前で待っていた。アイリスたちが戻ってくるのを見て、あきらかにホッとしている。父が安堵の笑顔でウィルに話しかける。

「団長様、お帰りなさいませ。ささやかですが夕食を用意いたしました。どうぞお召し上がりください」

「気を使わせてしまいましたね」

「とんでもないことでございます。光栄です」

大急ぎで用意されたであろう食卓を囲みながら、ウィルの実家の話になった。ウィルの生い立ちを聞いて、父のハリーが驚いている。

「そうですか、団長様は農家のご出身でしたか」

「ええ。南の海岸近くにあるオリーブ農園の長男です。実家は弟が継ぎました。なかなか帰れないのが残念です」

ルビーはずっとそわそわしていたが、勇気を出してウィルに話しかけた。

「団長様、私もアイリスと一緒に巨大鳥(ダリオン)から助け出していただきました。あのときの御恩は一生わすれません。ありがとうございました」

「ああ、そうだったね。すっかり大人になった。あなたもアイリスも無事で本当によかった」

やっと感謝を伝えられたルビーは、満足そうな顔になった。

鶏肉のグリルを食べているウィルに、父のハリーが遠慮がちに質問する。

「団長様は貴族でいらっしゃるのですよね？」

「いいえ。普通なら貴族の養子になるのでしょうが、私はどうにも貴族が向いているとは思えなかったので、父に頼んで養子の話は断り続けてもらいました。貴族の申し出を断るのは大変だったと思います。幸い私の実家は大きくて、それなりに力があったので、ひたすら謝り続けて断ることが許されました。私は王空騎士団所属なので一代限りの貴族扱いにはなっていますが、正式には今も平民です。妻も平民出身者で、子供たちも平民ですよ」

初めて聞く話ばかりで、アイリスは驚いていた。てっきりウィルは貴族なのだとばかり思っていた。

「アイリスには、さぞかし貴族からの養子縁組や縁談の申し込みが多いのでしょうね」

「ええ、おっしゃるとおりです。ですが、全てお断りしています。娘の希望でもありますので」

ウィルが笑いを目に浮かべながらアイリスを見る。

「貴族が嫌か？」

「嫌というより、私には貴族として生きることなど無理ですので」

「ほお。君はそう思っているのか」

ウィルはそれ以上は何も言わず、食事を終えた。

「明日も訓練がある。今日はかなり飛んだから、ゆっくり休むように」

「はい！」

「うちの娘たちがアイリスに憧れていてね。いつか会いたいと何度も頼まれているんだ。妻も君に会いたがっている」

「私に、ですか？」

「そうだよ。君は今や国中で注目の的だからね」

「ピンときません」

ウィルが楽しそうに笑う。

「私にとっては大切な部下だがね。そのうち招待したら、我が家に来てくれるかい？」

「もちろんです！　私もお嬢様にお会いできるのが楽しみです」

「ありがとう」

最後にウィルは笑顔になり、すっかり日が暮れた空をフェザーに乗って帰って行った。

『死なずにいてくれ』

強く心に響く言葉を残していったウィル。

「団長さんはどんな景色を見てきたのだろう」

子供時代のアイリスを含め、巨大鳥(ダリオン)から多くの民を守ってきたウィルの過去を思いながら空を見た。

ずっと自由に飛びたいと願い続けた空に無数の星が輝いている。

「やっぱり私は飛びたい。どこまでも、好きなだけ」

そう言葉に出すと、自然に笑みがこぼれる。

「アイリス、お母さんがナッツ入りの焼き菓子を食べるかって聞いているよ？　団長さんが持ってきてくださったお菓子なんですって」

「食べる！　食べます！」

急いで家に戻ると、両親と姉のルビーが待っていた。母が焼き菓子の載った皿を手渡しながら、アイリスに話しかける。

「いい方だったわね。温厚そうで」

「とっても素晴らしい方なの。王空騎士団の全員が団長を信頼しているの。頼りになる人って感じだわ」

「男が惚れる男って感じだな」

父も感心していた。

そのあとは家族で楽しい話になり、アイリスも笑いながら会話に花を咲かせた。家族にはウィルの『死なずにいてくれ』は言わずにいる。心配させたくなかった。

夜、ベッドに入ったものの、なかなか眠れない。

「どうしたんだろう。少しは疲れているはずなのに」

眠るのを諦め、王空騎士団に入る前のように、窓からこっそりと外に出た。子供用の短いフェザーに乗って夜空をゆっくり飛んだ。

どこに行くでもなく、ただゆっくり夜風を楽しみながら飛んでいると、ヒロに見つかる前の、ただただ楽しかったころを懐かしく思い出した。

「何年も昔のことみたい」

アイリスは最後に縦の四回転に挑戦した。四回転は当然のように成功した。

「私、どんどん飛べるようになっている。技術も、力も、あっという間に前より伸びている」

それが何を意味するのか、今はまだわからない。だが、いつの日か、この力と技術が必要になる日がくる。確信に近い予感がある。

「帰らなくちゃ。明日も訓練があるんだもの」

夜空を飛んだあとは晴れ晴れとした気持ちになり、アイリスは家に向かった。

# 番外編

# オリバーの休日

「オリバー、家族みんなで領地に行くことになったのだけれど、あなたどうする？」

「僕は行きません。みんなでどうぞ」

オリバーの母はため息をついた。

「そう。わかったわ。そう言えばフォード学院の学院長から、またお手紙が来たわよ」

「断ってください」

「まだ何も言っていないじゃないの」

「僕が欠席を続けていることでしょう？　僕の分を他の学生のチャンスとして回してあげてくれと何度も言っているのに。なんで学院長は僕を退学処分にしないんでしょうね。もう二回も退学届けを出しているのに」

オリバーはフォード学院にとんでもない高得点で合格したものの、わずか三回通学しただけで行かなくなった。

「試験を受けたのは親の強い希望でした。僕は三回学院に通って、自分に向いていないと判断したのです。僕が抜けて別の学生を受け入れたほうが国のためです。学院長、どうぞ僕を退学扱いにしてください」

ある日スレーター家にやってきた学院長に、オリバーは淡々と意見を述べた。だが学院長はオリバーを退学にはしなかったし、退学届も丁重にスレーター家に戻された。

オリバーの両親は無駄とわかっていながらも息子を説得したが、オリバーの気持ちは変わらない。

オリバーは書物を読み耽り、実験と研究に明け暮れている。

アイリスが飛翔能力を開花させてから、その没頭ぶりに拍車がかかっているが、その関係に気づいているのは、従僕のジムだけだ。

ジムはオリバーのアイリスへの恋心を知っているし、アイリスが能力者になってからのオリバーののめり込み具合が加速していることにも気づいている。だが、従僕たるもの余計な口出しをする気はない。結果、オリバーの恋心も研究にのめり込む理由も、家族は誰も知らないままだ。

オリバーは世界でただ一人、自分を受け入れてくれるアイリスが王空騎士団に所属して以来、アイリスを心配し続けている。

アイリスが落下して死んだらどうしたらいいのか。

自分は真に孤独な人間になってしまうではないか。

一見、手前勝手な理屈に聞こえるが、その背後に不器用すぎる恋が隠れていることに、天才少年は気づいていない。

「今日はもう一度フェザーの形状を考えてみるか」

アイリスには「何百年間も考えられ研究された結果が今のフェザーなのに」と苦笑されたが、オリバーはそうは思っていない。

「これで終わりと思ったその向こうに、さらに素晴らしい形状があるかもしれないじゃないか」

天才少年は壁の向こうにある答えを見つけることに生きがいを見出すタイプだ。こつこつと条件を変えて何百回でも実験を繰り返す情熱こそ、オリバーを天才にしている源なのだが、ほとんどどの人間にとってはそれが理解できない。

「もうそれでいいじゃないか」と妥協することができないのが天才なのだ。

塗装していない白木のフェザーを少しずつ削り、煙を当てて空気の流れを見る。部屋は煙が立ち込め、息苦しい。従僕のジムが耐えきれなくなると問答無用で窓を開け、空気を入れ替える。

オリバーは咳込んでも自分では空気を入れ替えようとしない。

「よし。やっぱりさ、ただ平らな板のフェザーより、下を少しだけカーブさせたほうが空気の流れが滑らかだな」

そこからまた一ヶ月ほど毎日フェザーの形状を工夫し、満足のいくフェザーが出来上がった。

それをフェザーを扱っている店に持ち込んだ。

「これはこれは。オリバー様ではありませんか。ようこそいらっしゃいました。本日はどのようなご用件でしょうか」

「より速く飛べそうなフェザーを作った」

「それは素晴らしい。少々試させていただいても?」

「うん、いいよ」

「ではお支払いはその際に」

「ああ、いつでもいい」

このフェザー専門店の主は、オリバーの天才ぶりを知っていた。なおかつオリバーの変人ぶりを馬鹿にしないだけの聡明さも持ち合わせていた。

オリバーが帰ったあと、塗装をしていない状態のフェザーを抱えて店主は王空騎士団を訪れた。

事務のマヤに声をかけ、ロビーで待つ店主。

やがてやって来たのは副団長のカミーユである。

「試してほしいフェザーがあるって？　それか？」

「はい。天才が考えて実験を重ねたものでして。ぜひこれは副団長様にお試しいただきたく」

「そりゃ楽しみだ。今すぐ飛んでみるよ」

カミーユは白木のフェザーを汚さないよう、丁寧にドアマットでブーツの裏をこすってきれいにし、フェザーに乗った。

瞬時に上昇し、最高に近い速度で訓練場を飛んで横断し、上昇と下降を繰り返す。

さらに旋回、きりもみ回転、螺旋飛び、急停止、急発進、ジグザグ飛行。

しばらくして満面の笑みで白木のフェザーを抱えたカミーユが戻ってきた。店主は結果やいかにとカミーユを見守っていたが、その笑顔を見て胸を撫で下ろす。

「店主、これはいい！　実に滑らかに動く。今までのフェザーよりも少ない力で飛ぶことができるな」

「さようでございましたか！」

「王空騎士団で採用されるよう、俺から団長に話をしておこう。いやあ、フェザーにまだ工夫をする余地があったとは。驚いたよ」

「お褒めいただき、ありがとうございます！」

「ときに店主、これを開発した人物はどこの誰だい？」

その問いを聞いて店主は愛想笑いを浮かべる。

「申し訳ございません。その方の身元は明かさない約束でございまして」

「ふうん。そうか。残念だが仕方ないな。とにかく、これはいい」

合格を保証されて、店主はホクホクしながら帰宅した。王空騎士団は予算が潤沢に配分されている。その騎士団員たちが命を預けるフェザーとなれば、新しいフェザーはほぼ言い値で納入できるだろう。

翌日、店主はオリバーの家に出向き、契約を交わすことにした。オリバーは契約書をさらっと読んで、「うん、これでいいよ」とサインをする。

この契約の結果、オリバーにはかなりの大金が支払われるのだが、その大金は次の実験や研究に使われる。

店主が帰ったあと、オリバーは空を飛ぶ野の鳥を見ながら独り言を言う。

「ま、これで少しでもアイリスが安全で楽に飛べるのなら、僕は満足だ」

その独り言を聞いているのは、隣室に控えている従僕だけである。

オリバーが改良したフェザーは早々とアイリスが知ることになった。新規に採用されたフェザーの乗り心地の良さが王空騎士団の中で話題になったからだ。

「ヒロさん、騎士団のフェザーが新しくなるそうですね」

「副団長が試し乗りして決めたそうだ。少ない力で飛べる上に、動かしやすさがかなり違うそうだぞ」

「へえ、そうなんですか。楽しみですね」

フェザーを改良したのがオリバーだとは思っていないアイリスの家に、しばらくしてオリバーがやって来た。

「いらっしゃい、オリバー。そうそう、この前、オリバーはフェザーを改良したいって言っていたわよね？　今度ね、王空騎士団が新型のフェザーを採用したらしいんだけど、すごくいいらしいわ。副団長が大絶賛しているんですって。私、乗って飛ぶのが楽しみだわ。配られたらすぐに青く塗ってもらうつもりなの」

「へえ。副団長がそんなに褒めていたのか」

「ええ。オリバーは先を越されちゃって残念だったわね。フェザーの改良なんてもうできないと思っていたけど、まだ改良の余地があったのねえ」

「そのようだね」

それを成し遂げたのが自分だとは言わず、オリバーは満足している。

恋に不器用な天才少年は、アイリスの役に立てたことが嬉しい。

# 番外編

# 王空騎士団の休日

ヒロが自室のベッドで本を読んでいると、ケインが開けっ放しのドアのところに立った。大柄なケインはフェザーを抱え、実に嬉しそうな表情でヒロに声をかけてきた。

「ヒーローさーん、あーそーびーまーしょー」

ヒロは読んでいた本をパタリと閉じ、ケインを睨(にら)んだ。

「ケイン、気持ちの悪い誘い方をするな。お前、何歳だと思ってるんだよ」

「三十はとっくに過ぎていますよ。どっちかと言ったら四十に近いです。さ、みんな待っていますから。行きましょう。ヒロさんが来ないと始まりませんよ」

「はぁ。わかったよ、行くよ。もう少しできりのいいところまで読み進められたのに」

「本は逃げませんが、いい天気と風がない時間は貴重なんですから」

「わかったわかった。じゃあ、俺の組が二点入れたら抜けていいか?」

「二点も入れられたら抜けていいですよ。さあ、早く行きましょう」

「約束したからな」

ヒロはベッドから起き上がり、壁に掛けてあるフェザーを手に取ると、入り口に向かって歩き出した。

巨大鳥(ダリオン)が来る直前は、王空騎士団にも少しだけ余裕ができる。渡りが始まれば、日の出から日没まで、二週間から三週間は飛び続けることになる。だから今だけは王都に腰を落ち着け、くつろいで過ごしている。

「ヒロ、こっちだ!」

声をかけたのは第三小隊長のギャズ。普段は温厚で愛想のいい男だ。

これから始まるのは、王空騎士団に伝わる遊びだ。羽枕を空中で奪い合い、訓練場の東と西に浮かんでいる仲間の抱える大きな籠に放り込むだけ。ただし、羽枕を奪ったら五つ数えるまでに誰かに渡さなければならない。数える係は公平を保つために敵味方から選ばれた二人が一緒に声を張り上げる仕組みだ。

「では、始める」

はるか上空で団長のウィルが枕をパッと手放した。まっすぐ落ちていく羽枕。そこに群がるトップファイターたち。速さとフェザーを操る技能に秀でた男たちが、全速力で枕に向かう。

「どけどけどけえっ！」

いきなり大声で他のファイターたちを威圧しているのは第三小隊長のギャズ、白組だ。普段の温厚そうな言動からは想像がつかない興奮ぶりに、離れた場所で枕が回ってくるのを待っている青組のマイケルが苦笑する。

「相変わらずだなあ、ギャズ隊長は。すぐ頭に血が上るんだから」

そのギャズの鼻先をかすめ飛んで枕をパシッとつかみ、逃げたのは青組のヒロ。ヒロは速さよりも小さく素早くフェザーを動かすことが得意だ。ヒロが枕を手にした瞬間から、数字をカウントする声が訓練場に響く。

「いーち、にーい、さーん、しーい……」

ヒロがマイケルに向かって枕を投げた。それを猛ダッシュで飛び出したマイケルがつかんで、垂直に上昇する。

「いーち、にーい……」

マイケルは下を見た。自分を追いかけてくる白組の先輩ファイターたち。その殺気立った顔に苦笑した。

「こっわ！　でも僕には追い付けないよ。はいっ、アイリス！」

マイケルが金色の長い髪を風になびかせながら高速で移動し、同じ青組のアイリスに枕を放った。

「はいっ！」

初めてこのゲームに参加したアイリスが、若干オドオドしながら枕を受け取り、先輩たちを避けつつ、弧を描きながらゴールに向かう。とんでもなく速い。

「ああぁっ！」

叫んだのは白組のファイターたちだ。アイリスが本気で飛ぶと誰も追いつけない。

ゴールの前では白組の五人のファイターが等間隔に浮かんでいる。アイリスを妨害しようとしているのだが、その五人がもはや戦意を喪失していた。

「うわ、速いな。下手にアイリスとぶつかったら怪我しそうでやだなあ」

「渡りの前に怪我は禁物だぜ」

「ひえっ、来た！」

ゴール前の五人はもはや逃げる前提で構えている。

「お前らっ！　逃げるのは許さねえ！」

ギャズが叫んでいるが、そう言われても皆、自分の身が可愛い。

叫びながらギャズがアイリスを追いかけて飛んでくる。だが、アイリスは軽々とギャズを避け、枕を仲間の持つ籠に放り込んだ。

「一点！」

上空でウィルが笑いながら青組の得点を告げた。

ヒロが枕を奪い、マイケルが中継ぎで運び、アイリスが得点を入れる。この三人の動きについていける者がいないため、あっという間に青組が得点を重ねていく。

青組が五点を入れたところで、ヒロが読書に戻り、アイリスとマイケルも離脱した。

「そもそも王空騎士団で一番速いアイリスと二番目に速いマイケルが同じ青組なのが理不尽だ」

他のファイターたちから物言いがついて、アイリスとマイケルは抜けたのだが、そのマイケルがアイリスをお茶に誘っている。

「ねえ、アイリス。三番街の新しいお店には、もう行ってみた？」

「いいえ。私、あまりそういうところには……」

「じゃあ、これから僕と一緒に行ってみない？　ご馳走させてほしいな」

するとケインが嬉しそうな顔で会話に割り込んだ。

「いいねえ、俺も一緒に行くわ」

マイケルが嫌そうな顔をして文句を言う。

「なんで可愛いアイリスと二人で出かけようってときに、クマみたいなおじさんを連れていかなきゃならないんですか」

「つれないことを言うなよ、マイケル。この前フェザーに塗る蜜蠟(みつろう)のいいのを分けてやったじゃないか」

ケインはどうやっても同行するつもりらしく、渋々マイケルが同意して午後四時にお店の前で待ち合わせということになったのだが。

マイケルが三番街まで飛んで来てみたら、店の前にはアイリスとケインではなくサイモンがいる。

「なんでサイモンがいるのさ」

「すみません、マイケルさん。ケインさんがここに行けって言うものですから。僕はてっきりケインさんが来るものだとばかり……」

「来ちゃったものは仕方ないね。やれやれ。では三人で入ろう」

お店に入り、お茶を一杯飲んだところでマイケルが立ち上がった。

「僕は用事を思い出したから、ここで失礼する」

「あら」

「えっ？」

驚くアイリスとサイモンを残してさっさと帰って行くマイケル。

マイケルは店の前に立ち、フェザーを石畳の上に置いた。たちまちあちこちから「マイケル様だわ！」「相変わらず素敵ねえ」「マイケル様ぁ！」と黄色い声援が飛んでくる。

「やあ、お嬢さんたち。今度、僕のフェザーに乗ってみる？」

マイケルは心にもないことを笑顔で言ってからスッと上昇した。

「きゃあああ！」

ますます喜ぶ娘たちを見おろしながらマイケルはため息をついた。

「サイモンに譲ったけど、もう少しアイリスと二人でおしゃべりを楽しみたかったなぁ。まあ、仕方ないか。僕はアイリス争奪戦に出遅れちゃったようだ」

二人になったアイリスとサイモンは、困った顔になりつつも帰ることはない。顔を見合わせ、苦笑しながらも互いに笑顔で話し始めた。

「ねえ、サイモン、私、いつかサイモンと二人で遠くまで飛んでみたい」

「僕もだ。渡りと渡りの間に、どこかに行こう」

「ええ。私は王都しか知らないから、どこでも楽しいと思う」

「僕が知っているのは、自分が生まれ育った南部の山岳地帯と王都だけだ」

「じゃあ、海に行ってみる？」

「いいね、僕は海を見たことがない」

「空が飛べると、どこへでも行けるわね」

「そうだね。馬のように二時間ごとに休憩することもないし、馬の餌を持ち運ぶ必要もないし」

そこまでしゃべって、アイリスが気負った表情で話を続けた。

「私、王空騎士団員として必要な存在になれるよう、頑張るわ」

「僕もだ。ねえアイリス。今から空を飛んでみない？　まだ二人で旅行には行けないけど、空をのんびり飛ぶことはできる」

「そうね。二人で飛ぶことはできるわね」

二人で同時に席を立ち、支払いを終えて店を出た。

次第に光が弱くなっていく夕方の太陽。

夜の気配を感じさせる涼しい風。

二人同時にフェザーを地面に置き、乗ると同時に空高く上昇した。

男性の一万人に一人と言われる能力者が二人も一緒にいるところはなかなか見られない。しかも一人は女性だ。

「あ、あの少女が噂の……」

あちこちから好奇心のこもった視線が向けられる。王都の人々が「珍しいものを見た」という顔でしばらく二人を見上げている。その種の視線にも、アイリスはだいぶ慣れてきた。

頭上を見つめていた人々が、そのうち視線を前に移動させ、日常の行動に戻る。それを確認してから二人は手をつないでゆっくりと移動し始めた。

「ねえサイモン」

「うん？」

「私はどうして、飛べるようになったのかしら」

唐突な疑問に、サイモンは言葉を探すが見つからない。

「この国には四百万人以上の民がいるって、学院で習ったでしょう？」

「そうだね」

「なぜ私なのかな。子供のころから、ずっと飛びたいと願っていたからなのかしら」

「君はきっと……」

「きっと？」

「僕は君が選ばれたんじゃないかと思っている」

「選ばれた？　私が？」

「うん。聖アンジェリーナも君も、なにかの目的のために選ばれた飛翔能力者なんじゃないかな」

アイリスは心の中で（だとしたら、私を選んだのは女神様？　巨大鳥（ダリオン）？　それとも別のなにか？）と自問自答するが答えが思い浮かばない。

ピンと来ていない様子のアイリスに、サイモンが話を続ける。

「僕はこの先もアイリスと一緒に飛んでいきたいと思っている。そして君が役目を果たす力になりたい。そして……ずっと一緒に飛んでいたい」

アイリスがサイモンの顔を見ると、夕日に照らされたサイモンの顔が赤い。

「ええ、私もそう思っているわ。ずっと一緒に飛べるよう、祈ってる」

わずかに顔を出していた太陽が沈み、急に暗くなってきた。サイモンが養成所に戻る時間だ。

「サイモン、また明日ね」

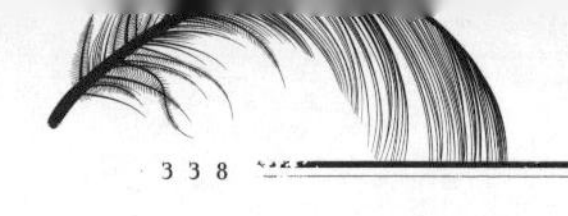



「うん、また明日」

想い合う二人はまだそれに気づかず、優しい気持ちだけをやり取りして二手に分かれた。

# あとがき

この度は本書をお買い上げいただき、誠にありがとうございます。作者の守雨です。

本作は幼いころから空を飛ぶことに憧れていたアイリスが、女性には発現しないはずの飛翔能力を開花させることから始まる物語です。

舞台となるグラスフィールド王国は、オーストラリアより少し小さい島国です。

大陸に寄り添うように並んでいる三つの島の真ん中に位置していて、豊かな農作物と地下資源に恵まれた国です。

この国には、巨大な肉食の鳥が春と秋に訪れます。

巨大鳥（ダリオン）が地面に立ったときの頭までの高さは、二メートル半ほど。とんでもない大きさです。

巨大鳥（ダリオン）は南の巨大鳥（ダリオン）島から北の終末島（エンドランド）まで移動を繰り返し、終末島（エンドランド）で繁殖してまた元の島へと戻ります。往復の途中で立ち寄るアイリスたちの国での滞在期間は二週間から三週間。

グラスフィールド王国の人々は巨大鳥（ダリオン）に餌を与え、恐ろしい鳥を敵視しません。

異世界作品では大きくて強い動物は概ね悪者であり敵として描かれることが多いのですが、本作では敵ではない世界です。そして敵対しない理由も徐々に明らかになっていきます。

女性で空を飛べるというだけでも七百年ぶりに誕生した激レアな存在なのに、アイリスの体内に秘められた飛翔力は桁外れに大きく、ベテランの王空騎士団員をもはるかに凌ぐレベルです。いろいろな意味で「普通ではない力」を持ってしまったアイリスは、夢が叶ったときから「普通でなくなった自分」に不安を感じて悩みます。

私はこの「常ならざる能力」を持った女性の心の中を想像するのが大好きです。圧倒的な能力は本人に幸せだけを運ぶわけではなく、同じくらいの厄介ごとも呼び寄せるはず。気弱な令嬢なら精神的に潰されそうな状況が次々と訪れます。

ところが主人公のアイリスは、強いのです。

家族に愛されて育ち、自分を卑下しない強く明るい少女です。思考は前向きです。

彼女が何を考え、何を見て、どう成長していくのか。

秀でた能力を武器に突き進むアイリスがたどり着くのはどんな場面なのか。

気長にお楽しみいただけることを願っております。

ちなみに、登場人物はほぼ男性ばかり。誠実な男たちが多いものの、癖のある人物もちらほら。王空騎士団とその下部組織である養成所での様子もぜひお楽しみください。

私は猛禽類やや大型のネコ科の動物が大好きで、今回は猛禽類をもうひとつの主人公として描きました。「ワシのように空を飛べる人間がいたら、どんな人生になるのだろう」と思ったところからこの小説が生まれました。

空を飛び、巨大鳥(ダリオン)と向かい合い、大人たちの政治に振り回され、ときに涙を流し、それでもへこたれることなくサイモンとの恋を育てていくアイリス。

アイリスの活躍と成長の物語を、どうぞ最後までお楽しみください。

# 王空騎士団と救国の少女 I
## 世界最速の飛翔能力者アイリス


発行 ―――――――― 2023年9月15日　初版第1刷発行

著者 ―――――――― 守雨

イラストレーター ―――― OX

装丁デザイン ―――――― arcoinc

地図イラスト ―――――― おぐし篤

発行者 ――――――――― 幕内和博

編集 ―――――――――― 佐藤大祐

発行所 ――――――――― 株式会社アース・スター エンターテイメント
〒141-0021　東京都品川区上大崎 3-1-1
目黒セントラルスクエア　7F
TEL：03-5561-7630
FAX：03-5561-7632
https://www.es-novel.jp/

印刷・製本 ――――――― 中央精版印刷株式会社





ISBN 978-4-8030-1837-0